Arena-Tasche
Band 2134

Rhiannon Lassiter,
geboren 1977, studiert Englische Literatur, Geschichte und
Politikwissenschaft an der Universität Oxford. Trotz ihrer Jugend
hat sie schon einen bewegten Lebenslauf vorzuweisen:
Sie arbeitete als Lektorin, als parlamentarische Assistentin,
als Lehrerin sowie als Bibliothekarin und gründete 1994 einen
Debattier-Club, dem sie bis 1996 vorstand.
2367 – Experiment Hex ist Rhiannon Lassiters erster Roman,
den sie im Alter von 17 Jahren verfasste.

Rhiannon Lassiter

2367 –
Experiment Hex

Aus dem Englischen
von Angelika Eisold-Viebig

Arena

In neuer Rechtschreibung

3. Auflage als Arena Taschenbuch 2001
© 1998 by Rhiannon Lassiter
Die Originalausgabe erschien unter dem Titel »Hex« bei
Macmillan Children's Books, London
Deutschsprachige Ausgabe © 1998 by Arena Verlag GmbH,
Würzburg
Alle Rechte vorbehalten
Aus dem Englischen von Angelika Eisold-Viebig
Umschlagillustration: Dieter Wiesmüller
Einband und Reihenlayout: Agentur Bachmann & Seidel
Gesamtherstellung: Westermann Druck Zwickau GmbH
ISSN 0518-4002
ISBN 3-401-02134-6

Inhalt

1. Kapitel

Flug durch den Nebel

Es war mitten in der Nacht, doch zwei Meilen über der Erde war die Stadt hellwach. Licht schimmerte aus den Fenstern der riesigen Türme Londons und leuchtete von den Scheinwerfern der Fahrzeuge, die auf dem Netzwerk von Brücken entlangrasten, welche die schimmernden Höhen miteinander verbanden. Der Winter nahte und der dichte Nebel, der die Wolkenkratzer einhüllte, verschlechterte die Sicht. White, noch immer nicht sonderlich vertraut mit den komplizierten Kontrollgeräten des Fahrzeugs, lenkte seinen Flitter vorsichtig zwischen den Türmen der Stadt hindurch. Andere Flitter fuhren an ihm vorbei, ihre Insassen waren wohl auf der Suche nach dem Nachtleben der Stadt. White ignorierte sie; er war auf einer ernsthafteren Suche und hatte viel weiter zu fliegen. Während er mit dem Flitter nach unten schwebte, leuchtete unmittelbar vor ihm eine Holoscreen-Werbung auf. White blinzelte verärgert, als er mitten durch ein Phantombild schoss. Überall leuchteten Slogans von 2D-Schirmen, blitzten plötzlich in der nebelerfüllten Dunkelheit auf und warben für Vergnügungen, die die Stadt zu bieten hatte. Das hier war offensichtlich Klubland, das Vergnügungsviertel, wo auf großen Schirmen für Kasinos, Kinos und Klubs geworben wurde, alle exklusiv und teuer – ein Tummelplatz für die Reichen. Der Flitter befand sich immer noch im langsamen Sinkflug und White war gezwungen sich stärker auf die Kontrollgeräte zu konzentrieren, da das Brückennetz zunehmend dichter wurde und kaum noch Platz für den freien Luftverkehr blieb.

White fragte sich mittlerweile, ob er nicht lieber einen Skimmer hätte mieten sollen. Auf den Brücken zu fahren schien inzwischen sicherer, als zwischen ihnen hindurchzufliegen, nachdem sie so in Nebel eingehüllt waren. Ein anderer Flitter überholte und schwenkte unmittelbar vor ihm ein, sodass White das Steuer hart herumreißen musste, um nicht in einen der Brückenpfeiler zu rasen. Er brachte den Flitter nur einige Zentimeter vor dem dicken Metallpfosten zum Halten, ließ ihn auf der Stelle schweben und holte erst einmal tief Luft.

Während der Flitter hielt, schaltete sich der Bildschirm im Kontrollboard ein und die grauen Pünktchen flackerten, bevor sie sich zu einem Bild formten. Raven grinste ihn aus dem Bildschirm an und ihre Stimme kam aus einem der Lautsprecher statt durch den Empfänger, der in Whites rechtes Ohr implantiert worden war.

»Machst du eine kleine Pause, Bruderherz?«

»Raven!« White sah stirnrunzelnd auf den Bildschirm. »Wie machst du das? Das hier ist kein Vidcom.« Der Flitter war ein altes Modell, und soweit White wusste, konnte der Bildschirm nur Bilder zeigen, die die Kameras auf den vier Seiten des Fahrzeugs lieferten.

»Es gibt immer Mittel und Wege«, antwortete Raven und zwinkerte ihm zu. Als White sich vorbeugte, um das Bild auf dem Schirm genauer zu betrachten, bemerkte er, dass es nicht die hohe Auflösung und Genauigkeit eines Vidcom-Bildes hatte. Ravens Bild war schematisch und zweidimensional. Ihre dunklen Augen blickten ihn aus dem Bildschirm heraus an, eingerahmt von einer Masse wirrer, schwarzer Elfenlocken.

White zuckte mit den Schultern, er war an Ravens Geheimniskrämerei, was ihre Hex-Fähigkeiten anging, gewöhnt. Ihre Zurückhaltung war ja verständlich, da jede einzelne ihrer Fähigkeiten genügte, um sie in Lebensgefahr zu bringen. Bei diesem Gedanken verdüsterte sich sein Gesichtsausdruck, doch er lächelte, als Raven mit hochgezogenen Augenbrauen fragte: »Möchtest du, dass ich steuere?«

»Kannst du das von deinem Standort aus tun?«, fragte White überrascht.

»Natürlich«, antwortete Raven und die Lichter auf dem Kontrollboard blinkten, als der Flitter sich in Bewegung setzte. »Lass deine Hände auf der Steuerung«, forderte Raven ihren Bruder auf, »sonst wundern sich die Leute vielleicht, weshalb du nicht irgendwo reinrast.«

»Okay«, nickte er. »Aber es wäre leichter, wenn du herauskommen und dieses Ding in Wirklichkeit steuern würdest.«

»Ich stelle Nachforschungen an«, antwortete sie scharf. »Um das zu tun, muss ich im Netz sein.«

»Hast du schon irgendetwas gefunden?«, fragte White leise. Das Mädchen auf dem Bildschirm schüttelte den Kopf.

»Nichts«, sagte sie. »Du wirst selbst Nachforschungen anstellen müssen. Die Unterlagen, nach denen wir suchen, scheinen nicht im Hauptnetz zu sein.«

»Und wenn es ein gesichertes System ist?«

»In die komme ich auch, es dauert nur ein wenig länger«, erklärte ihm Raven. »Aber ich glaube nicht, dass das mit dem Computer zu klären sein wird. Wir werden schon vor Ort suchen müssen, um Rachel zu finden.«

»Keine Sorge«, versicherte er ihr. »Wir werden sie finden.«

»Ja«, stimmte das Mädchen ihm zu. »Ich muss mich jetzt verabschieden, White. Wir werden einige Dokumente brauchen, während wir in dieser Stadt sind. Mit der Manipulation der Daten werde ich eine Weile beschäftigt sein.«

»Okay«, sagte White in Richtung Bildschirm. Ravens Bild verschwand und wurde vom normalen Kamerabild ersetzt.

»Bleib cool«, war ihre Stimme mit einem leisen Lachen zu hören. »Du kannst jetzt versuchen wieder selbst zu steuern.«

Zögernd übernahm White die Steuerung und stellte fest, dass es leichter wurde, das Fahrzeug zu lenken. Die Wolkenkratzer und Brücken waren immer noch gut erleuchtet, doch da waren nicht mehr so viele Verkehrszeichen und sowohl auf den Brücken als auch in der

Luft waren weniger Fahrzeuge unterwegs. Dies hier schien ein Wohnviertel zu sein. Die Brücken führten sehr oft zu offenen Plätzen hin und es dauerte länger und länger, bis er erneut unter Brücken hindurchflog. Schließlich entdeckte er von Bäumen gesäumte Straßen und Grasflächen unter sich und er hatte das Gefühl fast über den Boden zu gleiten. Aber sein Ziel war noch weit entfernt und lag noch einige Ebenen tiefer. Die Gebäude sahen inzwischen weniger gepflegt aus, die Straßenbeleuchtung wurde schwächer und es gab kaum mehr offene Plätze.

Der Flitter tauchte tiefer in die Dunkelheit ein, ließ verlassene Gebäude und verfallene Brücken hinter sich. White widerstand der Versuchung die Scheinwerfer anzustellen, denn er wusste, dass die Dunkelheit jene Parasiten verbarg, die in jeder Stadt ihr Unwesen trieben. Er hatte nicht die Absicht, das Opfer von Londons kriminellen Elementen zu werden, obwohl er genau dort zu finden hoffte, was er suchte. Aber die Dunkelheit dauerte nicht lange an. Unter dem Flitter tauchten die Lichter der Ganglands auf.

Als London in den Himmel wuchs, hatte es seine Slums tief unter sich auf der Erde gelassen. Jetzt lag weit unter den schimmernden Höhen der Wolkenkratzer der Dschungel der Ganglands. In den Wohntürmen hatte man Firmen, Krankenhäuser, Schulen und ein angenehmes Heim. Doch außerhalb des geschützten inneren Bereichs befand sich das Ödland der verlassenen Vorstädte, das Reich rivalisierender Banden, deren Mitglieder Ganger genannt wurden. Diese Gegenden wurden kaum von der Polizei kontrolliert, der Security Service wagte sich dort nur hinein, wenn ein Politiker vor einer Wahl eine Säuberungsaktion verlangte. Die Menschen, die in diesen Slums lebten, hatten keine offizielle Identität, sie bekamen weder Jobs noch medizinische Versorgung und keines der Kinder dort würde jemals das Innere einer Schule zu sehen bekommen. Der einzige Weg, um zu überleben, war, einer Gang beizutreten oder zu versuchen sich den Lebensunterhalt auf illegale Weise zu verdienen. Prostitution, Schwarzhandel, Drogenhandel – neue und alte Laster fanden in jeder Stadt des 24. Jahrhunderts eine Heimstätte. White hatte keine Zweifel, dass das auch für London galt.

Es war das erste Mal, dass er diese Stadt besuchte, aber er wusste, wie er vorzugehen hatte. Langsam lenkte er den Flitter an den Bürgersteigen vorbei, bis er fand, was er suchte. Die erste Person, die sich dem Fahrzeug näherte, war ein Junge, der rasch herankam, als White die Fensterscheibe herunterließ. White schätzte sein Alter auf ungefähr dreizehn Jahre, aber in seinen braunen Augen stand der Zynismus eines alten Mannes. Seine Kleidung war zerrissen und sein Körper war schmutzig, doch sein blondes Haar war sauber und glänzte im Licht der schwachen Straßenlaternen.

»Suchst du etwas Bestimmtes, Freund?«, fragte der Junge. »Was zu trinken, Frauen, Drogen? Für zwanzig Creds sag ich dir, wo du es findest.«

»Ich suche nach einem Führer«, antwortete White und betrachtete abschätzend die schmale Gestalt. »Ich brauche jemanden, der sich in der Stadt auskennt und weiß, wer das Sagen hat. Bist du so jemand?«

»Ich kann dir alles sagen, was du wissen willst«, erklärte der Junge angeberisch. »Für dreißig Creds.«

»Steig ein«, forderte White ihn auf und löste die Türsperre, sodass die Tür aufschwang.

»Zuerst die Creds«, entgegnete der Junge und streckte eine Hand aus.

»Hier.« White zog eine Hand voll Münzen aus seiner Jackentasche, mehr, als der Junge verlangt hatte, aber er gab sie ihm nicht sofort. »Steig ein«, befahl er wieder und nach einem kurzen Zögern gehorchte der Junge. Er wollte nach den Münzen greifen, noch bevor die Tür sich geschlossen hatte, aber White wartete, bis der Flitter wieder in der Luft war, bevor er sie ihm gab. Sie verschwanden sofort in einer Innentasche der zerschlissenen Jeansjacke des Jungen. White lächelte grimmig, als sein Passagier sich entspannte, offenbar durchaus zufrieden mit der Transaktion.

»Also, warum suchst du nach Gangern?«, fragte der Junge scheinbar gleichgültig.

»Tu ich nicht«, antwortete White und sah, wie sofort wieder der wachsame Ausdruck in die Augen des Jungen trat.

»He, Freund, denk lieber nicht an irgendwas Kaputtes«, warnte ihn sein Passagier angespannt und griff nach dem Türöffner.

»Versuch das nicht«, sagte White zu ihm und beschleunigte den Flitter, um seine Warnung zu unterstreichen. »Ich brauche Informationen. Wenn du sie mir nicht geben kannst, lass ich dich raus. Wenn du etwas für mich hast, wirst du es nicht bereuen. Okay?«

»Welche Art Informationen?« Der Junge sah nicht mehr aus, als ob er sich sofort aus dem Staub machen wollte, aber er war immer noch argwöhnisch.

»Ich will jemanden finden, der weiß, was in den Ganglands abläuft, der mich mit den richtigen Leuten für einen Deal zusammenbringen kann. Informationen, um jemanden aufzustöbern, erfasst?«

»Erfasst«, nickte der Junge. »Du suchst nach einem Info-Boss. Aber ich kann dir kein Intro besorgen, ich kenne niemanden persönlich. Ich kann dir nur einen Platz zeigen, okay?«

»Ein Platz ist bestens«, erklärte White. »Von dort aus komme ich allein zurecht. Aber sieh zu, dass da jemand ist, der sich auskennt.«

»Die Gräfin ist die Beste«, versicherte der Junge. »Aber sie wird dich einiges kosten.«

»Kein Problem«, erwiderte White kurz. »Wo ist sie?«

»Die Creds zuerst. Das war abgemacht.« Er streckte wieder seine Hand aus.

»Okay.« Diesmal gab ihm White ein Fünfzig-Cred-Stück. »Aber sie sollte es auch wert sein.«

»Aber klar doch, Freund«, erwiderte der Junge. »Bieg hier ab, wir müssen tiefer runtergehen.«

White stellte bald fest, dass er sich einen guten Führer ausgesucht hatte. Kez, so hieß der Junge, lebte lange genug auf der Straße, um die Namen der wichtigsten Leute in den Ganglands zu kennen. Nachdem noch einige Münzen den Besitzer gewechselt hatten, war der

Junge redselig genug, um White über die Gangs aufzu-
klären, die das Territorium beherrschten, das sie gerade
durchquerten. Die Reviere der verschiedenen Banden
waren natürlich nicht klar abgegrenzt und wie überall
waren ständig irgendwelche Platzkämpfe im Gange.
Einige Male, als White ein anderes Fahrzeug sah, beschleunigte er seinen Flitter, denn er wollte nicht erst
abwarten, ob es die Farben einer Gang trug. Kez schätzte anscheinend seine Vorsicht und versicherte ihm, dass
er keine Verbindungen zu irgendeiner Gang hätte.

»Neutral zu bleiben ist die einzige Möglichkeit Geschäfte zu machen«, erklärte er mit einem Schulterzucken. »Ich zahle meine Abgaben an die Vollstrecker
wie jeder sonst. Versuch irgendwas anderes und du
wirst umgelegt. Aber ich trage keine Farben und ich
hänge nicht mit den Gangern herum, außer wenn es
ums Geschäft geht.«

»Erfasst.« White nickte. Es war in jeder Stadt das
Gleiche. Doch obwohl diese Tatsachen für ihn nichts
Neues waren, hinterließen sie bei ihm einen bitteren
Nachgeschmack, wenn sie sich, wie hier, in einem Kind
personifizierten, das froh sein durfte, wenn es ihm über-
haupt gelang, erwachsen zu werden.

Es dauerte nicht lange und sie hatten ihr Ziel erreicht.
White landete den Flitter und parkte ihn vor dem Gebäude, das Kez ihm gezeigt hatte. Er griff nach hinten,
um die Tasche mit seinen Sachen zu nehmen, und öffnete die Türen des Flitters. Kez stieg langsam aus und
sah zu, wie White die Türen mit einem Code verschloss.

Das würde einen Dieb, der es darauf abgesehen hatte, das Fahrzeug zu stehlen, nicht groß abschrecken, doch was würde einen Dieb schon abschrecken?

»Danke für die Hilfe«, sagte White zu Kez. »Bis dann, irgendwann.«

»Ich könnte auf dich warten, während du deine Geschäfte erledigst«, schlug der Junge vor und White sah ihn scharf an. Er hegte nicht die Illusion, dass Kez ihn nach einer knapp zehnminütigen Unterhaltung bereits ins Herz geschlossen haben könnte. Nach den vielen Creds, die White ihm gezahlt hatte, war es keine Überraschung, dass der Junge seine Quelle nur ungern versiegen lassen wollte. Normalerweise hätte White sofort klargestellt, dass ihre Verbindung beendet war. Aber hier, in einer Stadt, die er nicht kannte, hatte er keine Einwände.

»Du kannst hier warten, wenn du willst«, sagte er mit einem Schulterzucken. »Aber es wird eine Weile dauern. Du kannst den Flitter für mich bewachen.«

»Klar doch«, stimmte Kez zu und lehnte sich an das schmale Fahrzeug, während White davonging.

Der einzige Zugang zum Gebäude, das als Stützpunkt der Gräfin diente, führte über einen schmalen Weg, der noch in relativ gutem Zustand zu sein schien. Doch als White darauf zusteuerte, löste sich eine Gestalt aus dem Schatten und versperrte ihm den Weg. Es war ein großer Mann in Kampfkleidung, der eine schwere Waffe auf ihn gerichtet hielt. Ein Muskelprotz, dachte White, angeheuert, um das Gebäude zu bewachen.

»Hast du dich verlaufen, Freund?«, fragte der Mann und sein Griff um die Waffe wurde fester.

»Ich möchte ein Geschäft machen«, antwortete White und gab sich bewusst offen und freundlich. Auch er war bewaffnet, für den Ernstfall, aber dies hier war eine Formalität, keine echte Konfrontation.

»Die Gräfin weiß, dass du kommst?«, fragte der Wachmann.

»Noch nicht. Ich bin nicht aus der Stadt.«

»Ein Ganger?«

»Nicht mehr.«

»Okay, geh weiter«, sagte der Wachtposten schließlich. »Aber mach keine Dummheiten.«

»Danke«, nickte White und betrat den Weg. Es war nur ein kurzes Stück zum Haupteingang des Gebäudes, dessen Tür offen stand. Die Fenster waren mit Eisengittern versehen, was das Gebäude wie eine Festung wirken ließ. Anscheinend ist die Gräfin gut genug, um beträchtliche Sicherheitsmaßnahmen zu unterhalten, dachte White beeindruckt.

Im Inneren des Gebäudes war es dunkel, und als er eingetreten war, stand er einen Augenblick still und blinzelte, um sich an das schwache Licht zu gewöhnen. Er stand in einer großen, leeren Halle, die ursprünglich wohl als Foyer einer Firma oder eines Hotels gedient hatte. Es gab acht Türen, die in verschiedene Richtungen führten, aber alle außer einer waren versperrt und mit großen Steinen blockiert. Die einzige freie Tür wurde von zwei Leuten bewacht, einem Mann und einer Frau, beide ähnlich gekleidet wie der Mann draußen.

Sie standen ungezwungen da, als White sich näherte, hatten jedoch ihre Waffen griffbereit bei sich.

»Sag deinen Namen und dein Anliegen ins Vidcom«, befahl ihm die Frau. Sie trat zur Seite und deutete auf einen Bildschirm, der in die Wand eingebaut war. »Die Gräfin wird entscheiden, ob sie dich empfangen will.« Der Bildschirm war dunkel und enthüllte nicht, wer sich auf der anderen Seite befand. Das Gerät war ein neues Modell, wahrscheinlich so programmiert, dass es nicht nur Bild und Stimme des Besuchers übertrug, sondern ihn auch durchleuchtete.

»White«, sagte er gleichmütig. »Ich suche Leute für ein Geschäft.«

Es gab eine kurze Pause, bevor eine trockene Stimme aus dem Vidcom sprach.

»Welche Art von Geschäft?«

»Eine Nachforschung«, erklärte White. »Mehr kann ich hier nicht sagen.«

»In Ordnung«, antwortete die Stimme nach einer weiteren kurzen Pause. »Du kannst hochkommen. Aber lass deine Waffen zurück.«

White zögerte. Doch nach dem Gesichtsausdruck der Wachen zu schließen, stand diese Frage nicht zur Diskussion. Er griff in seine Jacke und holte seine Laserpistole heraus, dann zog er das Messer aus der Scheide auf seinem Rücken und reichte beide Waffen der Frau.

»Was ist in der Tasche?«, fragte der Mann.

»Kleidung, Disketten«, erklärte White und die Frau nickte zur Bestätigung, nachdem sie auf ein Gerät hinter dem Bildschirm geblickt hatte. Anscheinend hatte er Recht gehabt – das Vidcom hatte ihn abgetastet.

»Okay, du kannst jetzt gehen«, sagte der Wachmann zu ihm und White nickte. Ihr System war also nicht unfehlbar: Es hatte das andere Messer übersehen, das er ihnen nicht ausgehändigt hatte, aber oben gab es wahrscheinlich noch mehr Wachen.

Das Eingangsfoyer war heruntergekommen und dunkel, aber nachdem White die beiden Wachen passiert hatte, änderte sich alles. Er fand sich am Fuße einer breiten Treppe, deren Wände vom Erdgeschoss bis hoch zur Decke mit einem hellen, reflektierenden Material verkleidet waren. Die Lichtquelle konnte er nicht entdecken, aber der Treppenaufgang war hell erleuchtet. Seine eigene Gestalt spiegelte sich in der Wandverkleidung bis zur Unendlichkeit, was beim Aufstieg extrem irritierend wirkte. Das ist zweifellos beabsichtigt, dachte er, während er die Treppe hinaufstieg. Der Aufgang verlief spiralförmig und White war sich bald nicht mehr sicher, in welche Richtung er nun eigentlich ging. Er musste jedoch mindestens zwei Stockwerke emporgestiegen sein, als die Treppe aufhörte und er sich auf einem schmalen Absatz wieder fand und sich in einer glatten, verspiegelten Wand seinem eigenen Spiegelbild gegenübersah. Sein Gesicht wirkte auf der metallenen Oberfläche wie das eines Gespenstes: graue Augen in einem schmalen, kalkweißen Gesicht, eingerahmt von wirrem, weißem Haar.

Ein Teil der Wand schob sich geräuschlos zur Seite. Vor ihm lag das Operationszentrum der Gräfin. Terminals und Bildschirme bedeckten die Wände und deuteten an, wie weit gespannt das Informationsnetzwerk der Gräfin war. Kisten mit Ausrüstungsgegenständen stapelten sich überall im Zimmer, alles war makellos neu. In der Mitte des Raumes stand eine Frau. Sie war dünn, überdurchschnittlich groß und ganz in Schwarz gekleidet. Ihr dunkles Haar trug sie im Bürstenschnitt und ihr Aussehen schien für sie nicht wichtig zu sein. Sie trug eine ganze Reihe von Armbändern, zehn an jedem Arm, die mit Minibildschirmen und Fernbedienungen versehen waren. Ihre Augen waren braun und sie betrachtete ihn aufmerksam. Ihr Gesicht erinnerte ihn an einen Vogel.

»Komm rein«, befahl sie. »Sag mir, was du willst.«

»Bist du die Gräfin?«, fragte White.

»Ja, die bin ich.«

»Ich brauche deine Hilfe.«

»Das hast du bereits gesagt.« Die Gräfin runzelte ungeduldig die Stirn. »Was genau willst du?«

»Ich versuche jemanden in der Stadt zu finden«, antwortete White schnell. »Ein Mädchen, etwa elf Jahre alt. Sie wurde bisher in keinem Computernetz entdeckt.«

»Woher willst du das wissen?«, fragte sie scharf und musterte ihn dabei abschätzend. »Du bist kein Hacker.«

»Ich bin mit meiner Schwester hier«, gab White zu. »Sie ist der Hacker.«

»Eine persönliche Suche wird dauern«, erklärte die Gräfin. »Aber ich kann einige meiner Kontakte anzapfen, wenn du mir mehr Infos über das Mädchen gibst.« Sie ging auf eines ihrer Terminals zu.

FLUG DURCH DEN NEBEL 21

»Sie heißt ›Rachel«, erklärte White, »und ist meine kleine Schwester. Ich habe sie seit zwei Jahren nicht mehr gesehen. Rachel lebte bei Adoptiveltern, doch dann verschwanden sie plötzlich mit ihr. Sie haben seitdem keinen Kontakt zu uns aufgenommen, aber ich hörte, dass sie in London seien.«

»Planst du eine Rückholaktion?«, fragte die Gräfin. »Um das Mädchen zurückzubekommen?«

»Nein.« White schüttelte den Kopf. »Ich möchte nur wissen, ob es ihr gut geht.«

»In Ordnung.« Die Gräfin nickte. »Ich brauche alle Informationen, die du über sie hast, und über das Paar, das sie adoptiert hat. Namen, Bilder, Biodetails, alles was dazugehört.«

White zog eine Diskette aus seiner Tasche und reichte sie ihr. Sie schob sie in das Gerät und White sah zu, wie eine Flut von Daten über den Bildschirm lief. Als der Datenaustausch abgeschlossen war, tippte die Gräfin auf verschiedene Tasten, um Rachels Bild entstehen zu lassen.

»Ich werde dies an einige meiner Kontaktleute weitergeben«, erklärte sie White. »Auf diese Weise müssten wir eigentlich etwas herausfinden. Aber es ist eigenartig, dass das Mädchen nicht im Netz zu finden ist. Es müsste zumindest die Schuleintragungen geben.«

»Ja«, stimmte White ihr zu. Sein Blick war auf das Bild gerichtet. Rachel sah wie jedes andere Kind aus: braunes Haar in einem ordentlichen Bob geschnitten, große, glänzende braune Augen und ein freches Lächeln. Aber

White wusste, dass es äußerst wichtig war, dass er sie fand, und nicht nur, weil sie seine Schwester war.

»Sobald ich erste Berichte habe, können wir entscheiden, ob wir einige Leute beauftragen sollen, um aktiv nach ihr zu suchen«, erklärte ihm die Gräfin. »Das dürfte einige Tage dauern. Aber zuerst bekomme ich eine Grundgebühr.«

»Wie viel?«

»Fünfhundert«, antwortete die Gräfin und White nickte. Der Preis schien ein wenig hoch, aber er brauchte die Hilfe der Gräfin so dringend, dass es keinen Sinn hatte, über Geld zu streiten.

»Okay.« Er nickte noch einmal und griff nach seiner Cred-Karte.

Kez hatte nur zwei Minuten gebraucht, um in den Flitter zu kommen. Er hatte zwar nicht den Code sehen können, den White eingegeben hatte, aber der Flitter war ein altes Modell, dessen Verriegelung leicht aufzubiegen war. Das war geschehen, noch bevor die Wache weiter vorn am Weg irgendetwas von seiner Fummelei bemerkt hätte, und da Kez mit dem Flitter angekommen war, wirkte es schließlich auch nicht verdächtig, dass er jetzt wieder einstieg. Sobald der Junge darin saß, ließ er seinen erfahrenen Blick über das Kontrollboard schweifen. Der weißhaarige Typ hatte das Ding ziemlich unbeholfen gelenkt, aber Kez hatte diese Art von Fahrzeugen selbst schon oft gesteuert. Er startete die Energiezufuhr und sah befriedigt, wie das Kontrollboard aufleuchtete. Dann runzelte er die Stirn. Der

Sichtbildschirm auf der Konsole rauschte eigenartig, obwohl er auf der Fahrt hierher ganz normal gearbeitet hatte. Kez drückte einige Knöpfe, um ein Bild hereinzubekommen, aber nichts passierte. Mit einem Schulterzucken beschloss er den Flitter ohne den Bildschirm zu starten, die Frontscheiben boten genug Sicht. Er streckte die Hände nach den Steuerungshebeln aus und hielt wie vom Blitz getroffen inne, als eine Stimme aus den Bordlautsprechern ertönte.

»Wenn du tatsächlich vorhaben solltest diesen Flitter zu stehlen, dann mach dich auf den Flug deines Lebens gefasst.«

»Was?« Kez sah sich rasch um, aber es war kein Platz in dem winzigen Gefährt, wo sich jemand hätte verstecken können. »Wer spricht da?«

»Das möchtest du wohl gerne wissen!«, erwiderte die Stimme. Es war die Stimme eines Mädchens und sie lachte.

Kez schnaubte abfällig.

»Wer immer du bist, von der anderen Seite eines Com-Kanals aus kannst du gar nichts machen«, erklärte er und griff nach den Steuerungshebeln. Der Flitter hob problemlos von der Brücke ab, doch dann wurde Kez mit einem Mal in seinen Sitz zurückgeworfen, als das Fahrzeug in der Luft einen Satz machte. Kez hielt die Steuerung nicht mehr in der Hand, doch der Flitter schwebte elegant an den Gebäuden vorbei, schneller, als Kez es jemals vorher erlebt hatte. Gelächter erschallte und die Stimme sprach wieder.

»Aber ich bin nicht auf der anderen Seite eines Com-

Kanals«, sagte sie und der Flitter fing an sich wild zu drehen. Kez klammerte sich an die Seiten seines Sitzes und griff nach dem Sicherheitsgurt, während er von den Drehungen des Fliegers herumgewirbelt wurde. Sobald der Verschluss seines Gurtes eingerastet war, griff er wieder nach den Kontrollhebeln, doch das Steuerboard war tot. Als er erkannt hatte, wie vergeblich sein Versuch war, ließ er los. Der Flitter hörte auf sich zu drehen, schoss nach oben und durchquerte mehrere Ebenen der Stadt. Es war der schnellste Flug, den Kez jemals mitgemacht hatte, und zu seiner Überraschung merkte er, dass er ihn genoss. Er jauchzte begeistert, als er an den Gefahrenpunkten der Metropole vorbeischoss.

Plötzlich war eine Sirene zu hören, und als Kez sich umblickte, sah er zwei Flitter hinter sich, die ihn verfolgten.

»Seccies«, warnte er automatisch.

»Ich sehe sie«, sagte die Stimme und der Flitter tauchte ab. Der Bildschirm erwachte zum Leben, zeigte die rückwärtige Sicht des Fahrzeugs und Kez konnte mit ansehen, wie innerhalb von wenigen Sekunden die Fahrzeuge des Security Service zurückfielen. Sobald sie außer Sicht waren, nahm der Flitter wieder eine normale Geschwindigkeit an, während er durch die Stadt kreuzte.

»Das war electric.« Kez grinste. »Ich habe noch nie jemanden so fliegen sehen.«

»Danke«, erwiderte die Stimme und plötzlich erschien das Gesicht eines Mädchens auf dem Bildschirm. Sie war älter als er, ungefähr fünfzehn, mit einem herausfordernden Grinsen. Sie nickte in einer gespielten Verbeugung, während Kez sie anstarrte.

»Du bist wirklich was Besonderes«, sagte Kez beeindruckt.

»Natürlich«, erwiderte sie.

»Aber wenn du dieses Stück Schrott hier kontrollierst, wo bist du dann?«, fragte er misstrauisch. »Das ist unmöglich. Niemand kann das. Es ist wie Zauberei.« Dann versteifte er sich. »Du bist doch nicht irgendein Freak, oder?« Der Bildschirm wurde grau und das Bild verschwand abrupt. Der Flitter landete auf einem der Parkstreifen und die Fahrertür öffnete sich, offensichtlich ein Zeichen für ihn zu gehen.

Kez merkte, dass er einen Fehler gemacht hatte. Er sah in die Nacht hinaus. Er befand sich nicht weit von seiner alten Gegend, und wenn er jetzt ausstieg, würde es nicht lange dauern, bis er die anderen Jungs erreicht hatte, die sich in den Straßen herumtrieben. Aber etwas an dem geheimnisvollen Fremden, der aussah wie ein Gespenst, und jetzt dieser andere Geist in der Maschine hatten seine Phantasie angeregt. So blieb er stattdessen entschlossen sitzen.

»He, beruhige dich«, sagte er zu dem rauschenden Bildschirm und hoffte, es würde niemand vorbeikommen und sehen, wie er mit einem Flitter sprach. »Ich wollte dich nicht beleidigen, aber ich habe noch nie vorher ein Hex getroffen.«

»Hast du vor, die Information in der ganzen Nachbarschaft zu verbreiten?«, fragte das Mädchen kühl und ihre Worte bestätigten seinen Verdacht.

»Du hast die Tür geöffnet, nicht ich«, erinnerte Kez sie. Die Tür blieb offen, doch er blickte unverwandt auf den Bildschirm. »Warum fliegen wir nicht weiter?«, bat er. »Ich bin Kez«, stellte er sich vor und beugte sich nach vorn zum Bildschirm. Die Tür schloss sich und nach einem Augenblick wurde der Bildschirm wieder lebendig.

»Ich bin Raven«, antwortete das Mädchen, während der Flitter startete. »Der Typ, dem du diesen Flitter klauen wolltest, ist mein Bruder, White.«

»Ich hätte nicht viel dafür bekommen.« Kez zuckte mit den Schultern. »Es ist ein ziemlich altes Modell.«

»Trotzdem wäre White ganz und gar nicht begeistert davon, dass du ihn stehlen wolltest«, sagte Raven. »Besonders nachdem er dir fast hundert Creds gegeben hat.«

»Vielleicht könntest du es ihm nicht sagen?«, schlug der Junge vor.

»Vielleicht«, grinste Raven. »Da du den Flug überlebt hast.« Sie zwinkerte ihm zu. »Aber versuch nicht, ihn nochmals zu betrügen, okay?«

»Geht klar«, versicherte Kez. Es dauerte nicht lange und der Flitter landete auf der gleichen Stelle wie vorher. »He, Raven, wann treffe ich dich denn persönlich?«

»Heute Abend, wenn du für White einen sicheren Übernachtungsplatz finden kannst«, antwortete sie, während die Tür sich wieder öffnete. Kez machte sich bereit auszusteigen, aber Ravens Stimme rief ihn zurück. »Und, Kez, erzähl ihm nichts von unserem Ausflug. Dass ich mit dir gesprochen habe oder dass du weißt, was ich bin, okay?«

»Erfasst.« Kez salutierte und Raven zwinkerte ihm

nochmals zu, bevor ihr Bild verschwand. Kez saß da und grinste zurück in den Bildschirm, bis ihm einfiel, dass er besser daran tat auszusteigen, bevor White wieder auftauchte.

Als White zurückkam, lehnte Kez in der gleichen Haltung an der Seite des Flitters, wie White ihn verlassen hatte, und betrachtete ihn mit einem interessierten Blick aus seinen braunen Augen.

»Geschäfte gut gelaufen?«, fragte er erwartungsvoll.

»Ja, ich denke schon«, antwortete White. »Hat jemand versucht den Flitter zu stehlen?«

»Doch nicht, solange ich hier stehe«, antwortete Kez und fühlte ungewöhnliche Gewissensbisse, als er die Münze auffing, die White ihm zuwarf. »He, Freund«, sagte er, als White die Türen des Flitters öffnete. »Weißt du schon, wo du heute Nacht bleiben kannst?«

»Noch nicht.« White sah den Jungen überrascht an, dann kam er zu dem Schluss, dass Kez wahrscheinlich auf mehr Geld hoffte.

»Ich zeig dir was«, bot Kez an, »wenn ich dafür noch eine Weile mit dir rumhängen kann.«

»Ach ja?« White stieg in den Flitter und sah zu, wie Kez sich rasch auf den Beifahrersitz schwang. Er konnte keine zusätzlichen Belastungen auf dieser Reise gebrauchen und wollte gerade dankend ablehnen, als eine Stimme in seinem implantierten Empfänger ertönte, zu leise, als dass Kez sie hätte hören können.

»Nimm das Angebot an, Bruder. Je früher du einen Übernachtungsplatz findest, desto früher kann ich dich treffen.«

»Okay«, sagte White und antwortete damit sowohl seiner Schwester als auch Kez. »Wohin?«

Kez lotste ihn zu einer schäbigen Absteige mitten in den Slums, allerdings nicht in den Ganglands. Es war eine trostlose Gegend und die meisten Gebäude waren verfallen. Das Zimmer, das White und Kez bekamen, war wahrscheinlich noch eines der besten. Es hatte drei Betten, die mit schmutzigen Laken versehen waren, einen wackeligen Tisch, Stühle und eine Computereinheit mit einem Holovid-Bildschirm. Das einzige Fenster war zugenagelt und eine zweite Tür führte in ein schmales Badezimmer. White ließ seine Tasche auf eines der Betten fallen und Kez setzte sich auf eines der anderen.

»Wieso wolltest du drei Betten?«, fragte er und White sah ihn scharf an.

»Ich treffe meine Schwester«, erwiderte er kurz.

»Rufst du sie an und erzählst ihr, wo du bist?«, fragte Kez.

White schüttelte daraufhin den Kopf.

»Nicht nötig. Ich habe einen Sender, sie wird mich finden.« Er zog eine Cred-Karte aus seiner Jacke und hielt sie Kez hin. »Vielleicht gehst du mal und holst etwas zu essen für uns«, schlug er vor und hoffte damit den Fragen des Jungen für eine Weile zu entkommen. »Hol genug für drei.«

»Okay.« Kez nahm die Karte. »Was willst du?«

»Irgendwas.« White zuckte mit den Schultern. »Nein, warte mal.« Er überlegte kurz. »Meine Schwester mag gerne chinesisches Essen.«

»In Ordnung.« Kez grinste und verschwand. White überlegte einen Augenblick, ob es wirklich schlau von ihm gewesen war, dem Jungen die Karte mitzugeben, die ungefähr achthundert Creds wert war. Aber da Kez so scharf darauf schien, bei ihm zu bleiben, würde er wahrscheinlich nicht damit durchbrennen. Er legte sich auf sein Bett und wartete.

Zwanzig Minuten später klopfte es an der Tür und augenblicklich wurde sie aufgestoßen. White setzte sich und sprang dann auf, als er seine Schwester sah. Sie trug einen Seesack, schwarze Kampfkleidung und eine Wildlederjacke mit Fransen. Ihr schwarzes Haar war nass und hing ihr in die Augen, aber sie grinste, als sie ihn umarmte. White hatte sie nicht mehr gesehen, seit sie vor drei Tagen in England angekommen waren. Sie hatten sich getrennt, hauptsächlich um weniger Aufmerksamkeit zu erregen, aber im Grunde auch, weil Raven an ihre Unabhängigkeit gewöhnt war.

White, Raven und Rachel waren nach dem Tod ihrer Eltern in ein Waisenhaus gekommen. White war damals fünfzehn gewesen, Raven neun und Rachel fünf. Das Waisenhaus war zwar ein sicherer, aber auch ein trostloser Platz gewesen. Die meisten Kinder versuchten alles, um so schnell wie möglich von dort wegzukommen. White hatte das geschafft, indem er einer Gang beitrat, den Kalis, und für sie als ein Vollstrecker arbeitete. Kurz danach war Raven ebenfalls verschwunden. Ihr Entschluss dazu war unaufschiebbar geworden, als sie entdeckt hatte, dass sie ein Hex war. Mutan-

ten, die das Hex-Gen besaßen, waren in Denver genauso wenig willkommen wie sonstwo auf der Welt. Alle
Waisenhäuser wurden regelmäßig kontrolliert, um jeden aufzuspüren, der Ansätze dieser Fähigkeiten zeigte. Wenn man Raven entdeckt hätte, wäre sie an die
Regierung ausgeliefert worden, um exterminiert zu
werden. Was schlicht und einfach bedeutete, dass man
sie getötet hätte. Bei der ersten Gelegenheit hatte Raven
sich davongemacht und war in den Ganglands unter-
getaucht, wo sie inzwischen als hoch effiziente Compu-
terhackerin arbeitete.

Keiner von beiden hatte sich um Rachel kümmern
können. Nach Ravens Einschätzung hatte ihre kleine
Schwester niemals irgendwelche Anzeichen gezeigt ein
Hex zu sein und war deshalb fürs Erste im Waisenhaus
sicher genug. Später war White erleichtert, als ein Ehe-
paar sie adoptieren wollte. Er wäre nie auf die Idee
gekommen, dass diese Leute mit Rachel wegziehen
würden. Ihr Verschwinden hatte White dazu bewogen,
sie zu suchen. Wenn Rachel sich als Hex erwies, wäre
sie in Gefahr und er fühlte sich für ihre Sicherheit verantwortlich. Aber erst etwa eineinhalb Jahre nach ihrem
Verschwinden hatte White Anhaltspunkte über ihren
Aufenthalt bekommen.

Raven war an seiner Suche nicht interessiert gewesen.
Die Tatsache, dass sie bereits als Kind in Lebensgefahr
gewesen war, hatte ihre Persönlichkeit geprägt. White
sah sie sehr selten, da es immer schwieriger wurde, mit
ihr auszukommen. Ihre Stimmungen schwankten zwischen paranoiden Depressionen und rücksichtsloser

Hyperaktivität. Es war so lange her, dass sie einander nahe gestanden hatten, dass White gar nicht genau wusste, warum Raven sich einverstanden erklärt hatte ihn nach London zu begleiten. Aber er begrüßte ihre Anwesenheit. Nicht nur, weil es nützlich war, ein Hex bei sich zu haben, er verspürte auch eine tiefe Zuneigung für seine Schwester. Dass Raven seine Zuneigung kaum zu erwidern schien, machte ihn besorgt und wütend zugleich.

Jetzt zog Raven sich verlegen aus der Umarmung zurück und fuhr sich durchs Haar, um ihre Reaktion zu verbergen.

»Es regnet in Strömen«, sagte sie.

»Hier.« White warf ihr eine Decke von seinem Bett zu. »Nimm das.«

»Danke.« Raven rümpfte die Nase. »Es ist nicht besonders sauber hier, was?« Sie blickte sich ablehnend im Zimmer um.

»Das Hilton war ausgebucht«, erwiderte White sarkastisch und Raven begann ihr Haar trocken zu rubbeln.

»Das sehe ich«, sagte sie und ihre Stimme wurde von der Decke gedämpft. »Was ist mit deinem Freund passiert?«

»Ich habe ihn losgeschickt, um etwas zu essen zu holen. Er stellte zu viele Fragen.«

»Oh.« Ravens Kopf tauchte wieder auf und sie begann geistesabwesend mit ihren Fingern durch ihr Haar zu kämmen.

»Wir sollten ihn loswerden«, drängte White. »Er ist das käuflichste Kind, das ich je getroffen habe, und völlig ohne jegliche Moral. Er würde seine Seele für ein paar Creds verkaufen.«

»Er ist eine Straßenratte, White«, stellte seine Schwester geradeheraus fest. »Geld ist alles, was zwischen ihm und dem Abgrund steht. Du bist auch käuflich, du hast dich nur schon daran gewöhnt.« Als ihr Haar halbwegs trocken war, ging sie hinüber zum Terminal in der Wand und probierte einige Tasten aus. »Das ist ja altertümlich«, protestierte sie.

»Es funktioniert«, sagte White kurz und ließ nicht zu, dass sie das Thema wechselte. »Was ist mit dem Jungen?«

»Wir reden später darüber«, erwiderte Raven. Dann lächelte sie und zog ein schmales Päckchen aus ihrer Tasche. »Hier, das ist für dich. Deine neue Identität.«

»Danke.« White nahm das Päckchen und öffnete es. Darin befand sich ein kleiner Stapel Karten. Drei Cred-Karten und eine ID-Karte. Auf der ID-Karte war ein Bild von White, darunter stand der Name Ryan Donahue. White betrachtete nachdenklich die ID-Karte. »Was ist sonst noch hier codiert?«

»Du bist ein selbstständiger amerikanischer Holovid-Producer«, erklärte Raven. »Medienleute sehen immer wie Ganger aus.«

»Was ist mit dir?«, wollte White wissen.

»Ich bin Elizabeth Black, ein Scout für einen von mir erfundenen amerikanischen Vid-Kanal«, erklärte sie. »Wir können die IDs zusammen oder getrennt benutzen.«

»Sehr schlau«, kommentierte White.

»Freut mich, dass es dir gefällt«, erwiderte Raven, als sie Schritte vor der Tür hörten und dann ein Klopfen.

»Komm rein«, rief White und Kez trat ein.

Es regnete anscheinend immer noch, denn Kez war tropfnass, aber er trug zwei große Papiertüten, die er ihnen triumphierend hinhielt, als er hereinkam. Raven stürzte sich darauf, noch bevor Kez die Tür geschlossen hatte. Er sah zu, wie sie die Plastikkartons mit chinesischem Essen auspackte. Sie sah älter aus als zuvor auf dem Bildschirm und noch unnahbarer. Aber sie hatte das gleiche spöttische Lächeln und ihr schwarzes Haar legte sich wie eine seidige Wolke um ihr Gesicht. Sie und White waren wie die positive und negative Version des gleichen Bildes. Ihre Gesichtszüge waren fast identisch, nur was die Farben betraf, waren sie Gegensätze.

Raven erwähnte ihre vorherige Begegnung nicht, sondern stellte sich lediglich als Whites Schwester vor. White schien unwillig irgendetwas mit Kez zu besprechen, doch als Kez nicht lockerließ, erklärte ihm Raven schließlich, dass sie versuchten ihre kleine Schwester zu finden.

»Aber ich werde auch einige Kontakte knüpfen, wenn ich schon mal hier bin«, fügte sie hinzu und attackierte beharrlich ein Reiskorn mit ihren Stäbchen. »Vielleicht komme ich das nächste Mal mit, wenn du die Gräfin besuchst, White.«

»Ich sagte ihr, du seist Hackerin«, erklärte White zögernd. »Vielleicht will sie dich engagieren.«

»Das ist kein Problem.« Raven zuckte mit den Schultern. »Ein paar Creds kann ich immer brauchen.«

»Gehst du jetzt wieder ins Netz?«, fragte White, als Raven vom Tisch aufstand.

»Später«, antwortete sie. »Zuerst muss ich mich ein wenig ausruhen.« Sie schnürte ihre großen schwarzen Armeestiefel auf und legte sich voll angezogen aufs Bett. Innerhalb einer Minute war sie eingeschlafen und Kez sah White überrascht an.

»Sie hat einen tiefen Schlaf«, sagte White. »Keine Sorge, du weckst sie nicht.« Er stand auf und ging ins Badezimmer. »Ich nehme eine Dusche und du solltest lieber nichts klauen.«

»He!«, protestierte Kez, aber White war bereits aus dem Zimmer. Kez schnitt der geschlossenen Tür eine Grimasse. White war anscheinend der Meinung, dass man ihm nicht trauen durfte, obwohl er nicht einmal von seinem Versuch wusste, sich mit dem Flitter davonzumachen und obwohl Kez mit seiner Cred-Karte zurückgekommen war. Schmollend zog er einen Stuhl zum Computer hin und setzte den Holovid-Bildschirm in Gang. Er konnte nur einige Kanäle bekommen und zappte sich ein paar Mal hindurch, bevor er das Gerät wieder abstellte. Raven lag immer noch wie bewusstlos auf dem Bett und Kez beschloss ihrem Beispiel zu folgen. Er machte sich nicht die Mühe seine Stiefel auszuziehen, kroch unter die dünnen Decken und wickelte sich fest hinein. Als White aus dem Badezimmer kam, war Kez schon fast eingeschlafen.

2. Kapitel

Folgenschwere Begegnung

Raven schlief traumlos etwa zwei Stunden lang, bis das Heulen eines Alarms irgendwo draußen sie weckte. Kez und White schliefen immer noch fest. Kez war in einen Kokon von Decken eingewickelt, White warf sich unruhig auf seinem Bett hin und her. Raven stand auf und ging hinüber zum Computer. Der Alarm war inzwischen verstummt, aber da sie schon wach und allein war, konnte sie genauso gut die Gelegenheit nutzen sich in den Computer zu begeben. Sie war nicht von Natur aus eine Einzelgängerin, auch wenn ihr Bruder das glaubte, wie sie sehr wohl wusste. Sie war lediglich darauf bedacht, sich möglichst nicht beobachten zu lassen, während sie die symbiotische Verbindung einging, die sie mit Computern hatte. Niemand würde Raven für einen normalen Hacker halten, wenn sie richtig arbeitete. Obwohl sie sich natürlich auch wie eine normale Benutzerin verhalten konnte, wenn sie das wollte. Dann flogen ihre Finger geräuschlos über die Tastatur, um die nötigen Operationen durchzuführen. Aber sie hielt das für eine ermüdende und Zeit verschwendende Methode. Jetzt legte sie ihre Hand leicht auf die Tastatur und schloss die Augen, während ihre Gedanken in den Computer eindrangen.

Dort hielt Raven sich nun auf, sie raste Datenpfade innerhalb einer Mikrosekunde entlang. Kein System blieb ihr verschlossen und sie dehnte ihr Bewusstsein in alle Richtungen aus, suchte ständig nach einer Erwähnung von Rachel. Ihre Wahrnehmung des Datennetzes war nichts, was sie hätte beschreiben können, die Art, wie die Schaltkreise sich in ihrem Gehirn in Formen und Farben, Geschmack, Strukturen, Klänge und Gerüche verwandelten. Jedes Sinnesorgan war in diese Erfahrung mit einbezogen, sodass sie nicht erklären konnte, woher sie etwas wusste, nur, dass sie es wusste. So merkte sie auch, dass etwas anders war, als sie am Ende eines Datenpfades auf etwas Neues traf.

Sofort waren alle Stränge ihres Bewusstseins auf diese eine Stelle konzentriert, schlangen sich um das Fremde, um es zu identifizieren. Erstaunlicherweise traf sie auf Widerstand und plötzlich erkannte Raven, dass es sich nicht um ein Programm handelte. Es befand sich eine andere Person im Netz. Zweifellos ein Amateur. Er war erfüllt von Furcht und gab vor lauter Panik seine Unerfahrenheit preis.

<ruhig>, befahl Raven, ob in Worten oder Gedanken, wusste sie selbst nicht, doch sie hielt den Fremden fest an seinem Platz. **<wer/was bist du?>** Sie bemerkte, dass der Fremde einen weiteren Versuch unternahm sich zu befreien und fügte ungeduldig hinzu: **<ich gehöre nicht**

zur security oder dem cps. wenn es so wäre, könnte ich das hier tun/fühlen/sein?>

<lass mich los!>, bat der andere.

<dein name?>, forderte Raven und verstärkte ihren Druck. Der andere konnte genauso wenig widerstehen wie die gesicherten Programme, die sich unter Ravens Zugriff öffneten.

<ali>, lautete die Antwort und Raven wurde von der Masse von Informationen, die der Name freisetzte, förmlich überflutet: ein sechzehnjähriges Schulmädchen also, von irgendwo weit oben in den abgeschirmten, gesicherten Wohntürmen der Reichen. Das war ihr zweiter Ausflug ins Netz und sie war entsetzt, dass man sie erwischt hatte.

Raven lachte. Das Mädchen war eine Anfängerin. In wenigen Mikrosekunden hatte sie so viel an Informationen abgegeben, dass Raven ihre Identität und ihren gegenwärtigen Aufenthalt kannte, während Raven selbst nichts enthüllt hatte. Die Fremde konnte innerhalb des Netzes praktisch noch gar nichts, doch wie ungeschickt ihre Versuche auch waren, sie würde nicht gefasst werden, während sie sich dort aufhielt. Es war wahrscheinlicher, dass sie sich in der wirklichen Welt verraten würde. Blitzschnell vermittelte Raven dem Mädchen diese Informationen, wobei sie selbst immer noch nichts über ihre eigene Identität preisgab. Raven löste ihren Griff und machte Anstalten sich zurückzuziehen.

<warte!>, bat Ali. Ihre ursprüngliche Panik war durch die Sachlichkeit gemildert worden, mit der Raven kommuniziert hatte, während ihre übermächtige Art ihr jedoch zutiefst Angst einjagte. **<du musst warten – bitte warte – lass mich nicht allein!>**

<warum?>, fragte Raven, die bereits von diesem Austausch gelangweilt war und meinte, genug für das unbekannte Hex getan zu haben.

<du musst bleiben/mir helfen/verhindern, dass das cps mich erwischt>

<?> Raven war jetzt verärgert und ihre Antworten beschränkten sich auf ein Minimum.

<weil du wie ich bist. wir (du/ich) sind gleich>

<jeder von uns ist auf sich gestellt>, erwiderte Raven. **<diese Unterhaltung ist beendet>** Und damit war sie fort und ließ nichts zurück, womit die Fremde sie aufspüren konnte. Aber sie selbst wusste genau, wo sie das Mädchen wieder finden würde, sollte sie den Wunsch verspüren. Alis Merkmale waren in ihrem fotografischen Gedächtnis gespeichert, bis sie irgendwann beschloss sie zu löschen.

Raven schoss auf der Suche nach Informationen tausende von Datenpfade entlang. Namen, Daten, Lebensalter schwappten in ihr Bewusstsein und wieder hinaus. Schulzeugnisse, Vidcom-Eintragungen, Bankkonten, Einkaufslisten. Nirgends konnte sie irgendein Zeichen von Rachel finden. Aber selbst tausend Datenbanken waren nur ein Bruchteil des Computernetzes einer Stadt. In dieser Nacht konnte sie die Suche nicht abschließen. Sie löste ihren Zugriff auf die Daten, die sie umschwirrten, und ließ sich zurück durchs Netz an ihren Ausgangspunkt fallen. Langsam löste sie sich aus dem Netz und trat wieder in ihren Körper ein.

Eine Weile saß sie nur blinzelnd da und versuchte sich an die Sinneseindrücke zu gewöhnen, die so verschieden waren von denen, die sie im Netz erfahren hatte. Nach und nach passte sie sich wieder der Realität an. Das dunkle Zimmer, die Atemgeräusche der beiden Schläfer, die flache Tastatur unter ihren Händen und der Geruch nach chinesischem Essen, der immer noch in der Luft lag. Sie stand auf und streckte sich, bewegte sich schwerfällig wie ein Taucher, denn ihr Körper reagierte nur langsam. Vorsichtig ging sie zu ihrem Bett, mit einer kontrollierten Bewegung legte sie sich hin und war eingeschlafen, noch bevor ihr Kopf das Kissen berührt hatte.

Ali kehrte abrupt in ihren Körper zurück und merkte, dass sie zitterte. Die Begegnung mit der fremden Person im Netz hatte ihr einen entsetzlichen Schrecken eingejagt. Zuerst hatte sie gedacht, es sei das Ende, nun hätte das CPS sie gefunden. Die Entdeckung, dass es auch ein Hex war, war fast ebenso erschreckend gewesen. Die Anwesenheit dieser anderen Person hatte sich kalt und fremdartig angefühlt. Der oder die Fremde war entsetzlich selbstsicher hinsichtlich der eigenen Fähigkeiten gewesen und hatte Ali ganz offen geringschätzig beurteilt. Sie erinnerte sich an das Gefühl, dass eine Flut von Informationen sie überschwemmte, einschließlich der Tatsache, dass diese fremde Person alles von ihr wusste.

Aber am schlimmsten war gewesen, dass sie sich geweigert hatte ihr zu helfen, bevor sie spurlos verschwand.
Ihr Verstand sagte Ali, dass ein anderes Hex sie wohl
kaum verraten würde, aber bis jetzt hatte niemand sonst
ihr Geheimnis gekannt.

Ali stand von dem Terminal auf, ging zum Fenster
und sah hinaus in die Nacht. Irgendwo da draußen
hinter den schimmernden Lichtern der Stadt befand
sich die Person, die sie im Netz getroffen hatte. Wie Ali
so allein in dem Apartment stand, wusste sie nicht, ob
sie hoffte oder fürchtete, dass diese Begegnung sich
wiederholte.

Das Wohnzimmer war ein großer Raum, in Weiß und
Eisblau eingerichtet. Hi-tec war in drei der vier Wände
eingebaut. In der vierten befand sich ein riesiges Fenster
aus nach außen hin verspiegeltem Glas mit einem herr-
lichen Blick auf die Umgebung. Der Apartmentkom-
plex Belgravia befand sich in einer der teuersten und
exklusivsten Gegenden der Stadt. Er war nach einer
genauso exklusiven Gegend des alten London benannt,
die schon lange unter der immer weiter wachsenden
Stadt verloren gegangen war. Als Ali sich nun in dem
Apartment umsah, konnte sie nicht anders als zu denken, dass all das auf dem Spiel stand, wenn ihr Geheimnis jemals entdeckt werden sollte. Nervös zupfte sie an
einer Strähne ihres aschblonden Haares und versuchte
sich damit zu beruhigen, dass niemand außer der fremden Person im Netz die Wahrheit kannte.

Keine ihrer Freundinnen konnte in ihr auch nur im
Entferntesten ein Hex vermuten. Sie war hübsch, beliebt

und reich. Und sie gehörte zur wichtigsten Clique in der
Schule, denn ihr Vater war ein bekannter Medien-
magnat und konnte sich ein Apartment im Belgravia
leisten, wo auch der Rest der Clique lebte. Bob Tarrell
besaß fünf Zeitungen und sieben Holovision-Sender. Er
hatte den Ruf hart zu arbeiten und das Leben zu ge-
nießen, weshalb er auch kaum zu Hause war. Ali hatte
keine Ahnung, ob er heute Abend noch so spät in der
Tarrell Corporation arbeitete oder mit einem der hohl-
köpfigen Starlets aus war, mit denen er sich gern traf.
Doch auch wenn er sich selten zu Hause aufhielt, war
ihr Vater äußerst großzügig. Ali hatte unbegrenzt Geld
zur Verfügung, das sie auf Holovid-Partys, beim Ein-
kaufsbummel und beim Besuch der Arkade, des Erho-
lungskomplexes dieses Wohnviertels, ausgeben konnte.

Da es immer weniger verfügbares offenes Land gab,
verbrachte man seine Freizeit an Orten wie der Arkade.
Dort gab es Parks, Zoos, Swimmingpools und Eislauf-
bahnen. Der Park im Herzen Londons, der jahrhunder-
telang überlebt hatte, war inzwischen von den Industriegebäuden aufgefressen worden, während die Stadt
sich in den Himmel hinauf ausdehnte. Der Fluss, der
sich früher durch die Stadt geschlängelt hatte, war unter
die Erde geleitet worden, um Platz für die Wolkenkratzer zu machen. Nachdem man das unbebaute Land
aufgebraucht hatte, waren die alten Gebäude, selbst die
mittelalterlichen Türme Londons, welche in der Vergangenheit sämtliche Belagerungen überstanden hat-

ten, dem unausweichlichen Fortschritt zum Opfer gefallen. Ältere Menschen beschwerten sich, dass die Stadt ihre eigene Geschichte aufgefressen hätte. Aber Ali war, wie all ihre Freundinnen, nur an der Zukunft interessiert und sie hatte vor, Teil dieser Zukunft zu sein.

Ihr Ziel war es, Holovid-Regisseurin zu werden, eine Karriere, für die sie sich wie geschaffen erachtete. Sie hatte ihre Zukunft schon genau geplant und träumte gern von dem Ruhm und dem Vermögen, das sie eines Tages haben würde. Ali drehte sich um und stellte den Computer mit einer entschlossenen Handbewegung ab. Von jetzt an würde sie ihn nur noch für Hausaufgaben benutzen wie jedes andere Schulkind. Wenn sie sich nicht wie ein Hex verhielt, vielleicht gingen dann diese Fähigkeiten, die sie so belasteten, einfach weg. Ali warf mit einem Lächeln ihr Haar zurück. Die Überlegungen gaben ihr wieder etwas Selbstbewusstsein. Sie hatte nicht die Absicht sich vom CPS holen zu lassen, egal, was der oder die unbekannte Fremde denken mochte.

Während Raven und Ali sich aus dem Netz zurückzogen, floss der Datenaustausch zwischen den Computersystemen weiter. Die Datenpfade, unsichtbar für jeden außer einem Hex, spannen ein komplexes Netz über die Stadt, verbanden sie mit anderen Städten, anderen Ländern, anderen Kontinenten. Vom einfachsten öffentlichen Terminal bis zu den riesigen Computersystemen der Regierungen der Welt war praktisch alles mit dem Netz verbunden. Seine Verbindungen erstreckten sich zu den entferntesten Gebieten, doch hier und da gab es freie Stellen, Stellen, die das Netz umkreiste, jedoch nicht berührte.

In einem kahlen weißen Zimmer ohne ein Computer-Interface oder irgendeine andere Einrichtung außer einem einfachen Krankenhausbett starrte ein Junge an die Decke. Obwohl er von Ravens Existenz nichts wusste, betete er für ihren Erfolg, den Erfolg irgendeines anderen Hex. Für die Männer in der Kleidung von Wissenschaftlern, die ihn beobachteten, schien er nichts wahrzunehmen, nicht einmal ihre Gegenwart. Aber als sie ihre Instrumente vorbereiteten, hasste Luciel sie. Die Riemen, die ihn ans Bett fesselten, konnten seine Gedanken nicht beeinflussen und die waren in diesem Augenblick darauf gerichtet, dass irgendwo und irgendwie ein Hex überleben konnte.

Die lange Nadel drang in Luciels Arm ein. Es gab keine vorherige Betäubung und durch dieses Serum würde er sich stundenlang im Delirium befinden. In der Zeit, die ihm blieb, bevor er das Bewusstsein verlor, konzentrierte er sich auf den Schmerz als das letzte echte Erlebnis, das ihm widerfuhr. Weit weg, wie es schien, außerhalb des Schwirrens in seinem Kopf, erkannte er das Subjekt seines Hasses und er füllte seinen Blick mit all der Bitterkeit in sich, so giftig wie die Droge, die durch seine Venen raste. Aber der weißhaarige Wissenschaftler sah ihn nicht an. Er beendete die Notizen auf seinem Clipboard, blickte zu seinen Kollegen und sagte: »Zeit für das nächste Versuchsobjekt.«

Kez erwachte am nächsten Morgen von einem Streit, der bereits in vollem Gange war. White klang harsch und angespannt, Raven kühl und sarkastisch, doch sie hatten ihre Stimmen gedämpft, um ihn nicht zu wecken. Er kämpfte sich aus seinen Laken und hörte White sagen: »Wir halten uns hier auf, um nicht aufzufallen, und unsere Anonymität verschafft uns eine gewisse Sicherheit. Ich kann einfach nicht glauben, dass du das ändern willst.«

»White, ich habe keine Lust in einem Slum zu wohnen, wenn wir uns etwas Besseres leisten können. Wovor hast du denn Angst? Unsere neuen Identitäten sind gesichert, weshalb sollte irgendjemand in Frage stellen, dass wir oben wohnen?«

»Ich habe keine Angst«, erwiderte White mit erhobener Stimme. »Aber du solltest besser berücksichtigen, dass unsere Identitäten frei erfunden sind; unsere Cred-Karten sind erfunden, alles an uns ist erfunden. Wir existieren ja nur, weil du das Netz getäuscht hast.«

»Wenn das Netz sagt, wir existieren, dann existieren wir auch«, erklärte Raven und warf sich frustriert auf ihr Bett. Dabei begegnete sie Kez' Blick und sah ihren Bruder vorwurfsvoll an. »Und jetzt hast du Kez geweckt!«

»Na und?«, fragte White, ging aus dem Zimmer und schlug die Tür hinter sich zu.

Kez blickte besorgt zu Raven, die seufzend den Kopf schüttelte.

»Mach dir seinetwegen keine Sorgen«, sagte sie. »Er wird schon wieder.«

»Worüber habt ihr denn gestritten?«, fragte Kez schläfrig.

»White will nicht in die Oberstadt ziehen«, erklärte Raven und blieb flach auf dem Rücken liegen. »Er ist der Meinung, wir würden dadurch unnötig Aufmerksamkeit auf uns ziehen.«

»Aber du denkst das nicht?« Kez runzelte die Stirn.

»Es hat Vorteile, wenn man eine respektable offizielle Identität besitzt«, erklärte Raven ihm. Lächelnd fügte sie hinzu: »Und ich habe mir schon immer gewünscht mal in einer wirklich teuren Wohnung zu wohnen.«

»Kannst du dir eine solche Wohnung denn leisten?«

»Wenn ich es dem Computer sage.« Raven lächelte.

»Kann das jeder Hacker, oder nur du, weil du ein . . .« Kez' brach seinen Satz ab, als White die Tür öffnete.

Im Nachhinein dachte Kez, dass es unklug von ihm gewesen war anzunehmen, dass White länger wegbliebe. In einer ihm unbekannten Gegend konnte er schließlich nirgendwo hingehen. White war zurückgekommen, um mit Raven vernünftig zu reden. Doch die Worte, die er bei seinem Eintreten hörte, machten diese Absicht zunichte.

»Du hast es ihm doch nicht etwa erzählt?«, rief er ungläubig aus. »Nachdem ich dir noch sagte, dass man ihm nicht trauen kann!«

»Seit wann bestimmst du über mein Leben, White?« Seine Schwester hatte sich im Bett aufgesetzt und starrte ihn herausfordernd an.

»Du musst verrückt sein!« White durchquerte das Zimmer und fasste Ravens Handgelenke. »Es geht dabei doch nicht um eine Auseinandersetzung zwischen dir und mir! Das hier könnte dich das Leben kosten!« Er warf Kez einen feindseligen Blick zu. »Wie konntest du so unvorsichtig sein?«

»Lass mich los.« Raven machte sich aus Whites Griff frei. Der Druck seiner Finger hatte weiße Flecken hinterlassen. Doch bevor sie fortfahren konnte, stand Kez auf, die Hände geballt.

»He, Mann«, sagte er zu White. »Ich werde es niemandem sagen.«

»Ach nein?«, fragte White kühl. »Du würdest doch für Geld alles verkaufen und da soll ich dir glauben, dass du uns nicht verkaufst?« Er schüttelte den Kopf. »Raven, wir müssen diesen Jungen loswerden.«

»Nein!« Kez' sommersprossige Wangen wurden um einiges blasser und er trat instinktiv einen Schritt zurück. »Oh nein.«

»Ruhig Blut, White, und du auch, Kez.« Raven ging zu dem Jungen und legte beruhigend den Arm um seine Schultern. Sie grinste Kez an. »Er tut so cool, aber eigentlich ist er ein netter Kerl. Er würde einen dreizehnjährigen Jungen nicht einfach platt machen, selbst wenn er dich nicht mag.«

»Ich rede nicht davon, ihn umzubringen«, fuhr White sie an. »Lassen wir ihn einfach nur hier und suchen uns einen anderen Unterschlupf und einen anderen Info-Boss.« Er griff bereits nach seiner Tasche, doch Raven schüttelte den Kopf.

»Sei nicht albern«, entgegnete sie. »Wenn du dir wegen Kez Sorgen machst, werden wir einfach so lange ein

wachsames Auge auf ihn haben, bis du beruhigt bist.
Aber du hast insofern Recht, als wir hier wegmüssen.
Ich kann in diesem verdreckten Zimmer keine Stunde
länger bleiben.«

»Die Sache ist ernst.« White sah seine Schwester miss-
billigend an. »Jahrelang haben wir es vermieden, ins
Blickfeld der offiziellen Stellen zu geraten. Wie kannst
du jetzt auf einmal die Gefahr entdeckt zu werden
völlig ignorieren?«

»Weil ich weiß, wozu ich fähig bin«, antwortete Raven
ihm betont geduldig. »Und inzwischen ist es so gut wie
ausgeschlossen, dass das CPS oder sonst jemand mich
erwischen kann.«

»Du bist dir deiner Sache zu sicher«, stellte White kühl
fest. »Und dadurch gefährdest du uns beide, und auch
Rachel, wenn wir sie jemals finden sollten.«

»Nein, tu ich nicht.« Raven kehrte ihm den Rücken zu
und begann ihre Sachen zu packen. »Ob du es glaubst
oder nicht, White, wir werden viel sicherer sein, wenn
wir uns nicht mehr in den Ganglands aufhalten. Hier
würden die Seccies zuerst nach einem Hex suchen.
Droben in der Oberstadt werden wir uns direkt unter
ihrer Nase aufhalten und sie merken es gar nicht. Sie
werden uns sogar beschützen wollen, nachdem wir
vorgeben brave Bürger zu sein. Ich sage dir, dort sind
wir viel sicherer als hier unten.«

»Diese Diskussion ist noch nicht beendet«, entgegnete
White, aber weder er noch Raven machten einen Versuch sie fortzusetzen, und nachdem das Schweigen
andauerte, verließ Kez die beiden, um zu duschen. Er

bekam langsam das Gefühl, dass ihm die Sache etwas
über den Kopf wuchs, und fragte sich, ob es sich lohnte,
noch länger bei den Fremden zu bleiben, auch wenn
Raven umwerfend war. Mit seinen dreizehn Jahren hatte er eigentlich bereits genug davon, am Rande des
Abgrunds zu leben.

Ali saß am Wohnzimmerfenster und trank Orangen-
saft, während sie darauf wartete, zur Schule abgeholt
zu werden, als ihr Vater aus seinem Zimmer kam. Bob
Tarrell war ein großer Mann, der auf eine raue Weise
gut aussah und die kraftvolle Statur eines Ringkämpfers hatte. Er brauchte sehr wenig Schlaf und selbst nach
dem Exzess der letzten Nacht sah er entspannt und fit
aus.
　»Guten Morgen, mein Schatz«, sagte er und fuhr Ali
durchs Haar. »Könntest du mir auch ein Glas von dem
Zeug besorgen?«
　»Klar«, erwiderte Ali und ging hinüber zum Nutromac, der die Funktionen einer Küche erfüllte und Mahlzeiten für die Leute lieferte, die keine Zeit hatten auf die
altmodische Weise zu kochen. »Bist du gestern Abend
noch aus gewesen?«
　»Ich war mit Carla weg«, antwortete ihr Vater. »Aber
ich habe auch noch lange gearbeitet.« Er nahm das Glas,
das sie ihm reichte, dankbar entgegen und trank es fast
in einem Zuge aus. »Danke, Liebes. Carla war nicht
allzu glücklich darüber, aber die Einschaltquoten sind
wieder einmal ziemlich im Keller. Ich werde wohl mindestens einen der Sender vollständig ändern müssen.

Vielleicht sollte ich etwas Ausgefallenes versuchen, um das Interesse der Leute zu wecken.«

»Tatsächlich?« Ali tat sehr interessiert. Meistens langweilte es sie, wenn ihr Vater von seiner Arbeit sprach. Aber solange er dachte, sie sei interessiert, nahm er sie weiter zu den Partys mit, auf denen sich die Stars aufhielten. Dadurch stieg Alis Ansehen in ihrer Clique, zudem hoffte Ali dort wichtige Kontakte in der Unterhaltungsindustrie zu knüpfen.

Bob Tarrell sprach immer noch über seine Schwierigkeiten und trommelte nachdenklich mit seinen Fingern an sein Glas.

»Ich sag dir was, Liebes«, sagte er. »Warum redest du nicht mal mit deinen Freunden und schaust, ob sie irgendwelche Ideen für den Sender haben?«

»Klar, Dad«, stimmte Ali zu. »Ich rede heute noch mit ihnen darüber.«

»Tu das.« Ihr Vater runzelte immer noch die Stirn. »Ich muss irgendetwas Sensationelles haben, noch vor der Party am Wochenende. Etwas, was ich den Leuten ankündigen kann. Bei dieser Party geht es um Arbeit und Geschäft, Ali. Die Leute kommen nicht nur des Spaßes wegen her, weißt du.«

»Ich weiß«, versicherte Ali beruhigend und dachte bei sich, dass für sie die Party alles andere wäre als Arbeit. Sie hatte vor, sich eine absolut ultra Zeit zu machen und die Gastgeberin für die berühmten Gäste ihres Vaters zu spielen.

Ali musste sich nicht viel länger anhören, welche Probleme ihr Vater bei der Arbeit hatte, denn einige

Minuten später hielt ein Skimmer vor der Wohnung. Sie verabschiedete sich von ihrem Vater und passierte drei gesicherte Türen, um nach draußen zu kommen. Es war ein heller, kühler Morgen und weit über sich sah Ali einen Schimmer der Sonne in einem blassblauen wolkenlosen Himmel. Um die Schatten der Türme und Brücken wettzumachen, brannte die Straßenbeleuchtung und simulierte Tageslicht. Während sie zum Skimmer hinüberging, einem schmalen stromlinienförmigen Fahrzeug, glitt eine seiner rückwärtigen Türen auf. Ali kletterte hinein zu Caitlin und Zircarda, die Tür schloss sich lautlos hinter ihr und die Mädchen begrüßten sich.

»Also, Ali«, begann Zircarda und lehnte sich gegen die cremefarbenen Sitzkissen, »erzähl uns von der Party. Die ganze Clique kommt, oder?«

»Genau.« Ali lächelte und war völlig in ihrem Element. »Aber bitte nicht Carol, sie ist viel zu ausgeflippt.«

»Sie könnte sowieso nicht kommen«, informierte Caitlin sie und schwang ihre kastanienbraune Lockenpracht. »Hat Mira dich gestern Abend nicht angerufen?«

»Carols Vater wurde von seiner Firma gefeuert«, warf Zircarda ein. »Sie ziehen aus dem Belgravia aus. Also ist sie nicht mehr in der Clique.«

»Und du kannst niemanden einladen, der nicht zu uns gehört«, ergänzte Caitlin.

»Gott, nein.« Ali schauderte – und das war nicht einmal gespielt. Diese Unterhaltung erinnerte sie daran, dass sie es sich nicht leisten konnte, in Ungnade zu fallen. Sie brauchte sich nicht groß anzustrengen, um aufzulachen. »Also ist Carol draußen, ja? Dem Himmel sei Dank dafür.« Als der Skimmer über die Brücken schoss, vermied Ali es, aus den Fenstern zu schauen, denn sie wollte die Dunkelheit weit unter sich nicht sehen.

Kez saß verlegen neben Raven, sein Haar war immer noch feucht vom Duschen. Sie arbeitete im Netz, ihre Finger flogen schneller über die Tastatur, als er es für möglich gehalten hatte, und Informationen rollten über den Bildschirm. Sie war guter Laune und bereit Kez ein wenig zu erklären, was sie tat, und ihn zusehen zu lassen. Sein Vergnügen wurde allerdings durch Whites Gegenwart gedämpft. White hatte während der letzten Stunde nichts gesagt, sondern strahlte einfach nur Missbilligung aus, während er seine Laserpistole überprüfte, als wolle er sich für einen Kampf rüsten. Es war seine Reaktion auf Ravens Beschluss, hoch in die Stadt zu ziehen, und Kez war sich nicht ganz sicher, ob White wirklich Unrecht hatte.

Kez mochte davon geträumt haben, in der Oberstadt zu wohnen, aber tatsächlich dort hinzuziehen machte ihm Angst. Bestenfalls würde er lediglich in eine peinliche Situation kommen, schlimmstenfalls würden ihn die Seccies einsperren. Auf Grund der Tatsache, dass Raven ein Hex war, entsprachen seine Chancen wieder freizukommen, wenn man ihn fasste, jenen eines Schneeballs in der Hölle. Insgeheim gestand er sich ein, dass es von Raven sehr unvorsichtig gewesen war, ihn wissen zu lassen, dass sie ein Hex war. Was immer er von Whites Einstellung ihm gegenüber hielt, ein Straßenkind etwas wissen zu lassen, was dich dein Leben kosten konnte, war in jedem Fall ein furchtbarer Fehler. Doch Kez merkte schnell, dass Vorsicht nicht zu Ravens Tugenden gehörte. Sie hatte eine Art rücksichtsloses Vertrauen in ihre eigenen Fähigkeiten, was dazu führte, dass sie Whites Warnungen offen ignorierte. Allerdings hatte Kez keine Vorstellung vom wahren Ausmaß dieser Fähigkeiten und er vermutete, auch White nicht, weshalb er unsicher auf dem Rande seines Stuhles saß und sich fragte, ob er nicht jeden Augenblick die Sirenen der Seccies hören würde, die sie holen kamen.

Raven erstellte eine neue ID für Kez. Es war, um genau zu sein, die erste wirkliche ID seines Lebens, nachdem er es niemals zu irgendwelchen offiziellen Papieren gebracht hatte. Er war erstaunt über die Leichtigkeit, mit der Raven sich in die offiziellen Datenbanken hackte. Abgesehen davon, dass er niemals vorher einen Hacker kennen gelernt hatte, war der Schwarzmarktpreis für gefälschte IDs hoch genug, um ihn vermuten zu lassen, dass diese Arbeit nur von den allerbesten Experten durchgeführt werden konnte. Aber Raven konzentrierte sich nicht einmal richtig darauf, sondern drehte den Kopf zu ihm, während ihre Finger leicht über die Tastatur huschten.

»Wie gefiele es dir, mein Cousin zu sein, Kez?«, fragte sie.

»Was?« Er kräuselte erstaunt die Nase.

»Meine ID besagt, dass ich ein Scout für einen amerikanischen Vid-Kanal namens ›AdAstra‹ bin. Es wäre praktisch für dich, wenn du mit mir verwandt wärst.« Sie grinste. »Ich kann dem Computer natürlich nicht sagen, dass du mein Bruder bist, denn wir sehen uns nicht ähnlich genug.«

»Du siehst auch White nicht sehr ähnlich«, meinte Kez.

»Das liegt daran, dass er wie ein Freak aussieht«, erwiderte sie und hob die Stimme ein wenig, damit ihr Bruder sie auch bestimmt hören konnte. »Rachel und ich waren die absolut rührenden kleinen Waisenkinder, aber White wurde von jedem misstrauisch beäugt. Es ist eine Ironie, dass er niemals auch nur den leisesten Ansatz zeigte ein Hex zu sein, obwohl er ungefähr so freakig aussieht, wie man nur aussehen kann.«

»White sieht aus wie ein Ganger«, sagte Kez beschwichtigend. »Das ist nicht richtig freakig, nur Angst einflößend.« Er biss sich auf die Lippen, als er an die Ganger dachte, denen er bisher in seinem Leben begegnet war, aber Raven lachte nur.

»Das ist auch eine Ironie des Schicksals. Ich bin viel gefährlicher als White«, erklärte sie. Dann blickte sie zurück auf den Computer, bevor Kez antworten konnte. »Okay, ich bin fertig. Möchtest du deinen neuen Namen wissen?«

»Es ist doch nicht etwas völlig Abgedrehtes, oder?«, fragte Kez, der Ravens Sinn für Humor misstraute.

»Würdest du mir denn so was zutrauen?«, fragte Raven gedehnt. »Nein, er kommt deinem echten Namen so nahe wie nur möglich. Du heißt jetzt Kester Chirac, kanadischer Abstammung. Du bist letzte Woche von San Francisco herübergeflogen und erster Klasse gereist, Sitz 14C. Deine Cousine, Elizabeth Black, hatte Sitz 14B. AdAstras Forschungsabteilung hat beide Flüge bezahlt, von Medienleuten erwartet man immer, dass sie ihre Firma übers Ohr hauen.«

»Das ist alles in den Daten gespeichert?«, fragte Kez erstaunt.

»Und noch viel mehr.« Raven lehnte sich mit einem selbstzufriedenen Gesichtsausdruck in ihrem Stuhl zurück. »Möchtest du noch etwas von dem Flitter hören, der dich vom Flughafen nach London brachte, oder von dem Hotel, in dem du letzte Woche übernachtet hast?« Sie beugte sich vor und wieder huschten ihre Finger über die Tastatur. »Da ist deine Hotelrechnung im Regent.«

Kez starrte fasziniert auf den Bildschirm und merkte, dass White hinter sie getreten war und ebenfalls darauf blickte.

»Es ist eine hohe Rechnung für eine Woche«, bemerkte er.

»Kez hat viel beim Zimmerservice bestellt«, erklärte Raven trocken und Kez merkte erleichtert, dass sie sich wieder vertrugen.

»Wann habe ich ausgecheckt?«, fragte er und studierte die Informationen.

»Das wirst du erst morgen«, antwortete Raven. »Bevor wir in unsere Wohnung einziehen.«

»Und wo ist diese Wohnung?«, fragte White mit unbeteiligter Stimme.

»Im Belgravia«, antwortete Raven mit einem Schulterzucken. »Es ist voll von Medienleuten, Hohlköpfen und Angebern. Aber ich denke, wir können es eine Weile aushalten.«

»Ultra!«, rief Kez atemlos aus. Ungeachtet des Risikos, hatte er beschlossen sich noch nicht so schnell von seinen neuen Freunden zu trennen.

3. Kapitel

Zerstörte Hoffnung

Raven und Kez zogen am nächsten Nachmittag stilgerecht ins Belgravia ein. White war losgegangen, um die Gräfin aufzusuchen. Er wollte beim Umzug nicht mithelfen, da er das Ganze an sich nicht billigte, also erledigten sie das ohne ihn. Das Apartment, das Raven zu astronomischen Preisen gemietet hatte, war luxuriös und die Möblierung, die, einige Minuten nachdem ihr Flitter vor dem Belgravia gehalten hatte, in einem riesigen Transporter ankam, ebenfalls. Raven erklärte, dass das Apartment ursprünglich in blassen Pastellfarben gehalten war, doch sie hatte, ohne dass White es wusste, Innenarchitekten beauftragt es nach ihren Wünschen umzugestalten.

Als die Leute von der Möbelfirma die neuen Besitztümer in die Wohnung schafften, bekam Kez eine ungefähre Ahnung von Ravens Vorlieben. Anscheinend bevorzugte sie dunkle Farben, hauptsächlich Karmesinrot und Rostbraun. Sie mochte auch laute Musik. Techniker verlegten neue Kabel für das Musiksystem des Apartments, um es so an die megawattstarken Lautsprecher anzupassen, die Raven bestellt hatte. Das Erste, was sie tat, nachdem die Möbel standen, war, ein Musikgeschäft anzurufen und eine Bestellung aufzugeben, die sich nach der Hälfte der dortigen Lagerbestände anhörte. Kez kannte die Titel kaum, aber als sich die Laserdiscs im Wohnraum stapelten, hatte er den Eindruck, der Musikstil ginge in Richtung Gangermusik. Einiges davon war neueren Datums, Jetrock und Acidtechno, aber es gab auch Neuauflagen aus dem ausgehenden 20. Jahrhundert mit den düstersten und deprimierendsten Liedern, die er jemals gehört hatte.

»Diese Musik nennt man Fin de Siècle«, erklärte Raven, als er protestierte. »Sie hat etwas Realistisches. Diese Musiker sahen die Sintflut kommen und hatten keine Angst das zu verkünden, während die Politiker zu viel Schiss hatten es zuzugeben.«

»Wovon sprichst du denn überhaupt?«, fragte Kez und musste sich anstrengen, um den dröhnenden Backbeat zu übertönen.

»Das technische Zeitalter«, erwiderte Raven und drehte die Musik eine Idee leiser aus Rücksicht auf seine klingenden Ohren. »Der Verlust der Geschichte im Verlauf des Fortschritts. Wie, glaubst du denn, entstanden die genetischen Experimente? Während des ganzen einundzwanzigsten Jahrhunderts versuchten Wissenschaftler die Menschen zu verbessern, um sie mit der neuen Technologie in Einklang zu bringen. Wissenschaft regierte die Welt, so kam es auch, dass London zwei Meilen hoch in den Himmel schoss.« Sie lachte grimmig auf, während sie in ihrer Sammlung von Discs stöberte. »Der einzige Grund, warum die Stadt nicht

noch höher wurde, ist, dass man nach dem Zusammen-
bruch New Yorks Angst hatte und etwas langsamer tat,
denn dort hatten sie fünf Meilen erreicht, als die Fundamente nachgaben.«

»Könnte das hier auch passieren?«, fragte Kez, zum
ersten Mal in seinem Leben besorgt, was die Stabilität
der Stadt anging.

»Ganz sicher nicht«, sagte Raven und grinste über
seinen entsetzten Gesichtsausdruck. »Neue Metallle-
gierungen, neue Bautechnik. Terroristen versuchten
2314 Los Angeles in die Luft zu jagen und schafften
nicht mehr als einige Brücken zu zerstören. Die Wolkenkratzer hier bleiben uns erhalten.«

Raven war eigentlich nicht in der Stimmung für eine
längere Unterhaltung und Kez konnte die bis in den
Bauch vibrierende Musik nicht mehr aushalten. Er
überließ Raven ihrem Hörvergnügen und ging los, um
das Belgravia zu erkunden, bei sich die gefälschte ID,
die per Boten unmittelbar nach ihrem Einzug angekommen war. Mit einer Cred-Karte im Wert von 800 Creds
war er gut ausgestattet, um die viel gerühmten Einrichtungen des Belgravia auszuprobieren.

Sein Ausflug wurde zu einem Erlebnis. Er hatte einen
Skimmer genommen, der ihn in den Erholungskomplex
Arcade brachte, und es verschlug ihm den Atem. Noch
niemals hatte er so viel Platz, reserviert allein für Frei-
zeitvergnügen, gesehen. Arcade hatte Bereiche, von denen er nicht einmal gehört hatte. Er war noch nie beim
Ice-skating gewesen und starrte ungläubig auf die
schimmernde Fläche gefrorenen Wassers. Noch mehr

erstaunt war er über das Museum. Kez konnte sich nicht vorstellen, warum irgendjemand sich behauene Steine und Bilder von toten Leuten ansehen wollte, die er nicht einmal kannte. Aber das Museum war gut besucht, hauptsächlich von älteren Leuten, die sich das Zeug offensichtlich fasziniert ansahen. Schließlich folgte Kez einer Gruppe von jungen Leuten, die einige Jahre älter waren als er und anscheinend gerade aus der Schule kamen. Er folgte ihnen ungefähr eine halbe Stunde, während sie Musikgeschäfte und Kleiderläden durchstreiften. Schließlich kaufte er einige Vid-Discs, von denen er dachte, dass sie Raven gefallen könnten, denn er wusste nicht, was er sonst kaufen sollte. Außerdem hatte er Angst von einem der Security-Männer der Läden angehalten zu werden. Er betrachtete gerade eine Jacke aus Kunstleder und fragte sich, ob er seine alte Jacke loswerden sollte, als er bemerkte, dass eines der Mädchen aus der Gruppe, der er gefolgt war, neben ihm stand.

Sie strahlte ihn an, als er sich zu ihr drehte, und streckte ihm eine gepflegte Hand entgegen. Er ergriff sie automatisch, als sie sich ihm auch schon vorstellte.

»Ich bin Zircarda Anthony, meinen Eltern gehört die Anthony Corporation«, erklärte sie ihm. »Du bist neu im Belgravia, nicht wahr?«

»Ich bin Kez, Kester Chirac«, stellte er sich vor. »Ich bin heute erst eingezogen.«

»Gehst du zur Gateshall?«, fragte Zircarda. »Wir sind alle dort.« Sie machte eine Handbewegung zum Rest der Gruppe.

»Das ist eine Schule, oder?«, fragte Kez erschrocken und überlegte, warum dieses Mädchen ihm so viele Fragen stellte. »Nein, ich glaube nicht.«

Das Mädchen sah ihn überrascht an und aus einem Instinkt heraus log er schnell: »Ich geh zu Hause in den Staaten zur Schule. Ich bin mit meiner Cousine hier, sie ist ein Scout für einen Vid-Sender.«

»Welcher Sender?«, fragte ein Mädchen mit aschblondem Haar gebieterisch.

»AdAstra«, erwiderte Kez und versuchte verzweifelt sich an die Einzelheiten zu erinnern, die Raven ihm eingetrichtert hatte.

»Davon habe ich noch nie gehört«, sagte das blonde Mädchen misstrauisch und eine dritte, die lockiges braunes Haar hatte, informierte ihn: »Alis Vater gehören sieben Vid-Sender.«

»Tatsächlich?« Kez' Mut sank und er überlegte fieberhaft, wie er sich aus der Affäre ziehen sollte. Die Antwort fiel ihm ein, als er schon verzweifeln wollte. »AdAstra ist eine Art Alternativsender. Sie sind auf Musik aus dem späten 20. Jahrhundert spezialisiert, in der Art Fin de Sìecle.« Er war sich fast sicher, dass er das letzte Wort falsch ausgesprochen hatte, aber es sah so aus, als ob die Mädchen es akzeptierten.

»Sobald ich dich sah, wusste ich, dass du in der alternativen Musikszene sein würdest«, erklärte Zircarda triumphierend. »Verstehst du, mit deiner Jacke siehst du fast wie ein Ganger aus.«

»Ja«, antwortete Kez, zu erstaunt, um sich irgendeine andere Antwort zu überlegen. Aber die Mädchen redeten selbst so viel, dass es nichts ausmachte. Zircarda stellte ihm die anderen vor, jeweils mit einer kurzen Erklärung.

»Das ist Ali, Bob Tarrells Tochter, und Caitlin, ihr Vater ist ein Mitglied des Parlaments, und Mira, ihre Mutter ist Maria West, die Schauspielerin . . .« Die Liste ging weiter und weiter, während Kez jedem Mitglied der Gruppe vorgestellt wurde, die sich offensichtlich als eine Art exklusive Clique der Superreichen betrachtete.

Innerhalb weniger Minuten hatte Zircarda ihm entlockt, wo genau das Apartment sich befand, das Raven gemietet hatte, den Namen seiner »Cousine« erfahren und ihn noch weiter über den Fin-de-Siècle-Rock befragt. Nur indem er vorgab mit seiner Cousine verabredet zu sein, schaffte er es, der Clique zu entkommen. Er hatte furchtbare Angst vor dem, was White sagen mochte, wenn er das alles erfuhr, und fürchtete, dass er sich jeden Augenblick in seinen eigenen Lügen verfangen würde. Schließlich verabschiedete er sich mit der Ausrede, dass seine Cousine ihn dringend erwartete, und nahm einen schnellen Flitter, der ihn zum Apartment zurückbrachte.

Doch Kez hatte keine Chance zu erklären, was im Freizeitcenter geschehen war. Er kam nur Sekunden nach White im Apartment an, der aufgeregter war, als ihn der Junge jemals gesehen hatte. Raven hatte sogar die dröhnende Musik abgedreht, um zu hören, was White zu sagen hatte.

»Die Gräfin hat Rachels Adoptiveltern gefunden«, erzählte er gerade, als Kez hereinkam. »Eine ihrer Kontaktpersonen, ein Ganger, der in der Gegend arbeitete, hatte sie auf den Fotos wieder erkannt. Sie haben andere Namen angenommen, weshalb wir sie auch nicht finden konnten.«

»Was ist mit Rachel?«, fragte Raven.

»Nichts.« Whites Gesicht verfinsterte sich ein wenig. »An sie konnte sich die Person, die die Eltern erkannt hatte, nicht erinnern. Aber er sagte, sie hätten zwei Kinder.«

»Das ist ja phantastisch!«, sagte Kez begeistert, fragte sich insgeheim jedoch, ob Raven und White ihn fallen lassen würden, sobald sie ihre Schwester gefunden hatten. »Wirst du sie jetzt besuchen?«

»Lass sie mich stattdessen im Netz abchecken«, schlug Raven vor. Kez war überrascht über diese untypische Vorsicht, aber auf Whites Reaktion war er auch nicht gefasst.

»Stattdessen?« Er starrte Raven durchdringend an. »Willst du Rachel denn nicht sehen?«

»Ich kam schließlich mit dir nach London, oder?«, erwiderte Raven, aufgebracht über den Ton ihres Bruders. »Ich bin in dieser Sache nur nicht so besessen wie du, okay?«

»Das hat nichts mit Besessenheit zu tun.« White schüttelte den Kopf. »Du verstehst das einfach nicht, stimmt's, Raven? Du kannst gar keine Beziehung zu anderen Menschen herstellen, nur zu Maschinen.« Seine grauen Augen waren so kalt wie Eis und Raven starrte wütend zurück. Sie war zu wütend, um überhaupt zu antworten. Abrupt drehte sie sich um, eilte in eines der Zimmer und knallte die Tür hinter sich laut zu.

Kez starrte ihr hinterher, dann drehte er sich mit einem erstaunten Ausdruck zu White.

»Es klang, als ob du sie hassen würdest«, stieß er verwundert hervor.

»Ich habe das Gefühl Raven nicht mehr zu kennen«, erwiderte White düster. »Wenn sie aufhört zu schmollen, sag ihr, dass ich losgegangen bin, um Rachel zu finden.«

Kez zögerte nur einen Moment. »Ich komme mit dir«, sagte er zu White.

»Ich kann mich nicht erinnern dich dazu aufgefordert zu haben«, entgegnete White kühl.

»Oh nein!« Kez schüttelte den Kopf. »Du kannst mich jetzt nicht hier zurücklassen. Du bist schuld, dass sie in dieser miesen Stimmung ist. Ich will nicht hier sein, bevor ihre Laune nicht wieder besser ist.«

»Dann komm«, sagte White kurz angebunden und ging zur Tür. Kez folgte ihm, so schnell er konnte. Sie hatten kaum den Flitter erreicht, als sie hörten, wie Musik aus dem Apartment schallte, noch lauter als zuvor.

Während Kez auf dem Beifahrersitz des Flitters den Sicherheitsgurt anlegte, überlegte er, ob er wohl Raven von seiner Begegnung mit der Gateshall-Clique im Einkaufszentrum hätte erzählen sollen. Doch der vibrierende Lärm, den er selbst durch die geschlossenen Türen des Flitters hören konnte, warnte ihn davor, wieder ins Apartment zurückzukehren. Als das Fahrzeug abhob, machte Kez es sich in seinem Sitz bequem und hoffte, dass Raven sich mit dieser atonalen Musik wieder in eine einigermaßen vernünftige Stimmung versetzen würde.

Als die Clique die Arcade verlassen hatte, gingen Zircarda und Caitlin mit Ali zurück zu deren Wohnung und streckten sich im Wohnzimmer vor dem Vid-Bildschirm aus. Ali und Caitlin hatten inzwischen genug von Elizabeth Black und Kester Chirac. Zircarda hatte nämlich beschlossen, dass Kez ein Original war: Er kleidete sich wie ein Ganger, war aber zu jung, um eine echte Bedrohung darzustellen. Ein Neuzugang im Belgravia war zudem immer ein Ereignis, da sich in dieser Anlage nur die reichsten und einflussreichsten Leute der Stadt aufhielten. Wenn Zircarda die Neuankömmlinge vor den anderen kannte, war das gut für ihr Ansehen und durch Kez wäre sie wahrscheinlich eine der Ersten, die Elizabeth kennen lernte. Hätte irgendjemand anderes sich in die Sache so hineingesteigert, hätten Ali und Caitlin sich sofort verabschiedet. Schließlich hatten sie nur einen merkwürdigen Jungen getroffen, der mindestens drei Jahre jünger war als sie selbst. Aber Zircarda war die unangefochtene Anführerin der Clique und so hörten sie geduldig zu und pflichteten ihr bei, wann immer sie eine Atempause machte.

Ali und Caitlin verfolgten die UltraX Chart-Show am Vid-Schirm, während sie Zircarda halbherzig zuhörten, als Bob Tarrell zur Tür hereinkam.

»Dad, was tust du denn zu Hause?«, fragte Ali überrascht.

»Ich muss die Vorbereitungen für die Party treffen, Liebes«, erwiderte er und war auf dem Weg in sein Arbeitszimmer. »Seid so lieb und bleibt hier drin, okay?«

»Klar, Dad«, versicherte Ali, und als sie sich umdrehte sah sie, wie Zircarda sie mit einem Ausdruck betrachtete, den sie kannte. Das strahlende Lächeln, gepaart mit dem berechnenden Ausdruck in ihren Augen, konnte nur bedeuten, dass ihre Freundin etwas wollte.

»He, Ali«, begann Zircarda beiläufig. »Was hältst du davon, Kez und seine Cousine zu deiner Party einzuladen.«

»Ich weiß nicht, ob es meinem Dad recht wäre, wenn ich noch mehr von meinen Freunden einlade«, antwortete Ali unsicher. »Er hält mir ständig vor, dass es bei der Party um Arbeit geht.« Zircardas Gesichtsausdruck veränderte sich, und bevor die Sache unangenehm werden konnte, warf Caitlin ein: »Ali, hast du uns nicht gestern erzählt, dass dein Dad einen seiner Sender vollkommen ändern will und er Ideen bräuchte?«

»Ja, hab ich«, erwiderte Ali langsam.

»Tja, Kez' Cousine arbeitet für einen alternativen Rockkanal, vielleicht hätte sie ein paar Ideen«, schlug Caitlin vor und blickte Beifall heischend zu Zircarda. Sie erntete ein anerkennendes Nicken.

»Und wenn dein Vater Kez' Cousine einlädt, können wir sie allen anderen vorstellen!«, verkündete Zircarda triumphierend. Ali wusste, wann sie geschlagen war.

»Ich werde ihn fragen, sobald er eine Pause macht«, versprach sie. »Wenn ich ihn jetzt gleich störe, wird er nur sauer.«

»Okay.« In diesem Punkt gab Zircarda nach, schließlich hatte sie ihren Willen bekommen. »Die Party wird absolut electric werden!«

Der Flitter hielt auf einer von Bäumen gesäumten Brücke in einem ruhigen Wohnviertel an. Es war nicht so luxuriös wie das Belgravia, aber Kez fand, dass es hier nett, einladend und friedlich aussah. Als sie aus dem Flitter stiegen, fühlte er sich noch viel mehr fehl am Platz als im Belgravia. White sah in seiner schwarzen Lederkleidung verboten genug aus und Kez wurde das Gefühl nicht los, jeder könnte auf den ersten Blick erkennen, dass er lediglich eine Straßenratte war. Als White den Flitter abschloss, blieb Kez beim Fahrzeug stehen.

»Was ist los?«, fragte White.

»Ich weiß nicht recht«, sagte Kez mürrisch. »Ich passe nicht hierher.«

»Hör auf damit«, erwiderte White. Da Kez sich trotzdem nicht bewegte, legte White leicht eine Hand auf dessen Schulter. »Jetzt komm schon, Junge«, sagte er ruhig. »Niemand hier weiß etwas über dich.«

»Ich gehöre nicht hierher«, fauchte Kez. »Ich möchte im Flitter bleiben.«

»Ich werde dich nicht hier zurücklassen«, erklärte White entschieden und Kez ballte die Hände zu Fäusten.

»Ich werde ihn schon nicht klauen, White«, fuhr er ihn wütend an. Doch dann gab er klein bei. »Okay, ich hätte es fast getan, als du mich das erste Mal mitgenommen hast. Raven hat es verhindert. Du hattest Recht, was mich betrifft, zufrieden? Man kann eben niemandem trauen, der auf der Straße lebt!« Er drehte sich um, damit White ihm nicht ins Gesicht sehen konnte.

»Kez!« White machte einen Schritt auf den Jungen zu. »Beruhige dich.«

»Warum versuchst du nicht, mich gleich loszuwerden«, erwiderte Kez bitter. »Du wirst es sowieso tun, sobald du deine Schwester gefunden hast.«

»Nein, das werde ich nicht«, antwortete White ernst. Er fasste Kez an den Schultern und drehte ihn um, damit er ihn ansehen musste. »Du kennst mich wirklich nicht, Kez«, sagte er. »Und ganz sicher kennst du Raven nicht.« Er schüttelte den Kopf. »Sie hat dich aus einer Laune heraus behalten, Kez, und sie könnte dich genauso leicht fallen lassen, wahrscheinlich ohne überhaupt noch einen Gedanken daran zu verschwenden.« Er runzelte die Stirn. »Aber du brauchst dir keine Sorgen zu machen, was geschehen wird, wenn wir wieder von hier verschwinden. Ich werde dafür sorgen, dass du nicht mehr auf die Straße zurückmusst.« Er seufzte. »Ich bringe dir vielleicht nicht sehr viel Vertrauen entgegen, Kez, und ich weiß, du magst mich nicht besonders. Aber ich war lange Zeit ein Ganger und die Kali haben immer für ihre Leute gesorgt.« Er fasste Kez entschlossen am Arm und zog ihn mit sich. »Und jetzt komm endlich. Ich will keine Zeit mehr verlieren.«

Kez ging gehorsam neben ihm her und überlegte, ob er sich in White so sehr getäuscht hatte, wie dieser dachte, dass er, Kez, sich in Raven getäuscht hätte. Es dauerte einige Minuten, bevor er seiner Stimme genug traute, um etwas zu sagen.

»Bist du immer noch mit ihr zusammen, deiner Gang?«

»Nein.« White schüttelte den Kopf. »Wir haben uns vor etwa einem Jahr getrennt. Ich war es leid, ständig auf der falschen Seite des Gesetzes zu stehen.«

»Aber Raven nicht?«

»Ravens Existenz allein stellt sie auf die falsche Seite des Gesetzes«, antwortete White. »Sie hat niemals viel auf konventionelle Moral gegeben.« Er sah Kez nicht an, als er hinzufügte: »Wir haben lange Zeit keinen sonderlich engen Kontakt gehabt, aber ich habe von meinen Freunden viel über sie gehört. Sie ist nicht normal, Kez. In mehr als einer Weise.«

»Oh.« Kez schwieg wieder. Er wusste nicht genau, was er sagen sollte, und so entschloss er sich eine Frage zu stellen, die er schon von Anfang an hatte stellen wollen. »Sind das eure echten Namen«, fragte er. »White und Raven?«

»Nein.« White lächelte, zum ersten Mal, seit Kez ihn getroffen hatte. »Raven wäre wahrscheinlich ganz und gar nicht begeistert, wenn ich dir ihren ursprünglichen Namen nennen würde. Ich glaube, ich bin der Einzige, der sich daran erinnert. Sie hat alle Daten ihrer ursprünglichen Identität aus dem Netz gelöscht. Aber meiner ist oder besser gesagt war, Rhys. Die Kali nannten mich White wegen meines weißen Haares.«

»Und wegen deiner blassen Haut und deiner hellen Augen«, fügte Kez hinzu und begann sein Selbstvertrauen wieder zu finden.

»Genau.« White nickte. »Raven hat ihren Namen selbst gewählt. Sie hat drüben in Denver einen ziemlichen Ruf.«

»Einen nicht besonders guten, was?«, meinte Kez.

»Nein«, antwortete White düster. Dann kam er vor einem der Wohntürme zum Stehen. »Wir sind da. Dritter Stock.«

»Ich hoffe, du findest deine Schwester«, sagte Kez, als sie das Gebäude betraten. »Du musst sie sehr vermissen.«

»Ich bin für sie verantwortlich«, erwiderte White unfreundlich. Dann fügte er hinzu: »Aber du hast Recht, ich vermisse sie auch.«

Das Apartment, das sie suchten, hatte die Nummer 37, und als White die Sensortaste neben der Tür betätigte, wurde fast sofort geöffnet. Die Frau, die ihnen gegenüberstand, war mittleren Alters und eher konservativ gekleidet. Sie betrachtete White und Kez ein wenig misstrauisch, schien jedoch durch Whites höflichen Ton beruhigt.

»Mrs. Hollis?«, fragte er.

»Ja?«, antwortete sie.

»Könnte ich wohl einen Moment mit Ihnen sprechen?«, bat White. »Es ist ziemlich wichtig.«

»Nun, meinetwegen.« Die Frau öffnete die Tür gerade so weit, dass sie eintreten konnten, und Kez folgte White in einen schlicht eingerichteten Raum. Zwei kleine Mädchen im Alter von ungefähr sechs Jahren, mit blondem Haar, das sie in Schleifen gebunden hatten, saßen vor dem Vid-Bildschirm und sahen sich eine Computeranimation an.

»Camilla, Tamara, geht und spielt in eurem Zimmer«, befahl die Frau ihnen. »Keine Widerrede«, fügte sie scharf hinzu, »ihr schaut sowieso ständig.« Kez betrachtete die beiden kleinen Mädchen, als sie aufstanden und gingen. Er erinnerte sich daran, dass White gesagt hatte, Rachels Adoptiveltern hätten nur zwei Kinder, und er fragte sich, ob die Gräfin einen Fehler gemacht hatte. Wenn dies die Kinder waren, wo war Rachel?

White sah wieder ziemlich düster drein und er wirkte besorgt. Aber er bedankte sich freundlich bei der Frau, als sie ihm einen Platz anbot.

»Mrs. Hollis«, sagte er, sobald sie sich ihm gegenübergesetzt hatte. »Gehe ich recht in der Annahme, dass Sie und Ihr Mann unter den Namen Vanessa und Carl Michaelson vor sechs Jahren in Denver ein Kind adoptierten?«

»Oh mein Gott«, flüsterte Mrs. Hollis und die Farbe wich aus ihrem Gesicht. »Was wollen Sie?«

»Ich bin nicht hier, um irgendwelchen Ärger zu machen«, versicherte White ruhig. »Aber das Kind, das Sie adoptierten, ist meine Schwester Rachel. Ich möchte nur wissen, ob es ihr gut geht.« Kez kannte die Antwort, noch bevor Mrs. Hollis antwortete. Er brauchte nur die Furcht in ihren Augen zu sehen.

»Es tut mir Leid«, sagte sie und stand auf. »Bitte gehen Sie. Ich kann Ihnen nichts sagen.«

»Mrs. Hollis.« White stand ebenfalls auf und sah ihr ins Gesicht. Er war einige Zentimeter größer und sie schien vor ihm zu schrumpfen. »Es tut mir Leid, aber ich kann nicht gehen, bevor Sie mir nicht einige Antworten gegeben haben. Rachel ist offensichtlich nicht hier. Was ist mit ihr geschehen? Ist sie überhaupt noch am Leben?«

»Ich weiß es nicht«, antwortete die Frau heiser. »Ich schwöre es Ihnen, ich weiß es nicht. Sie kamen und haben sie mitgenommen. Sie ist nicht mehr bei mir.«

»Wer war es, wer hat sie mitgenommen?«, drängte White.

»Das CPS«, antwortete Mrs. Hollis und lehnte sich an ihren Stuhl. »Vor über einem Jahr. Sie sagten, bei einer medizinischen Untersuchung wäre eine Mutation festgestellt worden.« Ihre Augen standen voller Tränen. »Es tut mir Leid«, sagte sie. »Ich kann keine eigenen Kinder haben. Rachel war für mich wie meine eigene Tochter. Bitte sagen Sie niemandem, dass ich Ihnen all das erzählt habe. Die Leute vom CPS sagten, wir dürften es niemandem verraten. Wenn die Security herausfindet, dass ich mit Ihnen gesprochen habe, könnte sie mir die Zwillinge wegnehmen. Ich weiß nicht, was ich tun soll, wenn ich sie auch noch verliere.«

»Ich sagte Ihnen ja, dass ich nicht hier bin, um Ärger zu machen«, erwiderte White. »Vielen Dank, dass Sie mir die Wahrheit gesagt haben.« Er drehte sich um. »Komm, Kez, gehen wir. Hier können wir nichts mehr tun.« White öffnete die Tür und Kez folgte ihm hinaus. Als sie gingen, sah Mrs. Hollis ihnen nach, eine klägliche, zusammengeschrumpfte Gestalt, die auf der Armlehne ihres Sessels saß.

White hielt nicht an, bevor sie das Gebäude weit hinter sich gelassen hatten. Dann blieb er direkt vor der

Brücke, wo sie den Flitter geparkt hatten, stehen. Er blickte über die vielen unterschiedlichen Ebenen der Stadt und sagte kein Wort. Kez wusste nicht, was er sagen sollte. Es war allgemein bekannt, dass es einem Todesurteil gleichkam, vom CPS geholt zu werden. White hatte gerade den Beweis dafür bekommen, dass seine Schwester tot war.

»Es tut mir Leid«, sagte Kez leise.

»Ich weiß.« White starrte hinunter in die Dunkelheit weit unter ihnen. »Raven sagte, Rachel sei kein Hex gewesen«, flüsterte er nach einer Weile. Kez schwieg. Weitere fünf Minuten vergingen und Kez wollte sich schon zurückziehen, als White doch etwas sagte. »Gib mir nur noch eine Minute«, bat er und blickte auf. »Ich muss nachdenken.«

»Okay«, antwortete Kez und lehnte sich an die Balustrade neben White. Er bezweifelte, dass White an irgendetwas anderes denken konnte als an seinen Fehlschlag. Flitter kreuzten über ihnen und Skimmer befuhren die Brücke hinter ihnen, aber für eine ganze Weile sprach keiner von beiden ein Wort.

Bob Tarrell konnte bereits das dumpfe Dröhnen der Musik hören, als er sich dem Apartment näherte. In dem Geräuschwirrwarr erkannte er das Heulen einer elektrischen Gitarre, aber der Rest der Musik war so misstönend wie nichts, was er je zuvor gehört hatte. Doch er ließ sich davon nicht stören und drückte auf die schwarze Metallscheibe neben der Tür. Als keine Antwort kam, drückte er noch einmal. Schließlich drang eine Stimme aus dem Lautsprecher in der Wand: »Wer ist da?«

»Ich bin Bob Tarrell von der Tarrell Media Corporation«, erklärte er und blickte in die Überwachungskamera, die eingeschaltet war, obwohl kein Bild auf dem Schirm erschien, vor dem er stand. »Ich wohne ebenfalls hier.« Er wartete eine Weile und wollte gerade fortfahren, als die Eingangstür zum Apartment geräuschlos aufglitt.

Ein Mädchen stand vor ihm. Sie war ganz in Schwarz gekleidet, hatte dichtes schwarzes Haar und dunkle Augen, die sich gegen ihr blasses Gesicht abhoben. Sie runzelte die Stirn, während sie ihn ansah.

»Sind Sie vielleicht gekommen, um sich über die Musik zu beschweren?«, fragte sie, bevor er etwas sagen konnte.

»Oh nein, ganz bestimmt nicht«, versicherte er. Dann streckte er seine Hand aus. »Sie müssen Elizabeth Black sein. Meine Tochter kennt Ihren Cousin.«

»Tatsächlich?« Das Mädchen hob erstaunt die Augenbrauen. Dann lächelte sie plötzlich und ergriff entschlossen seine Hand. »Entschuldigen Sie bitte, Mr. Tarrell. Bitte, kommen Sie herein.«

Drinnen hielt sie kurz an, um die Lautstärke der Musik auf ein kaum hörbares Hintergrundgeräusch herunterzudrehen, und bot ihm etwas zu trinken an. Er akzeptierte das Angebot und sie holte zwei Tassen vom Nutromac und reichte ihm eine davon.

»Ich bin sehr erfreut Sie kennen zu lernen, Mr. Tarrell«, sagte sie zu ihm. »Ihre Firma dominiert die englische Medienwelt und nimmt meiner Meinung nach eine wichtige Stellung innerhalb Europas ein.«

»Sie schmeicheln mir, Miss Black.« Bob Tarrell lächelte. »Es wird durchaus noch eine Weile dauern, bis die Tarrell Corporation sich in Europa einen Namen gemacht hat.«

»Elizabeth, bitte«, bat sie ihn und er nickte.

»Elizabeth, ich hörte, dass Sie ein Scout für einen amerikanischen Vid-Kanal sind. Meine Tochter und ihre Freundinnen trafen Ihren Cousin heute Nachmittag in der Arcade.«

»Neuigkeiten verbreiten sich schnell«, erwiderte das Mädchen und lächelte ihn an.

»Im Belgravia auf jeden Fall.« Bob Tarrell lächelte zurück. »Und als ich hörte, dass wir in der gleichen Branche sind, war ich natürlich interessiert. Es tut mir Leid, aber ich habe noch nie vorher von AdAstra gehört.«

»Es ist nur ein kleiner Sender«, erwiderte sie, ohne zu zögern, »aber wir hoffen auch Größeres in Angriff nehmen zu können. Einer der Gründe, weshalb Kez und ich hier sind, ist, die Möglichkeit einer Verbindung mit England zu erforschen. Glauben Sie, Ihre Gesellschaft wäre interessiert?«

»Möglicherweise«, antwortete Bob vorsichtig. »Zumindest wäre ich daran interessiert, mit Ihnen darüber zu sprechen. Aber ich bin mir nicht ganz sicher, wie viel Erfolg dieser Stil in England hätte.«

»Ah ja, natürlich.« Das Mädchen streckte sich wie eine Katze und studierte ihn aus dunklen, unergründlichen

Augen. »Wie viel wissen Sie bereits über meinen Sender, Mr. Tarrell?«

»Nur, dass er sich auf alternative Rockmusik des ausgehenden zwanzigsten Jahrhunderts spezialisiert hat. Mehr konnte mir meine Tochter nicht sagen. Doch selbst das scheint mir ein ziemlich radikaler Schritt zu sein.«

»Im gegenwärtigen Klima ist es umso besser, je radikaler ein Sender ist«, stellte Raven ernst fest. »Und AdAstras Anhängerschaft, wenngleich sie auch noch klein ist, ist sehr treu.« Sie deutete auf die Stapel von Laserdiscs im Wohnzimmer. »Diese Art von Musik hat Kultstatus. Die Stimmung des ausgehenden 20. Jahrhunderts war düster und die Musik reflektiert das. Viele Leute sind geradezu süchtig danach.«

»Und Sie gehören offensichtlich dazu«, stellte er fest und Elizabeth neigte leicht den Kopf, um ihm zuzustimmen. »Ich wüsste gerne mehr über Ihren Sender«, sagte er zu ihr. »Und besonders über diese Musik.«

Bob Tarrell hatte vorgehabt nur kurz zu bleiben. Doch dann blieb er über eine Stunde. Während dieser Zeit spielte Elizabeth ihm einige Stücke aus ihrer großen Sammlung vor und gab ihm eine umfassende Einführung in die Musik des 20. Jahrhunderts. Von all ihren Ausführungen war es der Ausdruck »Kult«, der ihn am meisten beeindruckt hatte. Alternative Musik mit einem Kultstatus wäre ein neuer Bereich für ihn, doch sie gehörte zu der Art von Dingen, die vielleicht das Interesse hervorbrachte, das er für seinen erfolglosen Sender brauchte. Als er schließlich Elizabeths Apartment verließ, hatte er bereits entschieden, wie er mit Hilfe von AdAstras junger Vertreterin das Format seines Musiksenders ändern würde. Und er hatte sowohl Elizabeth als auch ihren Cousin zu seiner Party eingeladen. Er war fast sicher, dass sie sein Stargast sein würde.

Kez merkte, dass etwas geschehen sein musste, das Raven beruhigt hatte. Als er mit White zum Apartment zurückkehrte, dröhnte die Musik nicht mehr so unerträglich, sondern hatte eine akzeptable Lautstärke. Raven hatte vidgesehen, blickte jedoch hoch, als sie hereinkamen. Es hatte fast den Anschein, als ob sie ihren Streit fortsetzen wolle, doch ihr Gesichtsausdruck änderte sich, sobald sie White sah.

»Was ist passiert?«, fragte sie besorgt.

»Das CPS hat Rachel vor über einem Jahr abgeholt«, erklärte White ihr ruhig. »Es scheint, dass meine Suche zu Ende ist.«

Es herrschte Schweigen im Raum, nur der pulsierende Rhythmus der Musik, die im Hintergrund spielte, war zu hören. Mit einer raschen Bewegung ihres Handgelenks drehte Raven sie ab.

»Ich will alles wissen, was du über die Adoptivfamilie weißt«, sagte sie zu White.

»Warum?«, fragte Kez. »Es hilft doch jetzt auch nicht mehr.«

Raven warf ihm einen bösen Blick zu. »Rachel zeigte nie irgendwelche Anzeichen ein Hex zu sein, solange ich bei ihr war«, erklärte sie. »Ich will wissen, wie das CPS sie fand.« Sie nahm die Diskette, die White ihr reichte, und legte sie in das Laufwerk ihres Computers ein. »Und wenn sie tot ist, wie ihr offensichtlich glaubt, will ich genau wissen, wann und wie sie starb.«

»Wie willst du das herausfinden?«, fragte White kühl und setzte sich auf die dunkelrote Couch. »Und warum willst du es wissen? Es ist doch allgemein bekannt, dass ein Hex sofort nach der Entdeckung exterminiert wird.«

»Ich habe meine Vorbehalte gegenüber Dingen, die jeder weiß«, antwortete Raven kurz. »Und wie ich es herausfinden will? Ich werde mich in die CPS-Datenbanken hacken.« Sie lächelte grimmig. »Glaub mir, White. Ich werde herausfinden, was passiert ist. Nichts kann mich jetzt mehr aufhalten.«

4. Kapitel
Verhängnisvoller Auftritt

Raven versank im Computer wie ein Schwimmer im Meer, sie tauchte förmlich ins elektronische Labyrinth ein. Es war ein Irrgarten, in dem nur sie sich auskannte, und sie bewegte sich darin wie eine Göttin, voller Verachtung gegenüber den lächerlichen Versuchen der menschlichen Nutzer seine faszinierende Komplexität zu ergründen. Sie hätte sich leicht von den vielen verlockenden Informationspfaden verführen lassen können, die sie in alle möglichen Richtungen einluden, doch sie konzentrierte sich auf das, was sie eigentlich suchte: den Namen »Rachel Hollis«.

Raven drang nicht unmittelbar in die Datenbank des CPS ein. Trotz ihres Selbstvertrauens hatte sie bisher noch keine Ahnung, wo sie die Unterlagen finden würde. Also begab sie sich zuerst einmal ins Computersystem der Britischen Regierung. Dies war eines der am eindrucksvollsten gesicherten Systeme in England, aber kein Computersystem konnte vor Raven sicher sein. Die Abwehrmaßnahmen, die es bot, fand sie jedoch sehr amüsant. Als sie in das System eindringen wollte, hielt sie ein automatisches Sicherungsprogramm auf.

<zugangsberechtigung?>, verlangte es.

<zugangsberechtigung erbracht – systemverwalter-status>, informierte Raven das Programm und über-schüttete es mit Informationen. Sie hatte dieses System schon viele Male vorher überwunden und die Heraus-forderung nahm bei jedem Versuch ab.

<zugangsberechtigung gültig. user kann passieren>, war die Antwort und damit öffnete sich das System für Raven. Abscheulich einfach, dachte Raven, als sie durch den Einwählknoten schlüpfte. Sie hätte im Schlaf ein besseres Sicherungsprogramm erstellen können.

Nun befand sie sich tief im Regierungssystem, machte eine kleine Pause und ließ Teile ihres Bewusstseins in alle Richtungen dringen, um ihre Suche entsprechend der Parameter zu beginnen, die sie bereits ausgegeben hatte. Sie entspannte sich und sank in ein Stadium des Halbbewusstseins, fühlte, wie sich ihr Einfluss überall um sie herum ausdehnte. Plötzlich sendete einer ihrer Bewusstseinsstränge ein Signal aus. Alle anderen schnellten zurück, um sich zu vereinen. Es war ein weiterer Einwählknoten, der in ein zweites System führte. Raven hätte nicht erklären können, woher sie wusste, dass das, was sie suchte, hinter dieser Absper-rung lag. Ein anderes Sicherungsprogramm tauchte auf. Raven wartete nicht darauf, dass es ihre Anwesen-heit in Frage stellte. Stattdessen überflutete sie es mit einem Strom von Zugangsberechtigungen.

<sesam öffne dich!> Die Zugangssperre wurde durch ihren Befehl aufgehoben.

Das neue System wirkte undurchdringlich, es gab

überall abgeschottete Datenpfade, Sicherungsprogramme lagen wie ein Nebel über allem. Aber nichts davon konnte Raven aufhalten. Es kostete sie lediglich Bruchteile von Sekunden, um das System als das des Security Service zu identifizieren. Ein weiterer Sekundenbruchteil und es befand sich völlig unter ihrer Kontrolle. Sie war noch nie vorher in dieses System eingedrungen und deshalb dauerte es ein klein wenig länger, es zu erkunden. Sie war beruhigt keine Unterlagen über ihre Existenz zu finden. Auch White war für die Seccies nicht existent. Kez hingegen hatte zwei Vorstrafen wegen Diebstahls. Ein Gedankenstoß von ihr löschte diese Daten, Kez wurde für das System unsichtbar. Dann hatte sie gefunden, was sie suchte. Ein Security Service Team, begleitet von drei CPS-Agenten, hatte am fünfzehnten März 2366 ein zehnjähriges Hex namens Rachel Hollis in Gewahrsam genommen.

Raven übertrug den Inhalt der Datei auf ihr fotografisches Gedächtnis, löschte jedoch das Original nicht aus dem System. Unter den Datenzweigen, die mit diesem Ordner verbunden waren, befand sich eine Reihe von Zahlen und Kennzeichen, die vom Regierungssystem weg zu einer anderen Adresse führten. Raven tauchte weiter durch das Netz, Informationen schwirrten um sie herum. Dieses System, das sie jetzt suchte, war viel besser abgeschirmt als alles, was sie bisher gesehen hatte, und ihre Suche führte sie auf eine Achterbahnfahrt durch das Netz. Jeder andere Hacker hätte schon längst aufgegeben, aber Raven fand das Ganze so anregend wie die Fahrt mit dem Flitter, zu der sie Kez gezwungen hatte. Mit Geschwindigkeit ging es ihr genauso wie mit lauter Musik: je mehr, desto besser. Schließlich eilte sie durch vier gesicherte Einwählknoten nacheinander, bevor sie vor dem Haupteingang zum Zentralsystem des CPS anhielt.

Der Zugang zum System war fest verschlossen und seltsamerweise gab es kein Sicherungsprogramm. Raven übte ein wenig Druck aus und das Zugangsschema erschien.

<?wer>

<bekannter user>, antwortete sie.

<?autorisierung>

<autorisierung gegeben>

<passwort>

<passwort korrekt>

Raven war enttäuscht. Es war leichter, dieses System zu täuschen, als sie angenommen hatte. Es war so entworfen, dass es einen illegalen Zugangsversuch entdeckte, indem es bestimmte Antworten verlangte. Aber Raven musste dem Programm nur sagen, dass sie die korrekten Antworten hatte. In einigen weiteren Mikrosekunden passierte sie eine wohldurchdachte Folge von Sicherheitsabfragen, von denen ihr keine auch nur den geringsten Widerstand entgegenbrachte. Schließlich lieferte das System sich ihr aus, genau wie das Regierungssystem es getan hatte.

<zutritt erlaubt. daten/programm/operationssystem stehen zur verfügung> Wenn Raven in Fleisch und Blut anwesend gewesen wäre, hätte sie laut gelacht. Das System der Hauptstelle, zuständig für die Exterminierung aller Hexe, hatte sich eben für eines von ihnen geöffnet, und zwar ganz ohne Gegenwehr.

Aber der Zutritt zum System versorgte Raven nicht automatisch mit den Antworten, die sie suchte. Es dauerte eine Weile, bis sie die Eintragungen zum Datum 15.03.2366 gefunden hatte. Und weitere Zeit verging, bis sie den Eintrag gefunden hatte, den sie suchte. Er war drei Zeilen lang.

<um 14.00 uhr holten drei cps-agenten (namen beigefügt) ein vermutliches hex – rachel hollis – aus ihrer wohnung. um 15.30 uhr wurde das hex bei dr. kalden abgegeben. hintergrund zu den auffindungsumständen in datenbank abrufbar> Raven rief die Datenbank auf und entdeckte, dass das CPS Rachels Lebensweg bis zu ihrer Adoption im Jahr 2361 durch Carl und Vanessa Michaelson in Denver, Colorado, USA, zurückverfolgt hatte. Man hatte das Waisenhaus ausfindig gemacht, in dem sie sich befunden hatte, und an diesem Punkt entdeckte Raven zum ersten Mal Daten, die sie erschreckten.

<?geschwister ?hexe. erste suche = keine resultate ?weitere suche>

Für einen Augenblick erwog Raven den ganzen Eintrag zu löschen, wenn nötig, die ganze Datenbank. Sie wäre bereit gewesen das ganze System zu vernichten, um sich selbst zu schützen. Aber nachdem sie einen Moment nachgedacht hatte, wusste sie, dass das unnötig war. Stattdessen fügte sie etwas in die Unterlagen ein.

<weitere suche abgeschlossen. resultate negativ.

keine geschwister existent. resultate bestätigt. keine weitere nachforschung möglich> Nachdem sie hinsichtlich ihrer eigenen Existenz das ihrer Meinung nach Bestmögliche erreicht hatte, setzte Raven ihre Nachforschungen fort und konzentrierte sich auf Dr. Kalden.

Sie entdeckte etwas Überraschendes. Raven hatte sich nie die Mühe gemacht viel über das CPS nachzudenken. Ihre Hauptsorge war es gewesen, sich aus jeder offiziellen Datenbank herauszuhalten, genau wie aus dem Blickfeld des Security Service. Die Ganger in Denver hatten Ravens schwierige Persönlichkeit in Kauf genommen und Raven engagiert, weil sie genial darin war, sie vor den Augen des Gesetzes zu verbergen. Aber jetzt, nachdem Raven tatsächlich innerhalb des Systems einer Regierungsorganisation war, deren Hauptaufgabe darin bestand, Hexe zu exterminieren, stellte sie fest, dass das CPS gar nicht unbedingt ihren Erwartungen entsprach.

Der europäische Zweig des Centre for Paranormal Studies, kurz CPS genannt, wurde von Governor Charles Alverstead geleitet, der nur dem Zentralparlament der Europäischen Gemeinschaft verantwortlich war. Ihm unterstand eine große Zahl von Mitarbeitern, die für das Tagesgeschäft zuständig waren. Nach dem, was Raven entdecken konnte, waren sie anscheinend in drei Kategorien zu unterteilen. Zwei davon waren, was sie erwartet hatte: Verwaltungsbeamte und Untersuchungsbeamte, die Hexverdächtige aufspürten. Dann gab es die Agenten, die diejenigen, die nachgewiesenermaßen Hexe waren, in die Todeskammern brachten, wo ihnen die tödlichen Spritzen verabreicht wurden. All das war genau so, wie Raven es vermutet hatte, und sie war von der Kaltblütigkeit, mit der hier vorgegangen wurde, nicht im Geringsten überrascht. Was sie allerdings überraschte, war die Existenz eines dritten Bereichs des CPS. Was sonst gab es für ein Exterminierungsamt noch zu tun?

Die Hinweise auf diesen dritten Bereich waren merkwürdig ungenau, nur der Hinweis auf Dr. Kalden und auf Resultate, die von seiner Abteilung erzielt worden seien. Raven musste sich über eine Stunde lang durch Unterlagen hindurcharbeiten, bevor sie die einzelnen Angaben wie ein Puzzle zu einem Gesamtbild zusammenfügen konnte. Ihre Schlussfolgerungen waren sensationell.

Als das CPS im Jahr 2098 von einer Forschungsabteilung in ein Exterminierungsamt umgewandelt worden war, hatte es einen Teil seiner ursprünglichen Einrichtungen für operative Experimente behalten. Im Großen und Ganzen waren es ein Labor und ein Krankenhaus gewesen, wo seinerzeit die Forschungen über das Hex-Gen stattgefunden hatten. Diese Einrichtung war größtenteils ungenutzt geblieben, bis über zweihundert Jahre später, im Jahr 2320, plötzlich alles, was damit zusammenhing, als streng vertraulich eingestuft wurde. Raven folgerte daraus, dass das Labor zu der Zeit wieder mit Experimenten begonnen hatte. Anders waren die Informationen nicht zu erklären. Der Großteil der Hexe war von Beamten abgeholt und exterminiert worden, wie es das Gesetz vorsah. Aber jeweils eines unter acht hatte den gleichen Eintrag wie in Rachels Datei, wo es hieß, dass das Hex zu Dr. Kalden gebracht worden sei. Raven konnte daraus nur einen einzigen Schluss ziehen.

Sie löste sich aus dem System und raste in Gedankenschnelle zurück durchs Netz. Sie erreichte ihr eigenes Terminal, schlüpfte wieder in ihren Körper und drehte sich langsam um.

»White«, sagte sie. »Ich glaube, Rachel ist noch am Leben.«

Als Chef einer riesigen Firma war Bob Tarrell es gewohnt, schnell zu handeln. Am Mittwochnachmittag hatte er die Unterhaltung mit der neuen Bewohnerin des Belgravia geführt. Am Donnerstagmorgen informierte er die Belegschaft des Senders Mirage, dass er dessen ganze Konzeption völlig ändern würde. Bis Mittag des gleichen Tages lagen sechs verschiedene Programmvorschläge auf seinem Schreibtisch und es wurden Vorbereitungen getroffen, damit noch an diesem Wochenende auf seiner Party der Start eines radikal neuen Rocksenders verkündet werden konnte.

Weil Elizabeth Black wichtigere Verpflichtungen davon abgehalten hatten, sich mit ihm in seinem Büro zu treffen, hatte er sie über Vidcom kontaktiert. Auf dem Bildschirm hatte sie müde und überarbeitet ausgesehen, aber als er ihr von seinen Plänen für einen alternativen Rocksender erzählt hatte, war sie einverstanden gewesen ihm alles Wissenswerte zu überspielen, was

sie über Rockmusik hatte. Er hatte die Informationen
noch in der gleichen Stunde erhalten. Die Geschwindigkeit hatte den Medienmagnaten beeindruckt und er
überlegte ernsthaft der jungen Frau einen Job anzubie-
ten. Er hatte versucht das Management von AdAstra
selbst anzurufen, aber die Leitung war ständig belegt
gewesen. Einer seiner Assistenten hatte ihn jedoch mit
der Datenbank des Senders verbunden, die, obgleich
klein, ihn mit den nötigen Informationen über die Einschaltquoten versorgte, die er brauchte.

Der Verwaltungsrat hatte einmütig für Bobs Vorschlag
gestimmt, das Profil des Senders zu ändern, und die
Anteilseigner, die besorgt waren über die ständig sin-
kenden Einschaltquoten, hatten die Chance, ihr Vermögen zu steigern, sehr begrüßt. Es waren bereits einige
bekannte Moderatoren von anderen Musiksendern ab-
geworben worden mit der Aussicht auf mehr Geld und
der Hoffnung einen Kultstatus zu erreichen. Das Logo
von Mirage war von den Holoscreen-Anzeigetafeln und
den Hauptstudios des Senders verschwunden. Künstler
entwarfen bereits ein neues Logo für »CultRock«.

Für Bob Tarrell war die Rockmusik des ausgehenden
20. Jahrhunderts nichts anderes als fürchterlicher Lärm,
aber die ersten Reaktionen aus seiner Firma hatten ihn
in seinem Glauben bestärkt, dass damit Geld zu machen
sei. Deshalb hatte er verkündet, er hege große Bewunderung für diese Musikrichtung. Da das Interesse am
neuen Sender wuchs, verstieg Bob Tarrell sich bereits in
Visionen, wie er die ganze Musikszene zu neuem Leben
erwecken könnte.

Während ihr Vater ein Interesse an alternativer Rockmusik vorgab, hatte seine Tochter sich entschlossen sie
abzulehnen. Dieses Urteil kam zu Stande, nachdem sie
sich das Ganze drei Stunden lang mit Caitlin und
Zircarda angehört hatte. Alle drei waren anfänglich
bereit gewesen es als das Aufregendste zu begrüßen,
was sie jemals gehört hatten. Doch als schließlich der
letzte Sound verklungen war, hatte Zircarda vorsichtig
eine Hand an ihre klingenden Ohren gehoben und bedächtig gesagt: »Ich glaube nicht, dass das wirklich was
für uns ist, oder?« Ali und Caitlin hatten erleichtert
aufgeseufzt und ihr beigepflichtet. Obwohl alle drei
Bob Tarrell zu seiner wilden Idee gratuliert und ihm
versichert hatten, dass es der letzte Schrei sei, war noch
in der gleichen Stunde diskret unter dem Rest der Clique verbreitet worden, dass CultRock nichts für sie war.
Aber natürlich machte das keinen Unterschied für den
Plan der Gruppe, zu Tarrells Party am Wochenende zu
kommen. Um mit Berühmtheiten Schulter an Schulter
zu stehen, konnte man schon einmal für einen Abend
Interesse an alternativer Rockmusik vorgeben.

Unter anderen Umständen hätte Raven gerne Bob Tarrell bei der Umstrukturierung seines neuen Senders
geholfen. Doch seit sie das Rätsel der CPS-Datenbank
entdeckt hatte, hatte sie sich unablässig durch das Netz
gehackt, um mehr Informationen zu bekommen. Sie
hatte ihre Suche nur zweimal unterbrochen. Einmal, um
über Vidcom mit Bob Tarrell zu sprechen und ihm
Informationen über alternative Rockmusik zu senden,

und ein anderes Mal, um ein System für die nicht exis-
tierende Firma AdAstra zu installieren, vervollständigt
mit einer angeblichen Vidcom-Verbindung. Das Interesse an Ravens bevorzugtem Musikstil hatte Schnee-
balleffekt gehabt und der einzige Grund, weshalb White sie nicht davor gewarnt hatte, sich unnötiger Aufmerksamkeit auszusetzen, war, dass er selbst so von der
Möglichkeit abgelenkt war, dass Rachel noch am Leben
sein könnte.

Die Informationen, die Raven über das Labor fand,
waren dürftig. Das Einzige, was sie den Angaben, die
sie bereits entdeckt hatte, hinzufügen konnte, war, wie
weit die Verbindung des Labors zu Dr. Kalden sich
ausdehnte. Der Tag, an dem alle Hinweise auf das
Laboratorium als streng vertraulich eingestuft wurden,
war genau der Tag, an dem Kalden als Dreiundzwan-
zigjähriger eine hoch bezahlte Forschungsstelle aufgab.
Nach diesem Datum schienen alle Verbindungen zu
ihm abzubrechen.

Er hatte aufgehört in wissenschaftlichen und medizinischen Journalen zu veröffentlichen, wo er einst als
eine Autorität auf dem Gebiet experimenteller Neuro-
psychologie gefeiert worden war. Er brach jeglichen
Kontakt mit den Mitgliedern seiner Familie ab und
hatte sich seit siebenundvierzig Jahren nicht mehr für
eine Wahl registrieren lassen.

Raven fand das verdächtig genug, um ihre Nachforschungen auf Kalden zu konzentrieren. Aber ihre Ex-
kursionen im Netz brachten nichts Konkretes. Das letzte Bild von Kalden zeigte ihn als jungen Mann, wohin-

gegen er jetzt siebzig Jahre alt sein musste. Es zeigte nichts weiter als einen Wissenschaftler, der in einfaches Weiß gekleidet war. Das einzige auffallende Merkmal waren seine durchdringenden blauen Augen. Sowohl innerhalb als auch außerhalb des Netzes glich Kalden einem Schatten. Jeder außer Raven hätte ihn für tot gehalten. Doch die Pfade, die nur sie verfolgen konnte, die Informationen, die für alle anderen Augen verborgen waren, und vor allem ihr Instinkt überzeugten sie, dass er noch am Leben war. Als sie in die undurchdringlichen Augen des Wissenschaftlers auf dem Bild starrte, war sie sicher, dass es irgendeinen Weg gab herauszufinden, wo er war.

Viele Meilen von Raven entfernt starrte Luciel in das gleiche Paar von kalten blauen Augen. Er war immer noch geschwächt von den verheerenden Auswirkungen der Drogen, die seinen Körper durchlaufen hatten, aber er versuchte sich aufrecht zu halten, als die Wissenschaftler ihn untersuchten. Es gab keine Möglichkeit seine Schwäche vor ihnen zu verbergen, aber er hatte Angst vor Kalden zusammenzubrechen. Der Doktor nahm selten an den Experimenten teil, obwohl er sich die meisten davon ausgedacht hatte. Der einzige Grund für ihn einer Sitzung beizuwohnen war, wenn ein Testobjekt besonders viel versprechende oder besonders nutzlose Resultate lieferte. In letzterem Fall würde seine Gegenwart bedeuten, dass Luciel für die Exterminierung vorgesehen war, da aus ihm kein Nutzen mehr gezogen werden konnte.

Luciel konnte nicht glauben, dass Kalden da war, weil die Experimente etwas Positives gezeigt hatten. Tag für Tag wurde er mit Drogen voll gepumpt und an die Maschinen angeschlossen, die er überhaupt nicht verstehen konnte. Scanner maßen elektrische Impulse in seinem Gehirn, aber er konnte sich nicht vorstellen, was die Wissenschaftler daraus lernten. Sie vollführten die Experimente mit mechanischer Präzision, schienen allerdings uninteressiert an den Resultaten. Luciel vermutete, dass er sie kaum mit irgendwelchen brauchbaren Daten versorgte. Die Hälfte der Experimente, die sie machten, schienen nutzlos und keinen anderen Grund zu haben, als seinen Willen zu brechen.

Außer den Einstichstellen war seine Haut mit verblassenden Narben und Verbrennungen bedeckt. Wenn er im Delirium war, hatte er Alpträume, aber trotz der Halluzinationen, trotz des Schleiers, der sich über seine Wahrnehmung legte, wusste er, dass einiges von dem, woran er sich erinnerte, wahr war. Der Metallstuhl, an den sie ihn banden, der elektrische Strom, der hundertmal schneller als sein Herzschlag durch seinen Körper raste, und der Geruch seiner eigenen verbrannten Haut, wenn der Strom zu hoch eingestellt war. Dies waren die Dinge, an die er glaubte, und wenn Kalden ihn mit diesem abschätzenden Ausdruck betrachtete, fühlte sich Luciel wie ein Versuchskaninchen, war genauso ängstlich und hegte genauso wenig Hoffnung auf Rettung.

Raven fand keine Bestätigung für ihre Vermutungen.

Wenn tatsächlich in einem Laboratorium Geheimexperimente an Hex-Mutanten durchgeführt wurden, hätte theoretisch auch eine Computerdatenbank mit den Ergebnissen existieren müssen. Aber Raven konnte kein System finden, das dem eines solchen Labors entsprach. Sie suchte ununterbrochen zwei ganze Tage lang, bevor sie sich schließlich vom Terminal löste und frustriert mit der Faust gegen die Tastatur schlug.

»Nichts!«, zischte sie wütend. »Ich schwöre, wenn es da irgendetwas gäbe, hätte ich es inzwischen gefunden.«

»Vielleicht waren deine Vermutungen nicht richtig«, sagte White und Kez warf ihm einen warnenden Blick zu. Aber Raven schien zu wütend auf den Computer, um sich darüber aufzuregen.

»Ich täusche mich nicht«, erwiderte sie. »Das Labor existiert. Ich habe sogar eine Ahnung, wo. Aber ich komme nicht an seine Datenbanken heran.« Sie massierte sich ihren Nacken, ihre Bewegungen waren schwerfällig vor Erschöpfung.

»Vielleicht solltest du etwas schlafen«, schlug Kez vorsichtig vor.

»Nicht bevor ich der Sache auf den Grund gegangen bin«, erwiderte Raven entschlossen. Sie ging zum Nutromac, bestellte sich Tee und trug die Tasse hinüber zum Sofa. Dort setzte sie sich neben White und streckte die Beine vor sich aus. Kez setzte sich gegenüber und sah zu, wie sie in den Kissen versank.

»Vielleicht hat das CPS das System so verborgen, dass es nicht von einem Hex gefunden werden kann«, überlegte Kez laut.

»Das dachte ich zuerst auch«, antwortete Raven. »Aber du hast ihr Hauptsystem nicht gesehen. Es war lächerlich einfach, sich dorthinein zu hacken. Selbst ein normaler Hacker hätte es nach einer Weile geknackt.«

Es gab eine Pause. Raven hatte die Augen geschlossen und schien schon fast zu schlafen, als White plötzlich sprach.

»Raven«, sagte er mit gerunzelter Stirn.

»Was?« Sie öffnete ein Auge, als ob sie sich fragte, ob es sich lohne, ihm zuzuhören.

»Weiß das CPS, dass du mehr bist als ein normaler Hacker?«, fragte er.

»Das CPS weiß nicht einmal, dass ich existiere«, erwiderte Raven, »und ich habe vor es auch dabei zu belassen.«

»Du verstehst nicht, was ich damit sagen will.« White schüttelte den Kopf. »Ich meinte, wissen sie überhaupt, was ein Hex kann?«

»Sprich weiter«, sagte Raven, die jetzt beide Augen geöffnet hatte.

»Ich kannte nie ein anderes Hex außer dir«, erklärte White, »also weiß ich nicht, ob ich Recht habe. Aber deinen Mutantenfähigkeit bezieht sich auf eine besondere Verbindung zu Computern, nicht wahr?«

»Mehr oder weniger.« Raven setzte sich auf. »Es gibt andere Aspekte, in erster Linie aber beziehen sie sich ganz allgemein auf eine besondere Beziehung zu technischen Dingen.«

»Weiß das CPS das?«

»Ich weiß nicht.« Raven runzelte die Stirn. »Zumindest bin ich mir nicht sicher, denn ich habe keine Resultate von neueren Experimenten gefunden.« Dann schüttelte sie den Kopf. »Nein, White, du täuschst dich. Sie müssen es wissen. So wurde das Hex-Gen ja ursprünglich geschaffen.«

»Wie?«, fragte Kez. Er hatte eigentlich gar nicht erwartet, dass Raven antwortete, aber sie drehte den Kopf und sah ihn plötzlich interessiert an.

»Kez, was weißt du über Hexe?«, fragte sie. »Ich meine, was wusstest du, bevor du mich trafst?«

»Ich dachte, es sei wie Magie«, antwortete er langsam und ein wenig verlegen. »Oder Aliens, irgend so was.«

Raven nickte langsam und blickte zu White, der sie gespannt betrachtete. Dann fing sie an zu reden, als ob sie laut dächte.

»Die meisten Menschen wissen gar nichts über Hexe, außer dass sie illegal sind«, sagte sie. »Die genetischen Experimente und das Exterminierungsgesetz sind inzwischen praktisch uralte Geschichte.«

»Das war zu der Zeit, als das Hex-Gen geschaffen wurde?«, fragte White.

»Kennst du unsere Geschichte auch nicht?« Raven hob die Augenbrauen.

»Ganger haben ihre Gedanken im Großen und Ganzen bei anderen Dingen«, erklärte White trocken.

»Okay.« Raven zuckte mit den Schultern. »Es gibt nicht viel zu erzählen.« Sie blickte zu Kez. »Aber es hat mit dem zu tun, was ich dir kürzlich erzählte: mit dem Wahn der Menschen im 21. Jahrhundert, fortschrittlichere Technologien zu erfinden. Einer der Bereiche, der davon betroffen war, war die genetische Forschung. Einige mutierte Gene wurden der menschlichen DNA aufgepfropft. Sie waren erfunden worden, um die menschliche Rasse effizienter und anpassungsfähiger zu machen. Die meisten der Mutationen brachten nicht sehr viel, sodass die Experimente schließlich aufgegeben wurden. Doch das neu geschaffene Hex-Gen war ein voller Erfolg, bis Hexe im Jahr 2098 für illegal erklärt wurden.«

»Inwiefern war es ein Erfolg?«, fragte White.

»Es war geschaffen worden, um die Computerfähigkeiten zu verbessern«, erklärte ihm Raven. »Man versuchte Programmierungsfähigkeiten und solche Dinge zu verbessern.«

»Aber warum werden Hexe dann exterminiert?«, fragte Kez. »Ich hätte gedacht, dass Computerfähigkeiten etwas Gutes wären.«

»Irgendetwas muss falsch gelaufen sein«, vermutete White.

»Die Exterminierungsgesetze wurden im Jahr 2098 verabschiedet«, sagte Raven.

»Und du weißt nicht, warum?«, fragte Kez.

»Die ganze Sache wurde praktisch über Nacht und im Geheimen beschlossen«, erklärte ihm Raven. »Die Ermordung einer ganzen Spezies von mutierten Menschen ist eine umstrittene Sache.«

»Glaubst du, man hatte herausgefunden, was du tun kannst?«, fragte Kez.

»Sie sind wohl darauf gekommen, dass ein Hex der ideale Hacker ist«, sagte Raven. »Aber ich bin mehr als ein einfacher Hacker. Nichts, was ich im System des CPS gefunden habe, lässt darauf schließen, dass sie wissen, wie ich mir Zugang zum Netz verschaffe.«

»Raven, ein intelligenter Hacker wäre gefährlich genug«, stellte White fest. »Computer werden überall auf der Welt benutzt. Die internationale Regierungs- und Finanzwelt verlässt sich darauf, dass diese Systeme sicher sind.«

»Also begann man mit dem Exterminieren«, stimmte Raven ihm zu. »Vielleicht noch bevor sie die Möglichkeit hatten genau herauszufinden, wie weit sich die Hex-Fähigkeiten erstrecken.« Dann schlug sie mit einer Hand auf die Armlehne des Sofas. »Aber all das hilft mir nicht, dieses System zu finden.«

»Wenn es existiert, soll es geheim sein«, spann White den ursprünglichen Gedanken weiter. »Experimente an Menschen sind illegal, und das gilt auch für Hexe.«

»Raven, wie würdest du denn ein Geheimsystem aufbauen?«, fragte Kez schüchtern. Raven grinste bei seinem bewundernden Tonfall, dann wurden ihre Augen schmal, als sie nachdachte.

»Ich würde es vom Netz unabhängig halten«, sagte sie langsam. »Erreichbar nur durch ein einziges Terminal.«

»Ist das möglich?«, fragte White.

»Ich denke schon.« Raven nickte nachdenklich. »Aber wenn das Labor ein solches Geheimsystem benutzt, werden wir, ohne selbst dort einzubrechen, nicht herausfinden, ob Rachel noch lebt.«

Ali studierte ihr Äußeres im bodenlangen Spiegel. Das

Holokleid schimmerte, sobald sie sich bewegte, und projizierte Bilder von Regenbogenkristallen, die um ihre Gestalt schwirrten. Sie lächelte ihrem Spiegelbild zu und beobachtete, wie der Spiegel das Schwirren der Phantomkristalle verstärkte. Dann trat sie zur Seite, um nicht von Caitlin weggedrängt zu werden. Sie befanden sich im Apartment von Zircardas Eltern. Den ganzen Samstagnachmittag waren Leute im Apartment der Tarrells eingetroffen, um es für die Party herzurichten, und den ganzen Nachmittag hatten sich die drei Mädchen herausgeputzt. Caitlins Locken zeigten jetzt einen neuen Schimmer von Kastanie, der lebhaft mit ihrem waldgrünen Kleid kontrastierte, das aus einzelnen Blättern hergestellt war, die zusammengewebt und durch ein besonderes Gel konserviert wurden. Zircarda trug Rot. Ihre Begeisterung für die Mode im Ganger-Stil hatte sie dazu gebracht, einen riesigen Geldbetrag für ein echtes Lederkleid in Signalrot auszugeben. Jetzt trat sie vor Caitlin an den Spiegel, um ihr Make-up zu überprüfen.

Ali setzte sich zurück auf das Bett, als Zircarda, unter langen Wimpern hervor flirtend, auf ihr Spiegelbild blickte. Caitlin setzte sich zu Ali und lächelte verschwörerisch.

»Ich kann es kaum erwarten, die Gäste deines Vaters zu treffen«, flüsterte sie. »In den Nachrichten kam heute eine Meldung über den Start von CultRock.«

»Ich weiß, ich habe es auch gesehen.« Ali schnitt eine Grimasse. »Ich hoffe nur, sie werden diese Art von Musik nicht den ganzen Abend spielen.«

»Vielleicht sollten wir langsam los«, schlug Caitlin vor. »Es ist schon fast acht Uhr.«

»Für welche Zeit sind die Gäste eingeladen, Ali?«, fragte Zircarda betont gelassen.

»Um halb acht fängt es an«, antwortete Ali.

»Dann ist es noch zu früh.« Zircarda runzelte die Stirn.

»Das ist aber nicht so schlimm«, meinte Ali. »Ich bin schließlich beinahe die Gastgeberin, oder nicht? Also kann ich so früh da sein, wie ich will.«

»Also gut, okay.« Zircarda griff nach ihrem Mantel. »Ich rufe einen Flitter.«

»Wir könnten laufen und dort sein, noch bevor der Flitter hier ankommt«, meinte Caitlin.

»Ich denke, wir sollten einen Flitter nehmen«, sagte Zircarda entschlossen und die beiden anderen zuckten die Schultern und waren einverstanden.

Als sie schließlich dort ankamen, hätte Ali ihre eigene Wohnung beinahe nicht wieder erkannt. Rockmusik dröhnte aus riesigen Lautsprechern und die vier Haupt-räume waren gedrängt voll. Selbst Zircarda war ein wenig verlegen. Statt sich jemandem zu nähern wie Yannis Kastell oder Elohim, zwei der bekanntesten und beliebtesten Künstler, blieb sie mit dem Rest der Clique in einer Ecke stehen, wo sie an ihrem Champagner nippten und sich gegenseitig auf Berühmtheiten aufmerksam machten.

Gerade als Ali sich fragte, ob sie wohl den ganzen Abend als Mauerblümchen zubringen würde, entdeckte ihr Vater sie und winkte sie zu sich. Lächelnd ging Ali, um ihn zu begrüßen, und Zircarda folgte ihr auf den

Fersen. Bob legte einen Arm um die Schultern seiner Tochter und fuhr ihr durchs Haar.

»Das ist meine Tochter, Ali«, stellte er sie dem Mann vor, mit dem er gerade gesprochen hatte. »Ali, das ist Gideon Ash, er wird durch eines der Programme auf dem neuen Kanal führen.«

»Freut mich, Sie kennen zu lernen, Mr. Ash«, sagte Ali höflich und tauschte einen Händedruck mit dem Moderator aus, bevor eine Bewegung an ihrer Seite sie daran erinnerte, dass sie ihm Zircarda vorstellen musste. Während sie einer etwas zusammenhanglosen Unterhaltung über den neuen Sender zuhörten, standen die beiden Mädchen ideal, um Bob Tarrells Stargast sofort zu sehen, als er das Apartment betrat.

»Elizabeth!«, rief Bob Tarrell aus und bahnte sich einen Weg durch die anderen Gäste, um sie zu begrüßen, gefolgt von Gideon Ash, Zircarda und Ali. »Ich dachte, Sie kämen gar nicht mehr!«

Ein kurzer Blick zur Seite sagte Ali, dass Zircardas Gesicht den gleichen frostigen Ausdruck hatte, den sie auf ihrem eigenen vermutete. Sie hatte das instinktive Gefühl, dass sie Elizabeth Black nicht mögen würde. Das Mädchen sah aus, als sei sie im gleichen Alter wie sie selbst, doch sie hatte eine Haltung, die selbst Zircardas Selbstbewusstsein völlig in den Schatten stellte. Sie trug einen hautengen schwarzen Anzug, der eine perfekte Figur mehr enthüllte als verhüllte, und darüber eine lose Netztunika aus Platinketten. Ihr schwarzes Haar umgab ihr Gesicht wie eine Wolke und ihre dunklen Augen waren goldumrahmt. Es dauerte einige Au-

2367 – EXPERIMENT HEX

genblicke, bevor Ali überhaupt ihre beiden Begleiter bemerkte. Kez, einfach in Dunkelrot gekleidet, und ein großer Mann mit ebenmäßigen Gesichtszügen, einem totenbleichen Gesicht und völlig weißen Haaren, der ganz in glattes, schwarzes Leder gekleidet war. Elizabeth machte einen Schritt auf Bob Tarrell zu und ergriff seine ausgestreckte Hand, als hätte sie gar nicht bemerkt, dass alle Leute sich nach ihr umdrehten.

»Wie geht es Ihnen, Bob?« Sie lächelte ihn an. »Das ist mein Cousin Kez und mein Freund Ryan. Ryan ist ein Holovid-Producer.«

»Freut mich, Sie kennen zu lernen«, begrüßte Bob beide und schüttelte ihnen die Hände. »Elizabeth, Sie sehen heute Abend einfach umwerfend aus. Absolut electric, wie meine Tochter sagen würde.« Er winkte Gideon zu sich. »Dies ist Gideon Ash, einer meiner Moderatoren.« Er machte eine Pause, damit Ash seinen Gast angemessen begrüßen konnte. »Zircarda Anthony, eine Freundin meiner Tochter, und meine Tochter selbst, Ali. Ali, das ist Elizabeth.«

»Ich bin außerordentlich erfreut dich kennen zu lernen, Ali«, sagte Elizabeth zu ihr und blickte ihr direkt in die Augen. Sie hatte die dunkelsten Augen, die Ali jemals gesehen hatte.

Ali stand da wie erstarrt. Sie hätte die Furcht, die sie ergriff, nicht erklären können. Aber als sie Elizabeth Black in die Augen sah, schoss ihr ein Gedanke durch den Kopf: Sie weiß Bescheid! Ja, bestimmt wusste sie es. Die obsidianartigen Augen dieses Mädchens hatten geradewegs durch sie hindurchgesehen, bis in ihre Seele.

Jetzt lachte Elizabeth über etwas, was Bob gesagt hatte. Bereits nach wenigen Augenblicken war sie auf die Tanzfläche getreten, wohin ihr Sekunden später Elohim gefolgt war, der keine Zeit verlor sich ihr vorzustellen. Erst als Zircarda bereits eine Weile auf sie einredete, fand Ali wieder in die Wirklichkeit zurück.

»Hast du so ein Outfit schon mal gesehen?«, sagte ihre Freundin mit kaum verhohlenem Neid.

»Was sagt ihr dazu, wie Elohim sie anhimmelt?«, meinte eine Stimme hinter ihnen und Ali musste sich nicht umsehen, um zu wissen, dass sie Caitlin gehörte. »Und dabei ist sie doch vermutlich gerade mal so alt wie wir!«

Ali hörte gar nicht richtig zu. Sie betrachtete Elizabeths zwei Begleiter. Kez sah sich mit einer gedankenverlorenen Faszination um, aber der weißhaarige Typ stand an die Wand gelehnt da. Seine Augen, die von einer dunklen Brille verdeckt waren, hätten jeden beobachten können. Ali schauderte. Sie fragte sich, ob diese Leute vielleicht vom CPS sein konnten, obwohl ihr Verstand ihr sagte, dass das CPS sich wohl kaum die Mühe einer so unnötigen Maskerade machen würde.

Raven genoss das Fest in vollen Zügen. Zum ersten Mal, seit sie in London angekommen war, hatte sie richtig Spaß. White hatte seine Suche nach Rachel mit einer solchen Ausschließlichkeit durchgeführt, dass sie vor Langeweile fast verrückt geworden wäre. Aber die neuesten Ereignisse, der Einzug ins Belgravia, das Rätsel um das geheime Labor und der Start von CultRock holten Raven ins Leben zurück. Sie spürte, wie die dröhnende Musik sie in dem verdunkelten Raum durchströmte wie ein Echo auf den Schlag ihres Herzens, und sie lachte laut auf.

Es war eine Überraschung gewesen, Ali zu sehen. Sie hätte die Verbindung zwischen Bob Tarrell und der Fremden im Netzwerk vielleicht schon früher hergestellt, wenn sie nicht vor Langeweile träge geworden wäre. Sie hatte den Zusammenhang tatsächlich erst erkannt, als Bob ihr seine Tochter vorgestellt hatte. Die Furcht, die in den Augen des Mädchens aufgestiegen war, als Raven sie gemustert hatte, hatte es bestätigt. Raven war amüsiert über diese Absurdität. Wenn sie nicht genau gewusst hätte, dass dieses verwöhnte, oberflächliche Wesen ein Hex war, hätte sie es niemals für möglich gehalten.

Wüsste ihr Bruder von Alis Geheimnis, würde er wahrscheinlich verlangen, dass Raven ihr zeigte, wie sie sich schützen konnte. Raven tat den Gedanken verächtlich ab. Der einzig sichere Weg für ein Hex, den Adleraugen des CPS zu entkommen, war, unsichtbar zu werden, aus der Welt zu verschwinden, wie sie selbst es getan hatte. Raven unterdrückte ein neuerliches Lachen, als sie daran dachte, wie erfolgreich ihr eigenes Verschwinden gewesen war. So erfolgreich, dass sie mitten in einem Raum voll von Berühmtheiten stehen konnte und doch genauso gut gar nicht da war. Überhaupt hier zu sein war ein Risiko, doch Raven liebte die Gefahr. Ali hingegen sah nicht so aus, als ob sie sie genoss. Ein Blick zu ihr zeigte Raven ein zweites Mal

Alis angespannten Gesichtsausdruck. Wieder lachte sie laut auf. Was würde es nützen, wenn sie Ali riet davonzulaufen? Dieses verwöhnte kleine reiche Mädchen würde niemals in der wirklichen Welt überleben.

Bob Tarrell verkündete den Start von CultRock um Mitternacht. Seine Gäste, von dem vielen französischen Champagner in Höchststimmung, applaudierten begeistert. Als ein von Natur aus großzügiger Mann würdigte er die Verdienste von Elizabeth Black, einem Scout von AdAstra, und Elizabeth erwiderte höflich seine Komplimente. Alles war genau so, wie man es hatte erwarten können. Aber Ali, die sich von ihren eifrig nach Berühmtheiten Ausschau haltenden Freundinnen getrennt hatte, fühlte sich wie versteinert. Sie konnte nicht einmal ihr Glas zum obligatorischen Toast heben. Als sie schließlich das Champagnerglas mit einer bleiernen Hand an ihre Lippen hob, hätte es ebenso gut abgestandenes Wasser enthalten können, so wie es ihr schmeckte.

Das Ganze war wie ein einziger Alptraum. Ihre Sinne signalisierten Gefahr, doch es gab nichts, was sie tun konnte. Die dunklen Augen betrachteten sie von der anderen Seite des Zimmers aus und blickten rasch wieder woandershin, als sei der Blick nur zufällig gewesen. Ali wusste es besser. Das beiläufige Lächeln war so heimtückisch wie das Grinsen eines Krokodils.

Erst in den frühen Morgenstunden, als die Gäste schließlich gegangen waren und Ali sich unter der weißen Steppdecke ihres Bettes zusammenrollte, wich diese Furcht endlich. Doch die Träume, die sie diese Nacht hatte, waren bedrohlich und verwirrend: Während ihre Beine ihr fast den Dienst versagten, rannte sie vor etwas davon, was sie nicht sehen konnte. Das Auftauchen des Mädchens hatte wie ein Katalysator gewirkt. Es hatte die Furcht wieder erweckt, die Ali zu unterdrücken versucht hatte, seit sie ihr eigenes tödliches Geheimnis entdeckt hatte. Zum ersten Mal in ihrem Leben hatte Ali Tarrell Todesangst.

5. Kapitel

Der Druck nimmt zu

Drei Sets von Kopien verschiedener Stockwerke waren auf dem Boden des Wohnzimmers verteilt. Raven trug wieder ihre zerknitterte Armeekleidung. Ihr Haar war ein wirres Durcheinander von Locken und sie saß im Schneidersitz auf dem Boden und hielt einen Stift. White saß ihr gegenüber und studierte die Pläne genauso aufmerksam, und Kez, der auf dem Sofa kniete und sich über die Rücklehne beugte, sah auf die beiden hinab.

Ravens Augenbrauen waren zusammengezogen und Kez war nicht überrascht, als sie den Stift fallen ließ und den Kopf schüttelte.

»So funktioniert das nicht, White.«

»Es ist alles, was wir haben, um weiterzumachen«, erwiderte White und blickte nicht von den Plänen auf.

»White«, sagte Raven und wartete, bis sie seine ganze Aufmerksamkeit hatte. Als er sie schließlich ansah, fuhr sie fort: »Dies sind die Kopien für das ursprüngliche Labor, das war alles, was ich aus der CPS-Datenbank herausholen konnte. Aber inzwischen wird die Einrichtung umgebaut worden sein.« Sie stand auf und ging hinüber zur Couch. »Diese Pläne sind ungefähr dreihundert Jahre alt.«

»Hast du einen anderen Vorschlag?«, fragte White.

»Mir wird schon noch was einfallen.«

»Das reicht nicht«, sagte er. »Wir müssen so bald wie möglich in dieses Labor kommen.«

»Tja, warum fragst du denn nicht Kez nach seinen Vorschlägen?«, schlug Raven gehässig vor. »Ich kann mich nicht erinnern, dass er bis jetzt viel von Nutzen gewesen wäre.«

»Wir haben Kez nicht hierher gebracht, damit er uns hilft Rachel zu finden«, sagte White seufzend. »Er ist hier, weil du ihn aus einer Laune heraus eingeladen hast.«

»Und ich kann sofort gehen, wenn du deine Meinung geändert hast«, sagte Kez wütend und von Raven enttäuscht.

Raven lächelte; sie war gelangweilt und frustriert und White oder Kez zu ärgern war das Einzige, was sie aus ihrer Apathie holen konnte, außer die Musik auf höchste Lautstärke zu drehen oder mit dem Flitter abzuheben und mit voller Power davonzurasen.

Aber bei Raven konnte Langeweile rasch in Wut umschlagen und Kez' nächste Bemerkung lieferte den notwendigen Funken.

»Vielleicht habe ich ja tatsächlich eine Idee«, sagte er zu ihr. »Wenn du so scharf darauf bist, in das Labor zu kommen, warum lieferst du dich da dann nicht selbst dem CPS aus?«

»Na wunderbar«, fuhr sie ihn an. »Und warum rufst

du nicht gleich selbst an und findest heraus, was ich dann mit dir mache?«

»He, Raven, bleib cool«, sagte Kez verlegen und White kam ihm schließlich zu Hilfe. Er stand auf, ließ die Pläne am Boden liegen und ging um das Sofa herum, um sich hinter Kez zu stellen. Eine Hand legte er leicht auf dessen Schulter.

»Es ist eigentlich gar keine so schlechte Idee«, meinte er ruhig. »Warum versuchen wir es nicht, Raven?«

»Ich wäre es, die es versucht, nicht ihr«, erklärte sie. »Und das kommt nicht in Frage.«

»Wenn du so leicht in die Datenbank des CPS hinein- und wieder herauskommst, wie du behauptest, dann kannst du doch sicher auch das Labor beliebig betreten und verlassen.«

»Sie würden mich nicht ins Labor bringen«, stellte Raven unmissverständlich fest. »Ich habe herausgefunden, nach welchen Kriterien sie diejenigen fürs Labor auswählen«, sie sah White in die Augen, um ihn zu überzeugen, »und ich würde nicht dazugehören.«

»Warum nicht?«, fragte Kez und White fügte hinzu: »Ich weiß nicht, ob ich dir glauben soll, Raven.«

»Setz dich«, befahl Raven und wartete, bis White sich auf die Armlehne der Couch gesetzt hatte. Er hatte die Augen nicht von ihr abgewandt und sie lächelte leicht über die Intensität seines prüfenden Blicks.

»Also los«, sagte er. »Überzeuge mich.«

»Habe ich dir schon erzählt, dass das CPS von etwa acht Personen, die als vermutliche Hexe festgenommen werden, eine in dieses Labor bringen lässt?«, fragte

Raven. White nickte kurz und sie fuhr fort:»Da gibt es gewisse Übereinstimmungen. Sie nehmen immer die jüngsten und unerfahrensten. Diejenigen, die auf Grund von medizinischen Befunden oder auffälligem Verhalten gefunden werden, nicht die überführten Computerhacker und niemals jemanden, der älter als zwanzig ist. Es sind fast immer praktisch noch Kinder.«

»Du bist erst fünfzehn, Raven«, entgegnete White. »Und trotz deiner illegalen Ausflüge ins Netz ist es ja nicht so, als seist du jemals entdeckt worden. Du passt in diese Kategorie.«

»Nein, tu ich nicht.« Sie schüttelte den Kopf.»Ich mag, soweit es das CPS und dich betrifft, noch nicht erwachsen sein, aber ich bin schon lange Zeit als Hex aktiv. Ich glaube nicht, dass ich bereits auf dem Höhepunkt meiner Fähigkeiten bin, aber sie gehen ganz sicher weiter als die jener Anfänger, mit denen das CPS so gerne herumexperimentiert. Ich bin viel zu gefährlich für sie. Das würden sie innerhalb von fünf Minuten herausgefunden haben, selbst die können nicht so blöde sein. Und dann würden sie mich exterminieren, ohne auch nur auf die offizielle Genehmigung zu warten.«

»Ich dachte, du hättest immer gesagt, dass das CPS dich auf keinen Fall bekommen würde«, warf Kez ein.

»Ja, und zwar deshalb, weil sie mich niemals auch nur in die Nähe ihrer Einrichtungen bekämen«, informierte sie ihn kühl.»Wenn die CPS-Leute jemals auftauchten, um mich abzuholen, was ich bezweifle, weil ich meine Vorsichtsmaßnahmen getroffen habe, würden sie mich nicht weiter als zehn Meter bekommen. Ihre Fahrzeuge würden nicht mehr funktionieren, genauso wenig wie ihre Kommunikationssysteme, und entweder entkäme ich ihnen oder sie würden mich umbringen.« Sie zuckte mit den Schultern. »So einfach ist das. Und es ist kein Risiko, das ich für irgendjemand auf der Welt einginge.«

»Ich denke, das kann ich dir wohl kaum zum Vorwurf machen«, sagte White langsam. »Und in diesem Fall glaube ich dir auch.«

»Vielen Dank«, erwiderte Raven mit übertriebenem Sarkasmus.

»Aber wir müssen trotzdem einen Weg finden, um in das Labor zu kommen«, fügte White hinzu. »Selbst wenn wir dich nicht als Köder benutzen können.«

Ali war in ihrem Zimmer, als es geschah. Sie lag auf ihrem Bett und fühlte sich wie benommen. Zircarda und Caitlin erholten sich immer noch von den Exzessen des vorherigen Abends und Ali, obwohl sie kaum etwas getrunken hatte, fühlte sich, als ob auch sie diese Nachwirkungen durchlitt. Sie lag auf dem Bauch und starrte durch das Zimmer auf den schwarzen Bildschirm ihres Computerterminals. Sie hatte es seit fast einer Woche nicht benutzt.

Das letzte Mal, als sie am Computer gesessen hatte, hatte sie fast so etwas wie eine Trance überkommen. Ali seufzte. Das erste Mal war wundervoll gewesen, ganz sicher das Aufregendste, was sie jemals erlebt hatte, und als ihr klar geworden war, was es bedeutete, hatte sie sich fast gefreut. Ein Hex zu sein schien irgendwie etwas Besonderes. Erst bei ihrem zweiten Versuch hatte sie Angst bekommen. Sie schauderte, als sie sich daran erinnerte, wie es sich anfühlte, gefangen und gegen ihren Willen festgehalten zu werden. Dann die plötzliche Flut von Informationen, die sie überrollt hatte, die Verachtung des fremden Wesens, gepaart mit der Vorhersage, dass Ali gefangen und exterminiert werden würde. Dieses andere Wesen hatte ihre Gedanken im Bruchteil einer Sekunde lesen können, sich selbst aber nicht verraten.

Die einfache Tatsache, dass jemand existierte, der ihr Geheimnis kannte, hatte Ali schockiert. Dann, gestern, hatte sie jemand anderen getroffen, der es kannte, der durch sie hindurchgesehen und mit einem Blick ihr Inneres nach außen befördert hatte. Ali vergrub den Kopf in den Armen und wünschte sich mit aller Kraft, dass Elizabeth Black nach Amerika zurückginge, und noch inständiger, dass das Hex-Gen niemals existiert hätte.

Ein schwaches Geräusch, gerade noch hörbar, ließ sie nochmals aufsehen. Sie runzelte die Stirn und lauschte angespannt, hörte jedoch nichts mehr. Aber es war ein Geräusch gewesen, das sie kannte. Automatisch blickte sie hinüber zum Computer und plötzlich wusste sie, was ihre Aufmerksamkeit erregt hatte. Es war das Geräusch des Computers, dessen System hochgefahren wurde. Sie beobachtete ihn, als ob das schmale graue Wandgerät sich plötzlich in eine todbringende Schlange verwandelt hätte. Der Bildschirm flimmerte jetzt und das bewies ihr, dass er eingeschaltet war. Aber es war unmöglich, dass sich ein Terminal selbst einschaltete.

Dann erschienen langsam und unerbittlich Buchstaben auf dem Bildschirm. Ali befand sich zu weit weg, um sie lesen zu können, aber es waren zweifellos Buchstaben. Und doch hatte niemand die Tastatur berührt. Das Ganze war einfach unmöglich! Nun stand ein einziger Satz auf dem Bildschirm. Das Zimmer schien plötzlich viel kälter und sehr dunkel.

Ali ging hinüber zum Terminal. Ihre Bewegungen waren hölzern. Sie las den Satz, der unmissverständlich dort stand.

<komm sofort in apartment 103>

Er schien fast harmlos. Eine einfache Aufforderung. Aber sie war wie auf übernatürliche Weise auf dem Bildschirm erschienen. Und es war auch keine freundliche Aufforderung. Es war ein Befehl. Einer, den Ali nicht zu verweigern wagte.

Sie nahm ihre Jacke aus synthetischen Fasern, die so aussah, als sei sie aus echter Wolle gemacht, zog sie an und ging zur Tür wie jemand, der zu seiner Hinrichtung schreitet. Sie bemerkte nicht einmal, dass der Bildschirm sich selbst abschaltete. Sie verließ die Wohnung mit schweren Schritten, die Tür schloss sich sanft hinter ihr. Langsam ging sie den überdachten, von der Security bewachten Fußweg entlang, der sie zu ihrem Ziel bringen würde. Sie erreichte es in weniger als fünfzehn Minuten. Die Eingangstür glich der ihrer eigenen Wohnung. Ihr Arm fühlte sich bleischwer an, als sie ihn hob, um die in die Wand eingelassene Platte zu berühren. Drei Sekunden später glitt die Tür auf. Jemand hatte auf sie gewartet. Ali holte tief Luft und trat ein. Hinter ihr schloss sich die Tür wieder.

Raven lächelte kühl, als Ali eintrat. Sie war nicht gerade glücklich über die von ihr beschlossene Wahl ihrer Mittel. Sie mochte es nicht, sich selbst so zu entblößen, aber einige ihrer Hexfähigkeiten zu enthüllen war nötig gewesen, um Ali einzuschüchtern. Sie mochte auf Tarrells Fest bedrohlich genug gewirkt haben, doch sie erwartete nicht, dieses Image ohne eine zusätzliche Machtdemonstration aufrechterhalten zu können.

Als sie das schlanke blonde Mädchen ansah, das sie von der anderen Seite des Zimmers aus betrachtete, merkte Raven, dass sie sich ärgerte. Ali war ein wenig größer als sie selbst.

Raven hatte sich niemals anderen gegenüber unterlegen gefühlt. Mit neun Jahren hatte sie, um überleben zu können, Erwachsene zwingen müssen sie zu respektieren. Ihre Fähigkeit Dinge zu tun, die weit über den Fähigkeiten anderer Menschen lagen, bedeutete, dass sie sich jedem anderen meist überlegen fühlte. Als Mensch und als Hex war Ali für sie nur verachtenswert. Doch Ali war die verwöhnte Tochter eines wohlhabenden und einflussreichen Mannes. Kez hatte ihr alles über die Gateshall-Clique erzählt, bevor sie auf Tarrells Party gingen. Als Ali eintrat, hatte sich Raven für einen Augenblick wie ein Straßenkind aus den Slums von Denver gefühlt und sie musste sich zwingen nicht die Hände zu Fäusten zu ballen.

Alis Augen waren groß geworden vor Erwartung, als sie die Fremde anblickte. Die weltgewandte Elizabeth Black, auf die Zircarda so eifersüchtig gewesen war,

war verschwunden. An ihrer Stelle, das wurde Ali plötzlich klar, befand sich, in schwarzer Armeeklei-dung, die Fremde aus dem Netz und starrte sie durch-dringend an. Die täuschende Maske hatte einen Riss bekommen und etwas Rohes und viel Gefährlicheres freigelegt. Zum ersten Mal in ihrem Leben stand Ali jemandem gegenüber, der die Macht hatte sie zu ver-nichten und den Willen es auch zu tun. Aber eigenarti-gerweise war sie ganz ruhig. Sie hatte Angst und Schrecken bereits durchlebt und ihre Stimme zitterte nicht, als sie sprach. »Wer bist du?«

Ravens dunkle Augen blitzten auf und in ihren Tiefen schimmerte etwas Unangenehmes. Doch ausnahms-weise zog sie eine Täuschung nicht einmal in Erwä-gung.

»Nenn mich Raven.«

»Was willst du?« Ali stand vollkommen still und war-tete auf die Antwort. Doch bevor Raven antworten konnte, öffnete sich die Tür.

White und Kez blieben unvermittelt stehen, als sie Ali sahen. Raven hatte sie nicht so frühzeitig zurückerwar-tet. Daran ist nun nichts mehr zu ändern, dachte Raven, während White die beiden schweren Taschen, die er trug, auf den Boden stellte und sich umdrehte, um seine Schwester anzusehen.

»Raven?«, fragte er.

»Komm herein, White«, forderte sie ihn auf. »Ihr beide könnt das hier genauso gut hören.«

»Was hören?«, fragte Kez und musterte Ali neugierig.

»Setzt euch«, forderte Raven sie auf und schloss Ali in die Einladung ein, wobei sie selbst sich auf einen Platz setzte, wo sie das Mädchen genau im Blick hatte. »Ich denke, ich habe einen Weg gefunden, wie wir ins Labor kommen.«

Kez' Augen weiteten sich ungläubig, aber White verstand schneller. Er blickte ernst zu Ali, die auf dem Rand eines Stuhles saß und sich sichtlich unwohl fühlte. Dann sah er Raven an.

»Weiß sie Bescheid?«, fragte er.

»Was soll ich wissen?«, fragte Ali. Jetzt, da sie Raven nicht allein gegenübertreten musste, wurde sie mutiger und Raven merkte es sofort. Im nächsten Augenblick hatte Raven bereits wieder die Initiative übernommen.

»Ich wollte es ihr gerade erklären«, sagte sie zu White. Dann fixierte sie Ali mit einem wissenden Blick. »Wie lange weißt du schon, dass du ein Hex bist?«, fragte sie.

»Ich?« Ali saß wie versteinert da, doch andererseits hatte sie ja genau dieses Thema erwartet und so antwortete sie schließlich ehrlich. »Erst ungefähr einen Monat.« Sie zögerte. »Wirst du mich anzeigen?«

»Nein«, erwiderte White eindeutig, worauf er einen tadelnden Blick von Raven erntete.

»Du bist auch ein Hex, stimmt's?«, sagte Ali. »Du warst es, die ich kürzlich im Netz getroffen habe.«

»Ja, das war ich.« Raven lehnte sich in ihrem Stuhl zurück. »Und ich werde dich nicht anzeigen, obwohl alles, wovor ich dich warnte, stimmt. Ich werde dir einen Vorschlag machen. Und es wäre klug, wenn du ihn annähmest.«

»Was für einen Vorschlag?«, wollte Ali misstrauisch wissen. Eigenartigerweise erinnerte dieses Mädchen sie an Zircarda. In ihren Augen stand der gleiche Ausdruck wie der, den die Anführerin der Gateshall-Clique bekam, wenn sie entschlossen war ihren Willen durchzusetzen.

»Lass mich erklären«, warf White ein. »Es ist eine lange Geschichte.«

»Nur zu.« Ali wartete.

»Keiner von uns ist eigentlich das, was wir zu sein vorgeben«, begann White und Ali hob erwartungsvoll ihre Augenbrauen, kaum überrascht. Er lächelte schief und fuhr fort: »Raven und ich sind Geschwister. Wir und Kez«, er blickte kurz zu dem Jungen, »sind auf der Suche nach meiner kleinen Schwester, Rachel . . .«

Während White erklärte, begann Ali sich langsam zu entspannen. Es war die seltsamste Geschichte, die sie je gehört hatte. Sie handelte von Gangern, Regierungsorganisationen, geheimen Laboratorien und verdecktem Einsatz. Es war beinahe so unglaubwürdig wie ein Vid-Film, aber irgendwie glaubte Ali es. Der merkwürdigste Teil von allem war, als White erwähnte, wie sie ihre Informationen bekamen. Ali faszinierte der Gedanke, dass Raven in der Lage war das ganze Computernetz zu kontrollieren. Allerdings war sie von ihrem Blick zu sehr eingeschüchtert, um irgendwelche Fragen zu stellen. Whites knappe Erklärungen und die Tatsache, dass es nicht so aussah, als ob sie dem CPS übergeben werden sollte, beruhigten sie langsam. Doch als White seine Schlüsse zog, kehrten ihre Befürchtungen zurück.

»Ihr wollt mich als Köder für das CPS benutzen?«, fragte sie entsetzt.

»Es ist unsere einzige Möglichkeit Rachel zu finden«, begann White, doch Ali ließ ihn nicht ausreden.

»Auf keinen Fall«, erklärte sie und stand auf, um zu gehen. »Das werde ich nicht tun.« Sie schüttelte den Kopf. »Tut mir Leid, White. Aber ich bezweifle, dass deine Schwester überhaupt noch am Leben ist. Das CPS tötet die Menschen und ich will nicht eines seiner Opfer sein.«

»Nicht so hastig«, fuhr Raven sie an. »Du könntest es noch bereuen.«

»Willst du mir drohen?«, fragte Ali und Raven lächelte.

»Nein«, sagte White leise. »Wenn du uns nicht helfen willst, werden wir dich nicht dazu zwingen. Aber, bitte, überleg es dir noch einmal.«

»Ich kann nicht«, erwiderte Ali. »Tut mir Leid.« Damit wandte sie sich zur Tür und verließ die Wohnung, ohne sich umzudrehen.

White sah ihr mit sorgenvollem Blick nach, aber er versuchte nicht sie aufzuhalten. Als die Tür sich hinter Ali schloss, fauchte Raven ihn wütend an. »Ich hätte sie dazu gebracht«, erklärte sie.

»Sie ist noch ein Kind, Raven«, entgegnete er unnachgiebig. »Ich erlaube dir keinesfalls sie zu manipulieren. Dies ist unser Problem, nicht ihres.« Für einen Augenblick sah er aus, als wolle er noch etwas hinzufügen, doch dann verließ er das Zimmer ohne ein weiteres Wort.

Raven und Kez blickten einander an. Auf diese Weise ausmanövriert, schien Raven nicht zu wissen, was sie sagen sollte, und Kez fühlte sich nicht in der Stimmung überhaupt irgendetwas zu sagen. White war absolut ehrlich gewesen, als er Ali seine Geschichte erzählte, für Kez' Geschmack zu ehrlich. Er hatte nicht einmal ausgelassen, wie Kez zu ihrer Gruppe gekommen war, und Kez hatte den Ausdruck der Geringschätzung, der über Alis Gesicht gehuscht war, nicht übersehen.

»So viel zu deiner Idee«, sagte er schließlich.

»Es war ursprünglich deine Idee«, erinnerte Raven ihn. »Ich habe nur ein anderes Hex besorgt.«

»Kennst du noch jemanden, den wir nehmen könnten?«, fragte Kez.

»Was glaubst du denn, was ich bin?« Raven sah ihn mit gerunzelter Stirn an. »Eine Detektivagentur? Ich habe sie nur zufällig entdeckt, als sie im Netz herumstolperte.« Sie trommelte verärgert mit den Fingern auf ihrer Armlehne.

»Du magst sie nicht besonders, was?«, fragte Kez.

»Sie ist praktisch genauso dumm, wie sie aussieht«, sagte Raven. Dann sah sie ihn abschätzend an. »Irgendwie bezweifle ich, dass du noch viel von dieser Clique sehen wirst, zu der sie gehört.«

»Will ich auch gar nicht«, antwortete Kez ärgerlich. Aber er war mehr auf White wütend als auf Raven. »Verschwinden wir von hier«, sagte er plötzlich. »Deine Tarnung ist jetzt sowieso aufgeflogen.«

»Du hast Recht«, stimmte Raven ihm zu. »Ich habe diese ganze Sache satt. Wenn White meine Ideen nicht passen, ist das sein Problem.«

»Willst du aufgeben?«, fragte Kez.

»Warum nicht.« Raven zuckte mit den Schultern. »Alles andere ist interessanter als das hier.«

Kez zögerte. Er war wütend auf White, und Ravens Enttäuschung über die Art und Weise, wie White die Dinge anging, wirkte ansteckend. Aber er konnte Whites Blick, als dieser gedacht hatte, Rachel sei tot, einfach nicht vergessen. Und nachdem er sich nun schon mal auf diese Suche eingelassen hatte, wollte er nicht so leicht aufgeben. Raven wartete auf seine Antwort und Kez hätte ihr am liebsten zugestimmt und wäre mit ihr verschwunden, trotz der Tatsache, dass er ihr nicht mehr traute. Aber er konnte nicht.

»Ich denke, wir sollten weiter mit White zusammenarbeiten«, erklärte er zögernd.

»White kann nicht geholfen werden«, erklärte Raven ihm verächtlich. »Er ist besessen von Moralvorstellungen, es ist wie eine Krankheit.«

»Glaubst du nicht, wir könnten Ali doch noch überreden uns zu helfen?«

»Ich könnte es schon.« Sie zuckte mit den Schultern. »Aber es hat keinen Sinn, wenn White alles ablehnt, was ich sage.«

»Dann müssen wir ihn eben umgehen«, erklärte Kez.

»Ach?« Raven wartete neugierig. Kez holte tief Luft und machte seinen Vorschlag.

»Sag Ali, dass das CPS bereits hinter ihr her ist«, erklärte er. »Dann hätte sie keinen Grund uns nicht zu helfen. Wenn sie erst mal im Labor ist, können wir Rachel finden und beide befreien. Ohne uns müsste sie schließlich für immer dort bleiben.«

»Solange sie am Leben ist«, wandte Raven ein. »Wir müssen sichergehen, dass sie ins Labor geschickt wird. Andernfalls ist sie für uns nicht von Nutzen.«

»Du warst dir doch in diesem Punkt ziemlich sicher«, erinnerte Kez sie.

»Das bin ich immer noch«, sagte Raven. »Doch es gibt bei allem das Element des Zufalls.« Sie dachte einen Augenblick nach, dann nickte sie entschlossen. »Wir werden es tun. Aber noch nicht gleich. Ich muss die Entdeckung zufällig machen.«

»Warum?« Kez sah misstrauisch drein und Raven seufzte ungeduldig.

»Weil White derjenige sein muss, der es ihr sagt«, erklärte sie. »Du hast doch gesehen, wie sie sich verhalten hat. Sie vertraut ihm und sie wird glauben, was immer er ihr sagt.«

»Das bedeutet, wir müssen White auch noch überzeugen«, sagte Kez zweifelnd. Raven zuckte mit den Schultern.

»Das müssten wir sowieso«, erklärte sie. »Wir können Ali so etwas nicht erzählen, ohne dass er es herausfindet. Aber wenn wir White glauben machen können, dass Ali in Gefahr ist, und er es ihr sagt, dann wird sie tun, was wir von ihr wollen.«

»Wenn White herausfindet, dass wir ihn ausgetrickst haben . . .«, begann Kez, aber Raven unterbrach ihn: »Wenn er es herausfindet, wird es zu spät sein, um noch etwas dagegen einzuwenden«, erklärte sie. »White will mehr als jeder andere von uns in dieses Labor kommen. Und das ist der einzige Weg.«

Als Raven vorschlug aus dem Belgravia auszuziehen, nur für den Fall, dass Ali sie an die Security verriet, hatte White keine Einwände. Er war von Anfang an dagegen gewesen, dorthin zu ziehen, und obwohl er nicht glaubte, dass Ali das Risiko einging die Seccies zu rufen, ging er lieber auf Nummer Sicher. Am nächsten Morgen, nachdem sie noch nicht einmal eine Woche dort gewohnt hatten, verschwanden Elizabeth Black und Kester Chirac. Der Wohnungsgesellschaft war mitgeteilt worden, dass die beiden die Wohnung nicht länger mieten wollten. Eine Umzugsfirma war beauftragt worden die Möbel zu verkaufen und den Erlös auf ein amerikanisches Bankkonto zu überweisen. Den Flitter hatten sie an die Leihfirma zurückgegeben und die Datenbank der Nimbus Airlines registrierte, dass sie mit dem Flug um 9 Uhr nach San Francisco geflogen seien, zusammen mit einem Mr. Ryan Donahue.

In Wirklichkeit waren White, Raven und Kez nicht weiter als ins Stratos Hotel gezogen, wo sie sich unter anderen Namen eintrugen und eine abgelegene Suite buchten. Das Hotel war Ravens Wahl gewesen und sie hatte ihre Disc-Sammlung mitgebracht, verstaut in drei großen Kisten. An Stelle des Flitters hatten sie einen Skimmer gemietet. Abgesehen davon waren sie mit leichtem Gepäck gereist und hatten nur mitgenommen, was sie tragen konnten. Das hatte jedoch die Ausrüstung beinhaltet, die White und Kez besorgt hatten.

Es war die elektronische Standardausrüstung, die legal in jedem Geschäft erworben werden konnte, aber Raven nutzte sie auf eine völlig unorthodoxe Weise.

Nachdem sie White erklärt hatte, auch ohne Alis Hilfe weiter nach Rachel suchen zu wollen, traf sie sorgfältige Vorbereitungen. White erlaubte ihr Verbesserungen an seiner Laserpistole vorzunehmen und fragte nicht weiter nach, wofür der Rest der Ausrüstung sein sollte. Er war froh, dass sie nicht einen Wutanfall bekommen hatte, nachdem er ihr Vorhaben Ali als Köder zu benutzen, zunichte gemacht hatte. Kez wiederum, der seine Schwierigkeiten mit Raven mehr oder weniger beigelegt hatte, ließ sich während ihres ersten Tages im Hotel den ganzen Berg elektronischer Gerätschaften in allen Einzelheiten erklären.

»Das meiste davon brauchen wir, um überhaupt ins Labor hineinzukommen«, hatte Raven gesagt. »Wenn ich den zentralen Kontrollraum erst einmal gefunden habe, werde ich ihn auch ohne Körpereinsatz kontrollieren können. Aber bis ich dorthin komme, muss ich Schaltkreise überbrücken und das Sicherheitssystem täuschen, und zwar manuell. Dafür brauche ich Werkzeuge.«

»Du machst sie selbst?«, fragte Kez nach.

»Ich sagte dir doch, dass ich nicht nur zu Computern eine besondere Beziehung habe«, erinnerte Raven ihn. »Wer, glaubst du, hat Whites Sender hergestellt?« Inzwischen hatte Kez diese Vorrichtung detaillierter beschrieben bekommen, als er es überhaupt verstehen konnte. Doch er wusste, warum Raven genau diesen Gegenstand als Beispiel gebraucht hatte. Unter dem Kabelsalat auf dem großen Esstisch der Hotelsuite befand sich ein winziges elektronisches Gerät. Es enthielt einen Mikroschaltkreis, den die Geschäfte nicht hätten liefern können. Raven hatte das Miniaturschaltbrett zusammen mit einigen speziellen Werkzeugen aus dem Seesack geholt, den sie bereits bei ihrem ersten Treffen bei sich gehabt hatte. Daraus hatte sie einen Transceiver gebaut, der dem Whites ähnelte. Aber das Gerät sollte nicht chirurgisch implantiert werden. Er hatte die Form eines einfachen weißen Ohrsteckers, etwas, was kaum bemerkt würde. Besonders nicht, wenn es von einem siebzehnjährigen Mädchen getragen wurde. Raven hatte sogar einen passenden Ohrstecker für das andere Ohr hergestellt, diesen jedoch ohne Schaltkreis. Aber der erste Ohrstecker war ein Gegenstand, auf den jeder Elektronikdesigner stolz gewesen wäre. Kaum fünf Millimeter im Durchmesser, enthielt er Sender, Empfänger, Peilstrahl und Körpersensor. Wenn Kez' Plan funktionierte und Ali in das Labor käme, wäre Raven in der Lage ihre Spur überallhin zu verfolgen.

Bob Tarrell war über das plötzliche Verschwinden seiner neuen Bekannten erstaunt. Doch Elizabeth hatte eine Nachricht auf seinem Vidcom hinterlassen, in der sie sich entschuldigte und erklärte, dass AdAstra sie unerwartet in die Staaten zurückgerufen hätte. Und schließlich gab es keinen Grund für ihn sich besondere Gedanken darüber zu machen. In sämtlichen Medien wurde ausführlich über seinen neuen Sender berichtet und die Anteilseigner gingen von einem umwerfenden Erfolg aus.

Seine Tochter beunruhigte die Nachricht weit mehr.

Sie sah sich am Montag mit ihrem Vater die Morgennachrichten auf Populix an, einem seiner Sender.
Hauptsächlich ging es um den Start von CultRock. Ihr
Vater hatte die Tatsache, dass er der Eigentümer des
Nachrichtensenders war, zu nutzen gewusst. Aber Ali
konzentrierte sich nicht auf die Sendung. Ihre Gedanken kreisten um die Abreise der Ganger und was das
bedeutete, und sie nahm die Berichte kaum wahr, bis
eine kurze Bemerkung am Ende sie aufhorchen ließ.

»Während CultRock verspricht ein außerordentlich
großer Erfolg zu werden, hat der US-Sender, der diese
neueste Musiksensation in Gang gesetzt hat, anscheinend Konkurs gemacht. AdAstra ist nicht länger auf
Sendung und seine Daten sind vom Netz völlig verschwunden.« Für den Bruchteil einer Sekunde
schwankte der Gesichtsausdruck des Reporters zwischen Verärgerung und Verwirrung. »Der Sender hat
sich geweigert Populix Zugang zu seinen Programm-
unterlagen zu gewähren und hat Elizabeth Black, einen
Scout von AdAstra, die am Start von CultRock beteiligt
war, zurückgerufen.« Der Reporter nahm einen etwas
muntereren Tonfall an, während Bilder von den Stars
gezeigt wurden, die für die Party und den Start von
CultRock in Tarrells Apartment eintrafen, und Ali sank
in ihrem Sessel zurück.

Obwohl die ganze Geschichte in den Nachrichten
recht überzeugend dargestellt wurde, traute Ali der
offiziellen Erklärung nicht. Sie wusste, dass Raven nicht
wirklich Elizabeth Black war, und sie hatte auch ihre
Zweifel bezüglich AdAstra. Es schien ein wenig zu

praktisch, dass der Sender einfach nicht mehr existierte. Anscheinend hatten die Ganger beschlossen bei ihrem Verschwinden sämtliche Spuren zu verwischen. Das war Ali nur recht. Sie hatte von Anfang an nichts mit ihnen zu tun haben wollen, und je weiter sie weg waren, desto besser. Sie hatte jedoch nicht die Absicht sie der Security zu melden. Abgesehen von der Tatsache, dass sie Angst davor hatte, hinsichtlich ihrer Beziehung zu ihnen befragt zu werden, hatte sie schließlich nichts Handfestes zu berichten. Es wäre lächerlich, die Geschichte aufzutischen, die man ihr erzählt hatte – von einem weißhaarigen Ganger namens White und seiner Schwester, einem gefährlichen und vielleicht verrückten Hex namens Raven. Sie machte sich ihre eigenen Gedanken und behielt sie für sich. Aber an jenem Tag war es ihr schwer gefallen, den Fragen der Clique in der Schule auszuweichen.

Während sie deren geistloser Unterhaltung lauschte, stimmte Ali fast mit Ravens Verachtung für diese Leute überein, auch wenn das sie selbst mit einbezog. Durch ihre Begegnung mit Raven war sie in mehrerlei Hinsicht beeinflusst worden. Dazu gehörte auch, dass sie sich in der kurzen Zeit den Gateshall-Schülern und im Besonderen ihrer Clique entfremdet hatte. Obwohl sie sich mitten in dieser Gruppe eigentlich sicher und geborgen hätte fühlen müssen, kam sie sich genauso isoliert vor, als hätte das CPS sie bereits gefunden und weggebracht. Ravens wiederholte Warnung, dass man sie fassen würde, hatte Wirkung gezeigt. Sie war nicht länger in der Lage sich vorzumachen, dass sie in Sicherheit war.

Letztlich war eigentlich niemand in Belgravia sicher. Dass Raven das Apartment im Belgravia gemietet hatte, hatte ihr bereits gezeigt, wie einfach es war, jede Security zu umgehen und auch in die Oberstadt Londons einzudringen. Nichts war für Ali mehr das Gleiche wie vorher.

Kez fühlte sich ebenfalls unwohl. Er hatte vorgeschlagen Ali zu täuschen, um White zu helfen. Er wollte ihm helfen seine Schwester zu finden und er hatte nicht vergessen, dass White versprochen hatte sich um ihn zu kümmern, während Raven das offensichtlich nicht einmal in Erwägung gezogen hatte. Doch trotz der Tatsache, dass er nur helfen wollte, bekam er langsam das Gefühl einen Pakt mit dem Teufel eingegangen zu sein.

Um sich abzulenken, versuchte Kez sich nützlich zu machen. Raven war zwar nicht gerade eine geduldige Lehrerin, aber Kez lernte von ihr die Grundlagen der Elektronik. Ihre natürliche Begabung für alles Technische, gepaart mit ihrer jahrelangen Erfahrung, ließen ihn wie einen blutigen Anfänger aussehen. Aber zumindest tat er etwas und Raven belohnte ihn für seine Hartnäckigkeit, indem sie, wenn er mal einen Fehler machte, auch nicht mehr gleich einen ihrer heftigen Wutanfälle bekam. Die meiste Zeit verbrachte er nun damit, die Hochfrequenz-Sprengkörper zu basteln, mit deren Hilfe Raven sich den Weg ins Labor freisprengen wollte. Es waren im Großen und Ganzen einfache Vorrichtungen, doch die Installation des letzten Teils, der auf einer ganz bestimmten Frequenz den Sprengkörper aktivieren sollte, beaufsichtigte Raven sorgfältig. White verschaffte sich bei der Gräfin weitere Waffen und war mit ihr in Verhandlungen getreten, um einige Männer als Verstärkung anzuheuern, wenn sie in die Laboranlage einbrachen. Die ganze Sache schien langsam ernst zu werden. Kez bezweifelte, dass sie Erfolg hätten, wenn es so lief, wie White es sich vorstellte. Aber er hoffte, dass mit der zusätzlichen Unterstützung, die er und Raven im Auge hatten, ihr Vorhaben klappen würde.

Kez' einzige Sorge war, was White tun würde, wenn er entdeckte, was er und Raven sich hatten einfallen lassen. White hatte ein so gutes Wahrnehmungsvermögen, dass Kez ihm zutraute, dass er früher oder später herausfinden würde, wie Ali getäuscht worden war, und er hoffte inständig, dass es dann zu spät wäre, um noch groß etwas zu ändern. Andernfalls würde sein Ehrgefühl ihn dazu zwingen, sie zu warnen, und die ganze Sache wäre hoffnungslos. Kez wusste, dass Raven einen hoffnungslosen Fall nicht weiter verfolgen würde, und auch er würde das nicht tun können.

6. Kapitel

Falsches Spiel

Zu seiner eigenen Überraschung fing White an, sich für Politik zu interessieren. Die Exterminierung der Hexe, etwas, worüber er vorher hinsichtlich des moralischen Aspekts nie nachgedacht hatte, beschäftigte ihn jetzt, nachdem Rachel eine derjenigen sein konnte, die exterminiert worden waren. Das Wissen, dass Raven ein Hex war, hatte ihn nie so stark beunruhigt. Sie schien immer in der Lage zu sein sich um sich selbst zu kümmern, und in den Slums von Denver war Moral kaum eine wichtige Überlegung. Aber der Ehrenkodex der Kali hatte White immerhin so sehr beeinflusst, dass er jetzt anfing nachzudenken.

Die Menschen mit dem Hex-Gen waren das Resultat einer völlig legalen wissenschaftlichen Entwicklung. Doch seit über zweihundertfünfzig Jahren wurden sie nun im Auftrag ihrer eigenen Regierungen ausgelöscht, weil sie für die computerisierte Gesellschaft eine potentielle Bedrohung darstellten. Selbst wenn das CPS nur ein Hex pro Tag exterminierte, musste die Todeszahl inzwischen fast bei hunderttausend Menschen liegen. Raven war allerdings der Meinung, dass die Zahl weitaus höher war. Es schien sie jedoch nicht sehr zu bedrücken. Raven war nie besonders an anderen Hexen interessiert gewesen und hatte, was ihre eigene Sicherheit betraf, genug Selbstvertrauen, um sich von den vielen Todesopfern nicht weiter berühren zu lassen. Aber White regte sich nun darüber auf, und besonders über die Gesetze, die diesen Massenmord legalisierten.

Wenn Hex-Mutanten eine Existenzberechtigung zugestanden würde, hätte Raven nicht von Kindesbeinen an um ihr Leben fürchten müssen. Ohne diese Last wäre sie möglicherweise ein ganz anderer Mensch geworden. Vielleicht besäße sie dann nicht diese verrückt-depressive Art, die das Leben mit ihr zur Hölle machte. Ali müsste keine Angst haben zu sterben, noch bevor sie ihren achtzehnten Geburtstag erreicht hatte. Rachel wäre nicht im Alter von zehn Jahren für Experimente in Dr. Kaldens Forschungslabor gebracht worden.

Je mehr er die Frage der Illegalität von Mutanten bedachte, desto sicherer war sich White, dass die Exterminierungsgesetze ein entsetzliches Verbrechen gegen die Menschlichkeit waren. Aber er schien Raven und Kez nicht von seiner Anschauung überzeugen zu können.

»Es hat keinen Sinn, darüber zu grübeln«, sagte Raven mit einem gelangweilten Unterton zu ihm. »Ich musste die meiste Zeit meines Lebens damit klarkommen. Man kann es nun mal nicht ändern.«

»Schlimme Dinge passieren eben.« Kez zuckte mit den Schultern. »Als ich in dem Alter war, in dem Raven aus dem Waisenhaus floh, lebte ich bereits auf der Straße, in den unteren Bereichen Londons, wo Ganger herrschen. Menschen werden jeden Tag aus keinem anderen Grund umgelegt, als dass sie zur falschen Zeit am falschen Ort sind. Kleine Kinder werden vergewaltigt und umgebracht.« Er schüttelte den Kopf. »Man kann gegen diese Dinge nichts machen. Sie sind einfach da.«

»Aber so sollte es nicht sein«, beharrte White auf seiner Meinung. Immerhin zeigte Kez' Antwort, dass er sich zumindest Gedanken machte, anders als Raven, die sich bereits wieder ihren Kabeln und Zündern zugewandt hatte. »Das sind Verbrechen. Aber der Mord an Hex-Mutanten ist von jeder Regierung der Welt sanktioniert. Dem CPS kannst du nicht entkommen, du kannst ja nirgendwohin entfliehen.«

»Außer du bist gut genug«, warf Raven ein.

»Und wie viele Leute sind das?«, wollte White wissen. »Du hast deine Fähigkeiten entdeckt, als du jung genug warst, um sie weiterzuentwickeln. Die meisten Menschen werden, kaum dass sie sich ihrer Fähigkeiten bewusst werden, in die Todeskammer geschickt.«

»Aber die Regierung fürchtet, dass sonst alles viel schlimmer wäre«, erinnerte Kez ihn. »Raven fährt durch ein Computersystem wie ein Messer durch Butter. Was, wenn es tausende von Leuten gäbe, die das können?«

»Dann müssen die Regierungen bessere Computersysteme konstruieren«, erklärte White. »Raven, könntest du ein System entwerfen, das nicht einmal du knacken könntest?«

»Das ist eine schwierige Frage«, sagte sie nachdenklich. »Ich würde sagen, dass die Art von System, die Dr.

2367 – EXPERIMENT HEX

Kaldens Labor hat, eine der besten ist. Aber wenn ich persönlich in die Einrichtung gelangen könnte, wären die Computer selbst ein Kinderspiel.« Sie überlegte noch einmal. »Ich wäre vielleicht in der Lage ein System zu entwerfen, in das die meisten Hexe nicht eindringen könnten«, sagte sie schließlich. »Vielleicht sogar eines, das mich selbst viel Zeit kosten würde, um es zu knacken.«

»Warum nutzt die Regierung dann nicht die Fähigkeiten der Hexe, anstatt diese zu exterminieren?« White runzelte die Stirn. Es war Kez, der die Antwort lieferte.

»Weil es Leute wie Raven unglaublich mächtig machen würde«, sagte er. »Sie könnten im Netz alles machen, was sie wollen.«

»Die meisten Leute wollen gar nichts Verbotenes tun«, sagte White ernst. »Warum sollten Hexe nicht genauso sein?«

»Ich glaube nicht, dass es funktionieren würde«, erwiderte Kez und beugte sich über den Haufen Drähte, der vor ihm lag. White schwieg. Er konnte erraten, was der Junge dachte. Jemand wie Raven, falls es überhaupt andere wie sie gab, würde sich nicht freiwillig den allgemeinen Spielregeln unterwerfen.

Zwei Tage später stieg Raven wieder ins Netz ein. Sie sagte zu White, dass sie unzufrieden mit den dürftigen Informationen über das Labor sei und einen letzten Versuch machen wolle, weiteres Material aus der CPS-Datenbank herauszuholen. Obwohl ihre Absicht harmlos genug schien, war Kez plötzlich äußerst angespannt.

Das war der besagte Augenblick. Er sah Raven erwartungsvoll nach, als sie in ihr Zimmer verschwand. Dann beugte er sich eifrig über seine Arbeit. White fragte ihn, wie viele Sprengkörper sie haben würden, und er nannte automatisch die Zahl, die er von Raven hatte. Es schien ewig zu dauern, bis sie endlich wieder aus ihrem Zimmer kam, obwohl es in Wirklichkeit nur etwa fünfzehn Minuten gewesen waren.

Als sie schließlich in den Salon der Hotelsuite zurückkehrte, funkelten zwar ihre Augen vor Aufregung, aber nichts an ihrem Verhalten erregte Verdacht.

»Sie sind hinter ihr her«, sagte sie unvermittelt.

»Was?« White blickte auf und Kez hielt den Atem an.

»Die Leute vom CPS«, erklärte Raven. »Sie sind hinter Ali her. Sie haben eine Akte über sie als vermutliches Hex.«

»Kannst du sie nicht aus der Datenbank löschen?«, fragte White sofort und Kez hätte sich am liebsten eine Ohrfeige gegeben, dass er daran nicht gedacht hatte. Doch Raven hatte diesen Vorschlag anscheinend bereits erwartet.

»Das wäre kontraproduktiv«, erwiderte sie. »Es gibt höchstwahrscheinlich auch eine Papierakte. Wenn ihre Unterlagen einfach aus der Datenbank verschwänden, wäre der Verdacht bestätigt und sie würden die sofortige Exterminierung vorbereiten.«

White überlegte eine Weile mit gerunzelter Stirn und besorgtem Blick. Schließlich kam er zu einer Entscheidung.

»Wir müssen sie warnen«, sagte er.

»Und sie überreden uns zu helfen«, warf Kez ein, denn White wäre bestimmt überrascht, wenn er das nicht vorschlug. »Sie hat jetzt schließlich keine Wahl mehr.«

»Kez hat Recht«, stimmte Raven ihm zu. »Wir sind ihre einzige Rettung, so wie sie unsere beste Chance ist Rachel herauszubekommen.«

»Ich stimme dir zu«, nickte White. »Kannst du Kontakt zu ihr aufnehmen, Raven?«

»Ich?« Sie zog eine Grimasse. »Ali traut mir nicht über den Weg. Sie würde denken, ich wolle sie erpressen. Es wäre besser, wenn du es ihr sagtest, White.«

»In Ordnung«, stimmte er zu. »Aber wir sollten Ali nicht hier oder im Belgravia treffen. Hat jemand einen anderen Vorschlag für einen guten Treffpunkt?«

»Wir könnten sie im Skimmer abholen«, sagte Raven.

»Aber nicht aus dem Belgravia«, wandte White ein. »Das ist zu gefährlich.«

»Warum nicht aus der Arcade?«, schlug Kez vor. »Dort gibt es das langweiligste Zeug, das man je gesehen hat. Niemand würde uns bemerken, wenn wir sie dort abholen.«

»Das Museum?« Raven hob die Augenbrauen. »Du hast wirklich ausgefallene Ideen, Kez.«

»Okay, das Museum geht in Ordnung«, stimmte White zu. »Raven, schick Ali eine Nachricht, dass wir sie heute Abend um acht dort treffen wollen.«

An diesem Abend hielt der Skimmer unter einer der Straßenlampen vor dem Museum an. Die Nacht war über die Stadt hereingebrochen und im Winter stieg frühzeitig Nebel auf, sodass auf allen Ebenen Londons Lichter brannten. Unten in den Ganglands war die Nacht gefährlich, doch die Arcade besaß eindrucksvolle Sicherheitsmaßnahmen, um den Bewohnern des Belgravia alle Annehmlichkeiten zu gewährleisten.

Ali stand auf einer der Brücken, die den Erholungsbereich durchzogen, und wartete auf sie. Raven, die auf dem Fahrersitz des Skimmers saß, verzog leicht das Gesicht, als sie das Fahrzeug zum Halten brachte. Sie war wie immer in Schwarz gekleidet. Aber ihr dichtes, seidiges Haar war ausnahmsweise einmal ordentlich und elegant im Nacken zusammengebunden. Kez saß auf dem Beifahrersitz und White wartete im rückwärtigen Teil. Als Ali sich näherte, löste Raven den Sicherheitsverschluss der Tür, doch White musste sie mit der Hand aufschieben. Ali stieg ein und schloss sofort die Tür hinter sich, um ja nicht mit ihnen gesehen zu werden. Raven reihte sich mit dem Skimmer bereits wieder im Verkehrsstrom ein, als White Ali ansprach.

»Danke, dass du einverstanden warst uns zu treffen«, sagte er.

»Ich habe meine Meinung aber nicht geändert, versteht ihr«, sagte Ali zu ihm. »Und ihr solltet auch keine Tricks versuchen.« Raven kräuselte ihre Nase und sah nach hinten zu dem Mädchen, wobei sie trotzdem den Skimmer völlig unter Kontrolle hatte. Während sie ihr unter ihren langen Wimpern hervor einen Blick zuwarf, sagte sie sanft: »Wie wäre es mit einem kleinen Ausflug in die Ganglands, Ali? Vielleicht ist heute deine Glücksnacht?« Kez kicherte, aber White sah sie strafend an.

»Bleib hier oben«, warnte er Raven scharf. »Kein Grund für irgendwelche Spielchen.«

Raven zuckte mit den Schultern und wandte sich den Kontrollinstrumenten zu, während sie noch rasch einen amüsierten Blick mit Kez austauschte. Aber White ignorierte sie beide.

»Ali«, sagte er, »ich fürchte, ich habe schlechte Neuigkeiten.«

»Was ist passiert?« Ali sah ihn erschrocken an. »Hat es mit eurer Schwester zu tun?«

»Nein.« White schüttelte den Kopf. »Es geht um dich. Es scheint, dass das CPS dich bereits verdächtigt ein Hex zu sein.«

»Seid ihr sicher?«, fragte Ali und wurde blass. »Woher wisst ihr das? Werden sie mich holen kommen . . .« Ihre Stimme brach ab, als sie den Blick verzweifelt auf White richtete und wider Erwarten hoffte, dass es ein Irrtum war. Kez sah angestrengt aus dem Fenster, unfähig White und Ali anzusehen. Ravens Mund zeigte ein kaum merkliches Lächeln.

»Überlegst du's dir nun anders?«, fragte sie sanft. Kez erstarrte und Ravens dunkle Augen verweilten kurz bei ihm, bevor sie sich umdrehte und Ali ansah. »Ob du mit uns zusammenarbeiten willst, meine ich«, erklärte sie.

»Wir werden dich ganz bestimmt nicht zwingen«, fügte White hinzu. »Aber vielleicht solltest du es dir noch einmal überlegen.«

»Es sieht nicht so aus, als hätte ich eine große Wahl,

oder?«, erwiderte Ali gepresst. Die Tatsache, dass White nicht versucht hatte ihr zu drohen, trug dazu bei, dass sie ihm vertrauen wollte. Sie kniff leicht die Augen zusammen, als sie Ravens Blick begegnete. Dieses Mädchen achtete offensichtlich überhaupt nicht auf die Kontrollinstrumente, doch der Skimmer glitt sanft durch den abendlichen Verkehr. »Aber wer garantiert mir, dass ihr mich nicht einfach benutzt, um eure Schwester zu finden, und mich dann fallen lasst?«

»Niemand«, antwortete Raven ausdruckslos. Doch White widersprach ihr.

»Mir kannst du vertrauen«, sagte er nachdrücklich. »Ich verspreche, wenn du uns hilfst, werden wir dich vor dem CPS retten und dir helfen irgendwo ein neues Leben anzufangen.«

Falls überhaupt möglich, wurde Ali noch einen Ton blasser. Plötzlich kam ihr ein völlig neuer Gedanke. Auch wenn White es schaffte, sie zu retten, würde sie nie mehr zu ihrem alten Leben zurückkehren können. Das Belgravia wäre der erste Ort, an dem die Security nach ihr suchen würde, selbst wenn ihr Vater sie vor ihnen zu verstecken versuchte. Dabei konnte Ali eigentlich nicht glauben, dass Bob Tarrell sein Medienimperium aufgeben, Gefängnis und Schande riskieren würde, um eine Mutantin vor der Security zu verstecken, selbst wenn diese Mutantin seine Tochter war. Ohne die Hilfe des Gangers wüsste sie wirklich nicht, wohin sie gehen sollte. Ihre Mutter war schon lange tot, andere nahe Verwandte hatte sie nicht. Was ihre Freundinnen betraf – wenn ihre Lage nicht so verzweifelt gewesen wäre, hätte Ali laut aufgelacht. Caitlin war von allen noch die netteste, doch nicht einmal sie würde die gesellschaftliche Schande erdulden ein Hex als Freundin zu haben. Sie schlang die Arme um sich, um die Kälte zu vertreiben, die sie plötzlich verspürte. Aber sie ergab sich nicht völlig in ihr Elend. Raven mochte sich wieder ihren Kontrollinstrumenten zugewandt haben, doch Ali konnte ihre stille Schadenfreude spüren. Sie holte tief Luft und sah White an.

»In Ordnung«, sagte sie. »Ich mache mit.«

Da ihr Vater immer noch mit CultRock beschäftigt war, stellte es für Ali kein Problem dar, einen Tag nicht zur Schule zu gehen, ohne dass er es bemerkte. Während der letzten Tage hatte er die Wohnung bereits früh am Morgen verlassen, bevor Zircarda und Caitlin sie abholten, und war erst spät in der Nacht zurückgekehrt. Diesen Freitag, einen Tag nachdem sie die Ganger in der Arcade getroffen hatte, rief Ali Zircarda an und sagte ihr, dass sie zu krank sei, um in die Schule zu gehen. Nachdem Zircarda sie zehn Minuten lang ins Kreuzverhör genommen hatte, um sicherzugehen, dass Ali wirklich krank war, schien sie zufrieden zu sein und unterbrach die Vidcom-Verbindung. Mit dem nächsten Anruf bestellte Ali einen Flitter, der sie aus dem Belgravia abholte.

Nach weniger als einer halben Stunde betrat sie die Suite, die die Ganger im Stratos belegt hatten. White war wohl der Meinung, dass man ihr jetzt, nachdem sie eingewilligt hatte ihnen zu helfen, so weit trauen konn-

FALSCHES SPIEL 137

te, sie den neuen Aufenthaltsort wissen zu lassen. Die drei hatten gerade ihr Frühstück beendet und White türmte das Geschirr auf einem Sideboard, um einige Gebäudepläne vor Ali ausbreiten zu können, während Raven ihre Tasse schwarzen Kaffee austrank.

Als Ali zu ihnen trat, setzte sich White in seinem Stuhl zurecht und blickte kurz zu Raven und Kez, um sicherzugehen, dass auch sie zuhörten.

»Dies sind die einzigen Pläne vom Laboratorium, die wir haben, und wir glauben, dass Rachel dort gefangen gehalten wird«, erklärte er. »Hoffen wir, dass die Pläne so gut sind, dass wir mit ihrer Hilfe hineinkommen, wobei wir uns den Weg ins Labor wohl freischießen werden müssen. Aber wir werden keine Zeit für eine lange Suche im Labor haben, und ich habe die Befürchtung, dass es inzwischen wahrscheinlich mehrfach umgebaut wurde.«

»Hier kommst du ins Spiel«, warf Kez ein und wurde rot, als Ali ihn unsicher ansah. White schien die Spannung nicht zu bemerken oder er zeigte es nicht.

»Wir glauben, dass du als junges und unerfahrenes Hex wahrscheinlich automatisch in dieses Labor gebracht werden wirst«, fuhr er fort.

»Verstehe.« Es war nicht schwer für Ali zu erraten, wer diese Definition ihrer Person aufgebracht hatte, doch sie warf keinen Blick in Ravens Richtung. »Aber was ist, wenn sie mich stattdessen einfach zu einer Exterminierungseinrichtung bringen?«, fragte sie.

»Das CPS muss eine offizielle Genehmigung für jede Exterminierung beantragen«, erklärte White ihr. »Du würdest zuerst auf eine Überwachungsstation gebracht werden, während sie den Papierkram erledigen. Und wenn das geschieht, werden wir das Unternehmen abbrechen und dich sofort herausholen.«

»Wie?«, wollte Ali wissen.

»Wir entführen den Transport auf dem Weg von der Überwachungsstation zur Todeskammer«, sagte Kez. »Für Raven ist das kein Problem.« Er blickte zu Raven, die immer noch ruhig ihren Kaffee trank.

»Es ist äußerst wahrscheinlich, dass du ins Labor gebracht wirst«, sagte White jetzt. »Wir hoffen, dass du, wenn du erst einmal dort bist, Rachel für uns findest. Ich zeige dir ein Bild, damit du weißt, wie sie aussieht.«

»Was ist, wenn ich die ganze Zeit gefesselt bin?«, fragte Ali.

»Wir gehen davon aus, dass du dich wenigstens zeitweise bewegen kannst«, sagte White. »Aber wenn irgendetwas Unvorhergesehenes passiert, wirst du in der Lage sein uns zu informieren.« Er blickte erwartungsvoll zu Raven, die nun zum ersten Mal etwas sagte.

»Du wirst diesen Sender tragen«, erklärte sie Ali und hielt ein kleines Ding auf ihrer Handfläche hoch. »Er hat mich viel Arbeit gekostet, also spiel nicht damit herum, okay?« Ihr Ton war feindselig und Ali wagte nichts anderes, als lediglich zu nicken. »White hat einen ähnlichen Apparat implantiert«, fuhr Raven fort. »Damit kann ich ihn kontaktieren, im Netz oder auch außerhalb.«

»Wie denn?«, fragte Ali verwundert und war so erstaunt, dass sie ihre Furcht vor Raven vergaß.

»Kommt es darauf an?« Raven sah sie sarkastisch an. »Du könntest es jedenfalls nicht.«

»Bist du dir da sicher?«, fragte White. »Es wäre leichter, wenn Ali selbst Kontakt zu uns aufnehmen könnte.«

»Ziemlich sicher«, antwortete Raven. »Ich habe dir deinen Empfänger erst gegeben, als wir nach Europa flogen, erinnerst du dich? Ein Jahr vorher hätte ich ihn noch gar nicht konstruieren können, geschweige denn benutzen. Wenn Ali so etwas herstellen könnte, käme sie jetzt sofort zur Exterminierung.«

»Aber könnte sie es vielleicht, ohne es zu wissen?«, fragte Kez.

»Rein theoretisch?«, fügte White hinzu und Raven seufzte.

»Wenn alle Hexe die angeborene Kapazität haben ihre Fähigkeiten zu steigern, dann ja«, erklärte sie. »Aber wenn es verschiedene Grade von Fähigkeiten gibt, ist es höchst wahrscheinlich, dass ich einfach mehr Fähigkeiten besitze als Ali.« Sie ignorierte Alis verärgerten Gesichtsausdruck und fuhr fort: »Ich würde wirklich gerne sehen, welche Forschungsergebnisse Dr. Kalden hat. Diese Information dürfte ich leicht erhalten, sobald ich in der Datenbank des Labors bin.«

»Das ist es, was wir vorhaben«, erklärte White Ali. »Wenn du Rachel gefunden hast, sprengen wir uns den Weg frei. Dann wird Raven den Kontrollraum des Labors finden und in das dortige Computersystem eindringen. Dadurch bekommen wir ihr Sicherheitssystem unter Kontrolle und könnten es schaffen, ohne allzu große Probleme wieder herauszukommen.«

»Soll ich auch den Kontrollraum finden?«, fragte Ali und versuchte so geschäftlich zu klingen wie White.

»Dazu wirst du nicht in der Lage sein«, sagte Raven kurz.

»Das ist eigentlich nicht nötig«, ergänzte White, weniger grob. »Das erste Terminal, das wir finden, müsste Raven eigentlich bereits den Weg zeigen.« Er zögerte, dann fügte er hinzu: »Und ich denke, Raven hat Recht. Du wirst dort eine Gefangene sein, Ali. Ich glaube nicht, dass sie dir die Gelegenheit geben den Kontrollraum zu sehen.«

Es dauerte lange, bis White alles zu seiner Zufriedenheit mit den anderen durchgesprochen hatte, und Ali fühlte sich völlig erschöpft. Aber die Tatsache, dass der Ganger sich als ein so genauer und gewissenhafter Organisator erwies, hatte ihr etwas Vertrauen in seinen Plan gegeben. Sie stellte fest, dass sie zum ersten Mal glaubte, dass alles in Ordnung käme. Sie würde Rachel finden und dann würde White kommen und sie aus dem Labor herausholen. Dass noch immer unklar war, was danach geschah, darüber erlaubte Ali sich nicht nachzudenken.

Zu ihrer Überraschung stellte sie fest, dass sie diesen Ganger, der wie ein Geist aussah, bewunderte. Trotz seines merkwürdig weißen Haares war er eigentlich ziemlich attraktiv und hatte ein Selbstvertrauen, das ihn zum Führer der Gruppe machte. Ali versuchte die Tatsache zu ignorieren, dass sich die Gesichtszüge, die ihr an White gefielen, in Raven widerspiegelten. Raven war ebenfalls sehr attraktiv – das hatte sich bei der Party gezeigt –, auch wenn sie im Augenblick in ihrer Kleidung wie eine Söldnerin aussah, und sie war die selbstbewussteste Person, die Ali je getroffen hatte.

Ravens Arroganz wurde noch dadurch unterstrichen, dass sie behauptete, das CPS hätte einen Fehler gemacht, als es Rachel festnahm, und das Mädchen sei überhaupt kein Hex. Ali verstand nicht, weshalb ihr das so wichtig war, nachdem Rachel nun mal gefangen genommen worden war, aber Raven wertete offensichtlich die Andeutung, dass sie Rachel falsch eingeschätzt haben könnte, als persönliche Beleidigung.

»Ich wette, dass über die Hälfte derjenigen, die sie über die Jahre hinweg umgebracht haben, gar keine Hexe waren«, behauptete sie. »Diese Leute hatten lediglich das Pech, verdächtigt zu werden, und wurden dann sozusagen vorsorglich exterminiert.«

»Das würde die Regierung nie erlauben«, sagte Ali entschieden, da sie inzwischen genug Selbstvertrauen zurückgewonnen hatte, um Raven zu widersprechen. »Das CPS muss eine Berechtigung für jede Person haben, die es . . . beseitigt.«

»Beseitigt?«, fragte White nach. »Das ist eine sehr gefühllose Art das zu beschreiben.«

»Es ist schließlich legal«, verteidigte sich Ali. »Das könnt ihr nicht bestreiten.«

»Ich habe das Gefühl, du hältst die Regierung für unfehlbar«, warf Kez ein. »Die Seccies schießen immer gern zuerst und stellen später die Fragen, weshalb sollten die vom CPS nicht genauso sein?«

»Für die Ganglands mag das stimmen«, erwiderte Ali kühl. »Der Security Service hier oben ist nicht so.«

»Und ihr seid alle gesetzestreue Bürger?«, spottete Kez. »Nun mach mal eine Pause.« White sah aus, als wolle er den Jungen in seine Schranken verweisen, aber da kam ihm plötzlich Raven zu Hilfe: »Es gibt sicher nicht so viele Verbrechen hier oben, zumindest keine Gewaltverbrechen, aber jeder kann als Hex verdächtigt werden. Viele Leute, die das CPS holt, kommen aus Familien der oberen Schichten. Die meisten eigentlich, um genau zu sein, wahrscheinlich weil die Leute in den Ganglands ihrem gesunden Menschenverstand folgen und vorher davonlaufen.«

»Deshalb haben sie auch Rachel erwischt«, fügte White hinzu. »Ich hätte dieser Adoption niemals zu-stimmen dürfen.«

»Nun hör mal, White«, sagte Raven. »Du warst ja wohl kaum in der Lage dich um ein fünfjähriges Mädchen zu kümmern. Was hättest du denn tun sollen? Dir den Weg durch Denver mit einem kleinen Mädchen an der Hand freibomben?«

»Du warst bei keiner Gang«, sagte White ein wenig grob.

»Ich war ja selbst noch ein Kind, White.« Raven sah angewidert drein. Die Bemerkung ihres Bruders löste bei ihr zu viel Verachtung aus, als dass sie hätte wütend werden können. »Was hätte ich denn tun sollen? Ich habe ein Jahr in einem Keller gelebt, bevor ich die Leute davon überzeugen konnte, mich als Hacker ernst zu nehmen.« Als ihr einfiel, in welcher Gesellschaft sie sich befanden, drehte sie sich um und blickte Ali an. »Du kannst ruhig die Nase über Kez rümpfen, weil du niemals auf der Straße leben musstest. Aber wenn wir nicht wären, wir, die dort aufgewachsen sind, hättest du überhaupt keine Chance dem CPS zu entkommen.«

»Ihr hattet nur Glück«, erwiderte Ali unbehaglich.

»Es war gewiss nicht nur Glück«, sagte White. »Da hat Raven Recht. Aber Ali sollte trotzdem nicht fliehen müssen, um ihr Leben zu retten«, fügte er hinzu. »Manchmal bezweifle ich, dass ich Raven das jemals begreiflich machen kann.«

»White scheint eine Art Solidaritätsverein für Hexe gründen zu wollen«, sagte Raven nicht direkt zu Ali, aber in ihre Richtung. »Tatsache ist jedoch, dass jeder, der gut genug ist dem CPS zu entkommen, sich nicht mit Leuten belasten will, die es nicht sind.«

»Und warum versuchst du dann Rachel zu finden?«, wollte Ali wissen, da sie Ravens Bemerkung pesönlich nahm. »Liegt dir wirklich was an ihr oder tust du es nur, weil du meinst, das CPS hätte einen Fehler gemacht, und herausfinden willst, warum sie sie für ein Hex hielten?«

White und Kez tauschten Blicke aus, als hätte Ali etwas ausgesprochen, was sie selbst schon gedacht hatten. Aber Raven schien von ihrem Verdacht unberührt.

»Ich brauche mich dir gegenüber nicht zu rechtfertigen«, erwiderte sie kühl. »Warum konzentrierst du dich nicht einfach darauf, dass ich dein Leben retten werde?«

Kez war erleichtert, als Ali schließlich am frühen Nachmittag ging. Wenigstens hatte sie aufgehört ihn mit

Blicken zu mustern, als sei er Ungeziefer in ihrem Essen. Einige von Ravens Bemerkungen über Alis privilegierten Lebensstil schienen sie nachdenklich gemacht zu haben. Doch er fühlte sich immer noch unwohl in ihrer Nähe und dieses Unwohlsein wurde durch die Tatsache verstärkt, dass er es gewesen war, der Raven vorgeschlagen hatte vorzugeben, dass das CPS hinter Ali her sei.

Sowohl Ali als auch White hatten diese Lüge geschluckt und Raven schien ohne jegliches Schuldbewusstsein, nun, da sie ihren Willen bekommen hatte. Sie hatte Ali sogar in relativ guter Laune den Sender gegeben, dabei allerdings darauf bestanden, dass Ali ihn von nun an immer trug. Ali hatte so viel Angst davor, vom CPS abgeholt zu werden, dass sie Raven widerspruchslos gehorchte. Aber Kez, der wusste, dass es eigentlich noch nicht wirklich nötig war, dass Ali ihn trug, und der ein wenig mehr davon verstand, wie der Sender arbeitete, hatte den Verdacht, dass Raven Ali belauschen wollte, um sicherzugehen, dass Ali sie nicht verriet.

Während White die Nachrichten auf dem Vid-Schirm verfolgte – seit er sich mit den Exterminierungsgesetzen beschäftigte, war sein Interesse an Politik gestiegen –, brachte Kez eine Frage auf, die ihn schon länger quälte.

»Raven, wie können wir sicherstellen, dass das CPS Ali in dieses Labor bringt?«, flüsterte er. »Warum sollten sie das tun, wo sie doch nicht einmal wissen, dass sie ein Hex ist?«

»Ich werde ihre Unterlagen ändern, sodass man sie verdächtigen wird«, erklärte Raven. »Oder ich tätige einen anonymen Anruf. Es kommt auf das Gleiche hinaus. Ich werde es irgendwann nächste Woche machen, jetzt ist es noch zu früh.«

»Es ist ein wenig unfair, oder?«, sagte Kez zögernd. »Es wird ihr ganzes Leben zerstören.«

»Was macht es dir denn aus?« Raven zuckte mit den Schultern. »Sie würde keinen Augenblick nachdenken, ob sie deines zerstört.«

»Es gibt nicht so viel, was sie verschlimmern könnte«, stellte Kez bitter fest. »Andererseits hat sie alles, was ich mir jemals erträumen könnte, und wir nehmen es ihr einfach so weg.«

»Du bist wirklich eigenartig, Kez.« Raven grinste. »White hält dich für den unmoralischsten Menschen, den er je getroffen hat, aber du machst dir fast so viel Sorgen darüber, das Richtige zu tun, wie er.«

»Vielleicht weil ich nicht mehr auf der Straße bin«, erklärte Kez, »und das liegt an White.«

»Ach ja?« Raven sah verärgert aus. »White wollte dich loswerden, wenn ich mich recht erinnere. Ich war es, die dich bleiben ließ.«

»Aber da ich jetzt hier bin, sagt White, wird er mich nicht einfach auf die Straße zurückschicken, und dir ist doch völlig egal, was aus mir wird«, rutschte es Kez heraus.

»Verstehe«, sagte Raven langsam und musterte ihn. Kez wurde rot unter ihrem intensiven Blick, aber dann drehte sich Raven abrupt weg, nahm eine ihrer Discs auf und ging zur Musikanlage hinüber. Als sie die Disc einlegte, sagte sie über ihre Schulter: »Vielleicht geht es

dir besser, wenn ich dir versichere, dass das CPS Ali
sowieso früher oder später erwischt hätte, sie ist viel zu
sorglos.« Und damit schien die Unterhaltung beendet
zu sein. Raven war von seiner Kritik so wenig berührt
wie von Alis oder Whites.

Kez wachte am nächsten Morgen erst spät auf, als das
Licht schon durch die hohen Fenster des Zimmers fiel,
das er mit White teilte. Der Ganger hatte das Zimmer
bereits verlassen, wahrscheinlich um etwas zu essen zu
holen oder die Morgennachrichten anzusehen. Nachdem er eine Weile erfolglos versucht hatte wieder einzuschlafen, stand Kez auf und ging zum Fenster. In der
Oberstadt war es tatsächlich möglich, von der Sonne
geweckt zu werden. Unten im Gangland hielten die
Schatten der oberen Ebenen fortwährend das Licht ab.
Wenn die Straßenbeleuchtung zusammenbrach, war es
nicht nur dunkel, sondern auch gefährlich, sich draußen
aufzuhalten.

Kez genoss die Wintersonne und sah auf die Stadt
hinaus durch die doppelten Glasscheiben, die für den
Fall eines Flitterunfalls nötig waren. Der Himmel funkelte vor silbernem Metall, da manche Leute bereits
zur Arbeit unterwegs waren und versuchten dem Ver-
kehrschaos zuvorzukommen. Die Brücken waren mit
Skimmern verstopft, die sich langsam fortbewegten,
und Kez konnte sogar einige Fahrradfahrer entdecken,
die sich durch den Verkehr schlängelten. Fußgänger
gab es jedoch keine, das war hier oben nicht anders als
in den unteren Teilen der Stadt. Man ging nur sehr

kurze Strecken zu Fuß, es dauerte zu lange, über das Netzwerk von Brücken zu laufen. Kez versank in einem schönen Tagtraum, während er zusah, wie die Stadt zum Leben erwachte, als ihn plötzlich ein Ruf aus dem Nebenzimmer zusammenzucken ließ.

»Raven, Kez! Wacht auf, schnell!«

»Was ist los?«, rief Kez, während er aus dem Schlafzimmer rannte, fast überzeugt, dass die Seccies vor der Tür standen. White starrte angestrengt auf den Vid-Schirm und sah nicht einen Augenblick weg, als er erklärte: »Sie haben Ali geholt.«

Ein Reporter plapperte konfus von einem plötzlichen Schock für Bob Tarrell, Eigentümer eines anderen Nachrichtenkanals, und plötzlich füllte sich der Bildschirm mit angeblichen Exklusivberichten über die Ereignisse dieses Morgens. Gezeigt wurde das Belgravia. Der Reporter erklärte, dass ein Nachrichtenteam dort stationiert gewesen war, um einigen Stars aufzulauern, als das außergewöhnliche Ereignis sich zugetragen habe. Kez hörte, wie hinter ihm eine Tür geöffnet wurde, und Raven tauchte aus ihrem Zimmer auf, immer noch verschlafen und in eine der Decken ihres Bettes gewickelt. Als sie auf den Bildschirm sah, wurden ihre Augen groß und sie setzte sich auf die Armlehne der Couch.

Drei Fahrzeuge hatten vor dem Apartment der Tarrells angehalten, ein Flitter und ein Skimmer mit dem Logo der Seccies und ein zweiter großer Flitter ohne Kennzeichnung. Einige Männer standen um die Fahrzeuge herum. Der Sprecher erklärte gerade, dass dies ein Team des Security Service und des CPS sei, als die Wohnungstür geöffnet wurde und zwei weitere Seccies auftauchten, die zwischen sich eine verwirrt aussehende Ali führten. Sie schien genug Zeit gehabt zu haben sich anzuziehen und wehrte sich nicht gegen ihre Wächter. Sie leistete auch keinen Widerstand, als sie in den CPS-Flitter geschoben wurde. Bob Tarrell stand an der Tür und verlangte wütend Erklärungen. Die Seccies zeigten ihm Papiere, offensichtlich ihre Vollmacht, während die CPS-Beamten die Heckklappe ihres Flitters öffneten und einstiegen.

Die Kamera fuhr von dem aufgeregt gestikulierenden Medienboss auf den Flitter. Die CPS-Leute warteten nicht, um Bob Tarrell die geforderten Erklärungen zu liefern. Das Fahrzeug fuhr los, die Kamera hielt immer noch darauf, bis es hinter einem der Wolkenkratzer verschwand. Der Reporter meldete sich wieder und stellte etwas hämisch Vermutungen an über die möglichen Konsequenzen für Bob Tarrell, nachdem seine Tochter als Hex enttarnt worden sei. White drehte die Lautstärke ab und blickte zu den anderen.

Kez war zu erstaunt, um darüber nachzudenken, was er sagte. Die Augen immer noch aufgerissen vor Schreck, rief er aus: »Aber wie hat das CPS nur herausgefunden, dass sie ein Hex ist?«

»Was hast du gesagt?« White fasste ihn bei den Schultern. Kez sah an ihm vorbei zu Raven, die die Augen verdrehte, aber es war zu spät, um seinen Fehler noch auszubügeln.

»Ich . . . ich«, stotterte er und wusste nicht weiter, da Whites plötzliche Wut ihm Angst machte.

»Ihr habt gelogen, nicht wahr?«, stellte White fest, gab Kez frei und drehte sich um und sah Raven an. »Alle beide.«

»Ja«, erwiderte Raven und begegnete Whites Blick ohne Scham.

»Wessen Idee war das?«, fragte White und Kez fand schließlich den Mut etwas zu sagen. »Meine«, gab er zu. »Der Plan hätte ohne Ali niemals funktioniert und du hättest nicht zugelassen, dass wir sie zwingen.«

White sah aus, als ob er Kez dafür am liebsten den Hals umgedreht hätte. Aber Ravens Worte lenkten ihn ab.

»Was, zum Teufel, macht es denn aus, White?«, fragte sie. »Es sieht so aus, als hätten wir, ohne es zu wissen, die Wahrheit gesagt. Das CPS ist tatsächlich gekommen, um Ali abzuholen, ohne dass wir irgendetwas damit zu tun hatten. Wir haben vielleicht ursprünglich gelogen, aber es stellt sich heraus, dass es die Wahrheit war.«

»Und was machen sie jetzt mit ihr?«, fragte White und konzentrierte sich auf den augenblicklich wichtigsten Punkt. »Weißt du, wo sie ist?«

Raven schloss die Augen, und während sie sich konzentrierte, wurde ihr Gesicht ausdruckslos. Dies hier war anders als durch einen Computer ins Netz zu gelangen. Sie ließ ihren Geist durch die pulsierende Stadt streifen, suchte nach einem Signal, das nur sie allein erkennen konnte. Whites Gegenwart war verwirrend, denn sein Sender gab das gleiche Signal ab, und es war schwierig, nach dem anderen zu suchen. Sie verstärkte ihre Bemühungen und versuchte das Signal des Senders auszumachen, der Ali aus den Unmengen von elektronischen Tönen hervorhob, die den Äther erfüllten. Eine Minute ging vorbei, dann öffnete sie die Augen.

»Sie sind dabei, London zu verlassen«, sagte sie. »In Richtung Norden.«

»Bringt man sie ins Labor?«, fragte White. »Oder bringen sie sie zur Exterminierung?«

»Ich denke, ins Labor«, sagte Raven. »Es gibt viel näher liegende Exterminierungsgebäude in London.«

»Überprüfe es«, sagte White kühl. »Wir wollen doch keinen Fehler machen, oder?«

»Okay.« Raven diskutierte nicht darüber. Sie ging, immer noch in ihre Decke gehüllt, zum Terminal und ließ ihre Hände auf der Tastatur ruhen. White und Kez warteten, diesmal über fünf Minuten lang, bis Ravens Augen wieder fokussierten und sie vom Terminal aufsah. »Es ist das Labor«, stellte sie fest. »Die Beamten haben den Befehl, Ali an Dr. Kalden zu übergeben, genau wie man es mit Rachel getan hat.«

»Kannst du mit ihr sprechen?«, wollte White wissen. »Funktioniert der Sender?«

»Er funktioniert«, antwortete Raven. »Aber ich kann sie jetzt nicht kontaktieren. Wenn das CPS die Nachricht auffängt, bringen wir sowohl uns als auch Ali in Gefahr.«

»In Ordnung.« White nickte grimmig. »Ich will, dass du ständig mit Alis Empfänger Kontakt hältst. Sag es

mir, wenn du herausgefunden hast, wo genau das Labor ist, aber verlier nicht den Kontakt. Ich möchte, dass
du jede Minute weißt, was mit ihr passiert.«

»White, nun mach mal . . .«, begann Raven, aber
White schnitt ihr das Wort ab.

»Ich will nichts mehr hören, Raven«, sagte er kühl.
»Du wolltest Ali dem CPS ausliefern. Nun wurde sie
tatsächlich abgeholt und du solltest aufpassen, dass ihr
nichts Schlimmes passiert.« Er blickte zu Kez. »Und du
kannst bei ihr bleiben. Versuch dich nützlich zu machen.« Dann drehte er sich um und ging zur Tür. »Ich
hole uns etwas zu essen.«

»Tja, wenn das nicht nett war«, sagte Raven sarkastisch, als die Tür sich hinter White schloss. »Ich finde, er
verliert den Kernpunkt aus den Augen. Will er nun
Rachel retten oder nicht?« Sie zuckte die Schultern und
drehte sich wieder zum Terminal. Kez fühlte sich
scheußlich, als er sich neben sie setzte.

Der Flitter flog über die weitläufigen Vororte und weiter hinaus in Richtung Norden. Es wäre Ali schwer
gefallen zu sagen, wo die Stadt endete und das Umland
begann, da die verstopfte Autobahn unter ihnen von
Industriegebäuden gesäumt war. Das Heck des Flitters
war verdunkelt, sodass sie kaum sehen konnte, wohin
sie gebracht wurde.

Sie war auf eine Stahlbank gedrückt worden, Fesseln
hatten sich um ihre Handgelenke geschlossen und hielten sie dort fest. Zwei CPS-Beamte, ein Mann und eine
Frau, saßen ihr steif gegenüber, als ob sie Angst hätten

sich bei näherer Berührung zu infizieren. Das Innere des Flitters war bis auf die Bänke leer und eine dicke Glasscheibe teilte den Heckraum von der Fahrerkabine ab.

Ali zitterte und klammerte sich an der Bank fest, an die sie gefesselt war. Sie hielt den Kopf gesenkt, unfähig die CPS-Beamten anzusehen. Mehr noch als Angst empfand sie tiefe Scham. Sie hatte gesehen, dass das Kamerateam ihre Demütigung gefilmt hatte, als sie aus ihrer Wohnungstür gezerrt worden war, und alles, was sie denken konnte, war, was wohl Zircarda und Caitlin sagen würden, wenn sie sich gemeinsam die Nachrichten ansahen. Aber am schmerzlichsten war die Reaktion ihres Vaters gewesen. Als er sie aus ihrem Zimmer gerufen hatte, hatte sie zuerst gedacht, er hätte von ihrem Ausflug nach Stratos am Vortag erfahren. Doch dann hatte sie die fünf uniformierten Männer gesehen, die an der Wohnungstür standen, und voller Entsetzen war ihr klar geworden, dass sie gekommen waren, um sie zu holen. Ihr Vater hatte sie mit einer Mischung aus Enttäuschung und Furcht angesehen. Es war die Furcht in seinem Blick, die geschmerzt hatte. Er hatte sie nie mit einem anderen Ausdruck als Zuneigung und Nachsicht angesehen. Sie war eigentlich nicht klug genug, um seine Bewunderung zu verdienen. Ihre Schulzeugnisse waren bestenfalls durchschnittlich, aber er war trotzdem stets von ihr angetan gewesen. Dass er jetzt Angst vor ihr hatte, war etwas, was Ali sich nie hätte vorstellen können.

Die Seccies hatten ihr befohlen sich rasch anzuziehen und eine von ihnen, eine Frau, war währenddessen bei ihr geblieben. Sobald Ali angezogen war, brachte die Frau sie ins Wohnzimmer, wo einer der Seccies die Computerterminals untersuchte. Ein weiterer versiegelte die Tür ihres Zimmers und brachte eine Plakette des Security Service an. Erst dann fand Bob Tarrell seine Fassung wieder.

»Was soll das?«, wollte er wissen. »Was geschieht mit meiner Tochter?«

»Ihre Tochter wird verdächtigt ein Hex zu sein, Mr. Tarrell«, sagte einer der Beamten ausdruckslos. »Sie wird zu einer Untersuchung gebracht, und wenn die Mutation bestätigt wird, wird sie beseitigt.« Ali musste ein hysterisches Lachen unterdrücken, als der Mann das gleiche Wort benutzte, für dessen Gebrauch White sie kritisiert hatte.

»Und was, wenn sie kein Hex ist?«, fragte ihr Vater.

»In diesem Fall wird sie noch vor Ende des Tages zu Ihnen zurückgebracht werden«, erwiderte der Mann. »Aber es kommt kaum vor, dass eine Person fälschlicherweise verdächtigt wird. Die Exterminierung ist für heute Abend vorgesehen.«

Ihr Vater hatte so verblüfft und entsetzt ausgesehen, dass Ali ihm am liebsten erzählt hätte, was White und Raven über das Labor herausgefunden hatten und dass es sehr wahrscheinlich war, dass man sie dorthin brachte. Aber sie wusste, dass dies ihren sicheren Tod bedeuten würde, und schwieg. Sie fühlte sich wie benommen, als zwei Seccies sie aus der Wohnung führten und überhaupt nicht auf die Proteste ihres Vaters achteten. Die Männer hatten sie in den Flitter geschoben und an die

beiden CPS-Beamten übergeben, die sie nach versteck-
ten Waffen abgesucht hatten, bevor sie sie an die Bank
fesselten. Die ganze Zeit war sich Ali angstvoll des
Ohrsteckers bewusst, den sie am Vorabend nicht abge-
nommen hatte. Aber die CPS-Leute schienen ihn überhaupt nicht zu bemerken. Als der Flitter abhob, betete
Ali, dass Raven ihre Spur verfolgte. Obwohl sie eigentlich nur White vertraute und er der Anführer der Gruppe war, war es Raven, in deren Händen ihr Leben lag.

Ali dachte mit aller Kraft an Raven, als der Flitter
beschleunigte. Sie erinnerte sich daran, was Raven im
Hotel zu ihr gesagt hatte: »Warum konzentrierst du
dich nicht einfach darauf, dass ich dein Leben retten
werde.« Es hatte eine Warnung sein sollen, dessen war
Ali sich sicher. Doch jetzt erinnerte sich Ali daran wie
an ein Versprechen. Das CPS hatte keine Ahnung, wie
weit Ravens Fähigkeiten gingen, es wusste nicht einmal, dass sie existierte. Und aus welchen Gründen auch
immer, ob es ihr darum ging, Rachel zu retten, oder
lediglich darum, eine morbide Neugier zu stillen, Raven würde sie im Auge behalten. Es war die einzige
Hoffnung, die Ali blieb, und sie klammerte sich daran.

7. Kapitel

Eine Laune
der Natur

Das Zimmer, in das man Ali gebracht hatte, war einfach und fensterlos und ähnelte irgendwie einem Einzelzimmer in einem Krankenhaus. Es gab ein Bett und daneben einige einfache Apparate zum Messen von Herzschlag und Gehirnwellen. Aber es enthielt keinerlei computergesteuerte Geräte. Es gab auch noch einen kleinen Metalltisch und einen einzigen Stuhl, beide am Boden festgeschraubt. Abgesehen davon war das Zimmer leer. Auf dem Bett lag der weiße Overall aus dünnem Material, den Ali nach Anweisung ihrer Bewacher anziehen sollte. Irgendwie waren ihr ihre eigenen Kleidungsstücke wie die letzte Verbindung mit zu Hause vorgekommen und so hatte sie keine Anstalten gemacht sich umzuziehen, sondern lehnte zusammengekauert an der Wand.

An der Tür befand sich kein Schloss, und wie um das völlige Fehlen jeglicher Privatsphäre zu unterstreichen, hatte sie ein Sichtfenster aus Panzerglas. Unter diesen Umständen sah Ali keinen Sinn darin, die Tür zu schließen, die die CPS-Beamten offen gelassen hatten. Es wäre schließlich völlig nutzlos gewesen. Dementsprechend war sie überrascht, als sie ein leises Klopfen hörte, blieb jedoch an ihrem Platz. Nach einer kurzen Pause hörte sie, wie die Tür weiter aufschwang und jemand das Zimmer betrat.

»Alles in Ordnung mit dir?«, fragte eine Stimme.

Erst jetzt blickte Ali hoch, wenn auch nur, um dem Sprecher nachdrücklich zu sagen, was sie von solch einer völlig idiotischen und sinnlosen Frage hielt. Doch der Anblick, der sich ihr bot, hielt sie davon ab. Es war ein Junge, ungefähr in ihrem Alter, doch genau hätte sie es nicht sagen können. Er war furchtbar dünn, fast ausgemergelt, und sein weiter Overall hing um seine abgemagerte Gestalt wie Lumpen. Die Ärmel des Overalls waren kurz genug, dass Ali die gelben Einstichlöcher sehen konnte, die seinen Arm bedeckten wie bei einem Drogenabhängigen. Er sah ihren Blick und sein Mund verzog sich zu einem verzerrten Lächeln.

»Ich heiße Luciel«, stellte er sich vor. »Sie experimentieren bei mir mit Drogen, um zu sehen, ob dadurch meine Verbindung zur Elektronik unterbrochen werden kann. Bis jetzt haben sie anscheinend noch nicht die richtige Formel gefunden.«

»Ich heiße Ali«, sagte sie, stand unbeholfen auf und blickte zur offenen Tür. »Dürfen wir uns unterhalten?«

»Wir dürfen so ziemlich alles tun, was wir wollen«, sagte der Junge, »solange die Tür deines Zimmers nicht bewacht ist. Das bedeutet nämlich, dass sie Experimente machen.«

»Wer genau sind ›sie‹ denn?«, fragte Ali, obwohl sie die Antwort bereits erraten konnte.

»Die Wissenschaftler«, erwiderte Luciel unbehaglich.

»Heißt einer von ihnen Dr. Kalden?«

»Sch«, warnte Luciel sie plötzlich erschrocken. »Wir sprechen nicht von ihnen und ganz besonders nicht über ihn.« Er versuchte wieder zu lächeln. »Ich wollte dich besuchen, weil ich wusste, dass du Angst haben würdest, das geht jedem so. Aber es hilft, dass es uns erlaubt ist, miteinander zu sprechen.«

»Ja, das stimmt«, gab Ali zu. Sie zögerte. »Darf ich dich noch etwas fragen?«

»Was denn?«, erwiderte Luciel langsam.

»Gibt es ein Mädchen namens Rachel hier?«, fragte Ali. »Sie ist eine . . . eine Freundin von mir. Ungefähr elf Jahre alt, braunes Haar, braune Augen . . .«

»Tut mir Leid.« Luciel schüttelte den Kopf. »Im Augenblick fällt mir da niemand ein.« Alis Zuversicht sank, sie fühlte sich, als hätte man ihr den Boden unter den Füßen weggezogen. Doch dann fügte Luciel hinzu: »Aber es gibt viele hier und ich kenne nicht alle. Deine Freundin könnte trotzdem hier sein.«

Obwohl Luciel gesagt hatte, dass sie sich frei bewegen könnten, schien er unwillig ihr das restliche Labor zu zeigen. Aber er bemühte sich Ali mit der neuen Situation vertraut zu machen. Er war ganz anders als Raven. Nicht nur, dass ihm ihre Ausstrahlung und ihr Selbstvertrauen fehlten, er war viel unsicherer, was ihn selbst und seine Fähigkeiten betraf. Ali dachte an die Geringschätzung, die Raven Alis ersten Ausflügen ins Netz entgegengebracht hatte, und daran, wie unbeholfen sie selbst sich gefühlt hatte. Doch nach dem zu urteilen, was Luciel sagte, hatte niemand in diesem Labor viel mehr Erfahrung als sie.

Trotzdem erwähnte Ali ihm gegenüber Raven nicht. Und sie sagte auch nichts von den Gangern. Schließlich wusste sie nicht, wem sie hier trauen konnte, und außerdem bekam sie langsam Schuldgefühle. Sie hatte ihren Ausflug ins Labor fast als Spiel betrachtet. Doch an den Menschen hier wurde wirklich herumexperimentiert, und zwar auf eine Art und Weise, über die sie nur spekulieren konnte, denn Luciel wollte ihr über die Versuche nichts erzählen.

»Es ist besser, wenn du es nicht weißt«, sagte er, als sie verlangte, dass er ihr mehr darüber berichtete.

»Aber wieso?«, fragte sie. »Schließlich werden sie an mir doch auch experimentieren, oder nicht?«

»Aber noch nicht gleich«, erwiderte Luciel unbehaglich. »Zuerst machen sie jede Menge Tests und versuchen herauszufinden, welche Fähigkeiten du hast, so etwas in der Art. Erst wenn sie alles herausgefunden haben, was nur geht, fangen sie an zu experimentieren.«

»Machen sie immer das . . . was sie mit dir gemacht haben?« Ali fiel es schwer, auf Luciels zerstochene Arme zu blicken.

»Nein . . .«, antwortete er zögernd, »sie machen mit jedem etwas anderes. Du wirst es sehen, wenn du die anderen kennen gelernt hast.«

»Okay, dann los.« Ali wollte das Zimmer verlassen, doch Luciel schüttelte den Kopf.

»Du kannst jetzt noch nicht gehen«, sagte er zu ihr. »Nicht bevor sie dich untersucht haben.«

»Ist das eine Vorschrift?«, fragte Ali.

»Nein, es ist . . . es ist . . . So ist es eben hier.« Luciel zuckte mit den Schultern. »Sie werden wahrscheinlich bald kommen«, sagte er. »Ich gehe jetzt lieber. Viel Glück, Ali.« Er zögerte, bevor er das Zimmer verließ. »Du solltest lieber den Overall anziehen«, sagte er zu ihr. »Um sie nicht zu verärgern.«

Ali zog den weißen Overall an. Es waren weniger Luciels Worte, die sie überzeugt hatten, als der gejagte Ausdruck in seinen Augen. Sie fragte sich deprimiert, in welchen Schlamassel sie sich gebracht hatte, und während sie zusammengekauert auf dem Bett saß, war sie furchtbar wütend auf Kez, White und besonders auf Raven.

»Ich wünschte, ich hätte dieses Miststück nie getroffen!«, entfuhr es ihr und sie zuckte zusammen, als eine Stimme an ihrem Ohr antwortete: »Meinst du mich?«

»Raven!«, rief Ali aus. »Du kannst mich hören?«

»Dafür ist dieses Gerät da«, erinnerte Raven sie und ihre Stimme vibrierte leicht in Alis Ohr. »Nach dem, was der Sender anzeigt, bist du allein und es sind keine Abhörvorrichtungen in dem Zimmer.«

»Hast du meine Unterhaltung mit Luciel mit angehört?«, fragte Ali.

»Der Sender kann Geräusche im Radius von zehn Metern übertragen.«

»Dann hast du gehört, was er über Rachel sagte«, erwiderte Ali, »dass sie vielleicht gar nicht hier ist.«

»Ich bin ja nicht blöde«, antwortete Raven beißend. »Es war mir immer klar, dass Rachel möglicherweise bereits tot ist. Aber du musst trotzdem die anderen kennen lernen, die dort festgehalten werden, damit wir sicher sind.« Es gab eine kurze Pause und Ali fragte sich, ob Raven sich bereits verabschiedet hatte, als sie ihre Stimme wieder hörte. »Alles in Ordnung mit dir?«

»Ich kann nicht glauben, dass du dir um mich Sorgen machst«, antwortete Ali. Wieder herrschte ein langes Schweigen, doch diesmal wusste Ali, dass Raven immer noch da war, und sie wartete. Als Ravens Antwort schließlich kam, wurde Ali überrascht.

»Es gefällt mir gar nicht, was der Junge über dieses Labor gesagt hat«, meinte sie. »Ich möchte nicht in deiner Haut stecken.«

»Ich habe Angst«, gab Ali zu, entwaffnet von Ravens unerwartetem Mitgefühl.

»Ich bleibe in ständigem Kontakt«, versprach Raven und fügte spöttisch hinzu: »Ich weiß nicht, ob du das angenehm findest.«

»Wenn etwas passiert . . . wenn sie anfangen an mir zu experimentieren«, fragte Ali leise, »holt ihr mich dann hier raus?« Sie fürchtete die Antwort. Raven hatte nicht den Ehrenkodex ihres Bruders, und selbst wenn die Gruppe sich ihm gegenüber loyal verhielt, Raven war diejenige, die die Macht hatte. Es war Ravens Unterstützung, die sie brauchte. Sie erwartete nicht, dass dieses Mädchen ihr Sympathie entgegenbrachte, das wäre zu viel verlangt gewesen. Doch Raven hatte nicht übertrieben, als sie sagte, es gefalle ihr nicht, was der Junge über das Labor erzählt habe.

»Ich sage White, dass wir uns bereithalten sollten«, antwortete sie schließlich. »Nur für den Fall.«

Kez blickte überrascht auf, als Raven sich vom Terminal löste. Sie hatte leise ins Mikrofon gesprochen, zu leise, als dass er hätte mithören können. Doch nun stand sie von ihrem Stuhl auf und streckte ihre schmerzenden Glieder. Sie trug immer noch den großen grauen Sweater, dazu passende Hosen und die dicken Strümpfe, die Kleidung, in der sie auch geschlafen hatte. Die Decke lag neben dem Computerterminal auf dem Boden. Kez hatte seinen Wachposten kurz verlassen, um sich anzuziehen, doch Raven war die letzten drei Stunden ans Terminal gefesselt gewesen und hatte nur einmal aufgesehen, um ihm zu sagen, dass Ali im Labor angekommen sei.

Jetzt streckte sie ihre Beine aus und bewegte probeweise ihre Finger.

»Ist White schon zurück?«, fragte sie.

»Er kam vor ungefähr einer Stunde«, erklärte ihr Kez, der sich vorstellen konnte, dass sie in ihrer äußersten Konzentration die kurze Anwesenheit ihres Bruders gar nicht bemerkt hatte. Außerdem war es ja nicht so, als ob White irgendetwas zu einem von ihnen gesagt hätte. »Aber er ist gleich wieder gegangen, fast sofort.«

»Verstehe«, sagte Raven und streckte sich wieder. »Meine Güte, ich brauche wirklich eine Dusche.«

»White wollte nicht, dass du das Terminal verlässt«, erinnerte Kez sie.

»Ich bin immer noch in Kontakt«, erklärte Raven ihm. »Es ist schwieriger ohne das Netz, aber es geht.« Sie rieb sich ihre Nackenpartie und schnitt dabei eine Grimasse. »Ich fühle mich furchtbar«, beschwerte sie sich und blickte zu Kez, »und du siehst noch schlimmer aus, als ich mich fühle.«

»White ist ziemlich sauer«, sagte er und blickte auf den Boden.

»Er beruhigt sich schon wieder, keine Sorge«, versicherte ihm Raven. »Ich habe mit Ali gesprochen«, fügte sie hinzu.

»Ist alles in Ordnung mit ihr?«, fragte Kez schuldbewusst.

»Anscheinend schon.« Raven kräuselte die Nase. »Aber sie möchte sicher sein, dass wir sie rausholen können, wenn es sein muss. Wenn White zurückkommt, sag ihm, dass er alle Vorbereitungen treffen soll. Er soll die Gräfin anrufen, um sicherzugehen, dass unser Transport bereit ist.«

»Warum kannst du das White nicht selbst sagen?«, protestierte Kez, dem nicht ganz wohl bei dem Gedanken war, den Ganger in seiner gegenwärtigen Stimmung anzusprechen.

»Weil ich unter die Dusche gehen werde«, sagte Raven entschieden und verließ das Zimmer.

Die Wissenschaftler kamen nicht lange, nachdem Ali mit Raven gesprochen hatte. Die beiden Mädchen hatten einander nicht viel zu sagen gehabt. Doch Ali fand es tröstend, dass Raven sie über den Sender überwachte, obwohl auch das nicht mehr viel half, als sie mit der Realität der Wissenschaftler konfrontiert wurde.

Eigentlich unterschied sich die Untersuchung nicht viel von den normalen Routineuntersuchungen, die zu Hause bei ihrem Arzt durchgeführt worden waren. Sie wurde von einer Wissenschaftlerin in einem fleckenlosen weißen Laborkittel untersucht, die eine Gesichtsmaske und dünne durchsichtige Handschuhe trug, während eine andere Frau handschriftliche Notizen machte. Zwei normale CPS-Beamte ohne Laborkittel standen vor der Tür Wache, während Ali untersucht wurde. Es dauerte über eine Stunde, bis die Wissenschaftler alle Ergebnisse hatten. Sie hatten Ali an einen Großteil der Scanner im Raum angeschlossen, um einige der komplexeren Tests durchzuführen.

Schließlich trat die Frau, die die Tests mit Ali gemacht hatte, einen Schritt zurück, um auf das Clipboard ihrer Kollegin zu blicken.

»Das wär's dann, oder?«, sagte sie mit gedämpfter Stimme.

»Genau«, erwiderte die zweite Wissenschaftlerin. »Ich bringe die Untersuchungsergebnisse gleich zur Auswertung. Sobald wir die Bestätigung der genetischen Veränderung haben, können wir den Totenschein an die Familie schicken.«

»Gut.« Die erste Wissenschaftlerin nickte, dann blickte sie zurück zu Ali und sprach mit ihr, als sei das Mädchen schwachsinnig. Sie betonte jede Silbe. »Wir haben deine Untersuchung beendet«, sagte sie. »Du wirst zweimal am Tag eine Mahlzeit gebracht bekommen. Falls du es möchtest, kannst du mit den anderen Testobjekten kommunizieren. Es gibt einen deutlich gekennzeichneten Waschraum, den die Testobjekte benutzen können, auf diesem Flur, drei Türen weiter. Wir werden zurückkommen, wenn es Zeit für die zweite Testserie ist. Wenn du gehorsam bist und dich nicht sträubst, wirst du gut behandelt werden.« Dann verließen beide Wissenschaftlerinnen das Zimmer und nahmen Alis abgelegte Kleidungsstücke in einem versiegelten Plastiksack mit. Ali konnte die schweren Schritte der Wachen hören, die sich im Flur entfernten.

Sobald sie fort waren, hob sie die Hand, um den weißen Ohrstecker an ihrem rechten Ohr zu berühren. Er war die meiste Zeit über von ihrem Haar verdeckt gewesen und die wenigen Male, als man ihn hätte sehen müssen, achteten die Wissenschaftlerinnen nicht darauf. Sie wollten Ali anscheinend so wenig wie möglich ansehen, als stünde sie auf einer Stufe mit einem widerlichen Mikrovirus, das sie untersuchen sollten. Diese Erfahrung war für das verwöhnte reiche Kind aus dem Belgravia neu und Ali wollte sie auch so schnell wie möglich vergessen.

Sie ging zur Zimmertür und blickte hinaus auf den Flur. Er war schmucklos, weiß und relativ lang. Weder in der einen noch in der anderen Richtung war jemand zu sehen und Ali verließ vorsichtig das Zimmer. Sie sah, dass in regelmäßigen Abständen Türen vom Flur abgingen. An einer stand »Waschraum«. An einem Ende des Flurs befand sich ein Aufzug, am anderen Ende waren Schwingtüren angebracht mit großen Sichtfenstern aus Panzerglas darin. Ali ging auf die Türen zu und widerstand dem Drang in die Zimmer zu sehen, an denen sie vorbeikam. Als sie die Schwingtüren erreicht hatte, stieß sie eine davon vorsichtig auf. Es gab nicht viel zu sehen. Vor ihr erstreckte sich in beide Richtungen noch ein Korridor und wurde wieder an jedem Ende von Schwingtüren begrenzt. In der Mitte dieses zweiten Korridors befand sich ebenfalls ein Waschraum.

Ali fragte sich, wie sie es jemals schaffen sollte, Rachel zu finden. Sie kehrte auf ihren eigenen Flur zurück und ging bis zum Aufzug. Neben diesem befand sich eine nicht gekennzeichnete Sensortaste. Ali wagte es nicht, darauf zu drücken. Stattdessen begann sie sich systematisch den Flur entlangzuarbeiten, indem sie in jedes der Zimmer blickte. Sie waren alle mit einem kurzen Code gekennzeichnet, doch es war nicht ersichtlich, nach welchem System.

Die ersten drei Räume waren leer und anscheinend nicht belegt. Sie enthielten nicht einmal die medizinischen Geräte, die sich in ihrem eigenen Zimmer befanden. Der vierte war ebenfalls nicht belegt, doch er war voll gestellt mit medizinischen Apparaten. Wie die anderen Geräte, die Ali im Labor gesehen hatte, hatten sie kein Computer-Interface. Das Bett war ungemacht und ein Essenstablett stand auf dem schmalen Tisch. Das Tablett war aus Plastik und unterteilt. In jeder Vertiefung befand sich eine pürierte Substanz unterschiedlicher Farbe. Das einzige Utensil war ein Metalllöffel. Es war die unappetitlichste Mahlzeit, die Ali jemals gesehen hatte. Ali war nicht überrascht, dass sie nicht verzehrt worden war. Sie ging weiter und blickte durch das Sichtfenster des nächsten Zimmers.

Ein Kind lag bewusstlos auf dem Bett, angeschlossen an die Maschinen, die es umgaben. Schläuche steckten in Mund und Nase und Monitore waren an seinen Handgelenken und seiner Stirn angebracht. Es war ein Junge und er sah nicht älter als sechs oder sieben Jahre aus. Als Ali ihn ansah, hatte sie das Gefühl, als ob sie ein Grab schände, eines auf diesen Friedhöfen, die in manchen Teilen Europas immer noch existierten, unbrauchbar für die Landwirtschaft oder industrielle Ansiedlung. Der Junge war ein lebender Toter, wie er da inmitten der Maschinen lag, wie eine Fliege im Netz einer mechanischen Spinne.

Sie hörte Schritte hinter sich und jemand anderes betrat das Zimmer. Als sie sich umdrehte, entdeckte sie Luciel und begegnete reumütig seinem besorgten Blick.

»Deshalb wollte ich nicht, dass du dich jetzt bereits umsiehst«, erklärte er ihr. »Es ist anfänglich schwer zu ertragen.«

»Gibt es viele hier so wie ihn?«, fragte Ali.

»Einige«, antwortete Luciel. »Aber nicht allen geht es so schlecht.« Er biss sich auf die Lippen, bevor er hinzufügte: »Einigen geht es noch schlechter.«

»Was könnte schlimmer sein als das hier?«, fragte Ali entsetzt und merkte im gleichen Moment, dass sie es nicht wissen wollte.

»Wir sprechen nicht darüber«, sagte Luciel. Er blickte den Jungen auf dem Bett nicht an und ging aus dem Zimmer. Ali folgte ihm und wartete, während er die Tür hinter sich zuzog.

»Wie war sein Name?«, fragte sie.

»Ich weiß nicht.« Luciel zuckte mit den Schultern. »Kommt es darauf an? Jack oder Jesse, etwas in der Art. Er weinte oft nachts und machte ins Bett. Und er stellte immer Fragen.«

»Verspürst du kein Mitleid?«, fragte Ali ungläubig.

»Ich weiß nicht.« Luciel begegnete ihrem Blick ohne Scham. »Ist es schlimm, froh zu sein, dass ich es nicht bin?«

»Ich weiß auch nicht.« Ali dachte eine Weile nach und lehnte sich an die Wand des Korridors. »Ich glaube, ich würde wohl genauso empfinden. Aber . . . ich habe eine Freundin, die sagte, der einzige Grund, dass Hexe einander nicht helfen, wäre der, dass jeder, der klug genug sei dem CPS zu entkommen, sich nicht um die kümmern würde, die sich fassen ließen. Ich war wütend auf sie, dass sie so selbstsüchtig dachte.«

»Ist sie ein Hex?«, fragte Luciel leise und sah sich um, um festzustellen, ob sie auch nicht belauscht wurden.

»Ja«, flüsterte Ali und fragte sich, ob Raven wohl zuhörte und was sie später dazu sagen würde.

»Und sie wurde nicht gefasst?«, fragte Luciel, noch leiser, falls das möglich war.

»Nein«, erwiderte Ali.

»Dann hatte sie vielleicht Recht so zu denken«, sagte Luciel. »Ich tat es nicht und wurde gefasst. Wenn es etwas geändert hätte, wäre ich so selbstsüchtig gewesen, wie ich nur hätte sein können.«

Ali antwortete darauf nicht, doch in diesem Moment beschloss sie, dass sie das Labor nicht allein verlassen würde. Nun, nachdem sie zwei andere Insassen gesehen hatte, fühlte sie sich bei dem Gedanken, ohne sie zu gehen, schuldig. Sie verstand jetzt, was White mit der Unrechtmäßigkeit der Experimente gemeint hatte. Nur wenige Stunden im Labor hatten sie überzeugt, dass er Recht hatte. Doch der Gedanke an Rachel erinnerte sie daran, dass sie aus einem bestimmten Grund hier war.

Als Ali Luciel erklärte, dass sie jemanden finden wollte, war er sofort bereit ihr zu helfen.

»Es ist ja nicht so, als ob wir hier recht viel unternehmen könnten«, erklärte er. »Es gibt nichts zu lesen und nichts zu sehen. Wir haben keinen Zugang zu Vid-Schirmen, geschweige denn, dass wir ein Computerterminal zu sehen bekämen.«

»Weißt du, ob es einen Computerkontrollraum gibt?«, fragte Ali so beiläufig, wie sie konnte.

»Es muss wohl einen geben«, erwiderte Luciel. »Aber wenn es so ist, werden wir wohl niemals die Gelegenheit bekommen ihn zu sehen.«

»Wahrscheinlich nicht«, stimmte Ali ihm zu. Sie blickte den langen Korridor entlang und verspürte Beklemmung in sich aufsteigen. »Wie viele Insassen gibt es hier denn?«

»Hunderte, glaube ich«, antwortete Luciel und fügte hinzu: »Aber es sterben immer wieder welche und es kommen immer wieder neue. Meistens Kinder.«

»Ist wirklich jeder ein Hex?«, fragte Ali und erinnerte sich daran, wie Raven darauf bestanden hatte, dass das CPS einen Fehler gemacht hätte. »Definitiv ein Hex?«

»Ich glaube schon«, sagte Luciel. »Jedenfalls wird niemand, der hierher kommt, jemals wieder nach Hause geschickt.«

Als White ins Hotel zurückkam, packte Kez gerade die elektronischen Geräte ein.

»Was tust du?«, fragte White sofort. »Wo ist Raven?«

»Sie hat mit Ali gesprochen«, sagte Kez und versuchte eine Antwort zu finden, die White am wenigsten verärgern würde. »Sie meint, es sei Zeit näher ans Labor zu ziehen. Du sollst die Gräfin anrufen, damit unser Fahrzeug bereit ist. Raven will, dass wir in der Lage sind Ali rauszuholen, sobald sie irgendwelche Schwierigkeiten bekommt.«

»Ich kann nicht glauben, dass Raven sich darum Sorgen macht«, erwiderte White sarkastisch. »Genauso wenig wie du, wenn ich es mir recht überlege.«

»Ich will nicht, dass Ali irgendetwas passiert«, sagte Kez und packte vorsichtig die angefertigten Sprengladungen ein.

»Du überraschst mich«, entgegnete White kühl und Kez verspürte plötzlich Wut in sich aufsteigen. White behandelte ihn ungerecht. Schließlich hatte er für ihn gelogen, damit er seine Schwester finden konnte.

»Weshalb überrasche ich dich?«, fragte er. »Du hast Raven gesagt, du hättest nie jemand mit weniger Skrupeln getroffen, also wie kann es dich dann überraschen, dass ich dich angelogen habe?«

Zum ersten Mal, seit White entdeckt hatte, dass er getäuscht worden war, begegnete er Kez' Blick und überlegte sich ernsthaft eine Antwort, anstatt nur eine scharfe Erwiderung zu geben.

»Vielleicht weil ich dir vertrauen wollte«, sagte er. »Ich neige unwillkürlich dazu, Ravens Rat zu misstrauen, weil ich ihre Motive nicht verstehe. Aber ich dachte, ich verstünde dich.«

»Weil es nicht viel zu verstehen gibt?«, fragte Kez.

»Weil du nicht so viel anders bist als die Ganger, die ich in Denver kannte«, erklärte White. Er musterte Kez eine ganze Weile. »Ich kann mir denken, warum du gelogen hast, Kez, und diesmal werde ich es vergessen. Aber tu das nicht noch einmal. Ich muss irgendjemandem vertrauen können, und so wie diese Gruppe zusammengewürfelt ist, wirst es wohl tatsächlich du sein müssen.«

»Heißt das, du willst, dass die Gruppe zusammenbleibt?«, fragte Kez und überlegte, was das für ihn bedeutete.

»Vielleicht, wenn wir es schaffen, Rachel und Ali aus dem Labor zu holen.«

»Also gut.« Kez hatte seine Entscheidung getroffen. »Du kannst mir vertrauen.«

White nickte, obwohl er immer noch nicht sicher war, ob er Kez' Versprechen glauben konnte. Er nahm Kontakt zur Gräfin auf und begann dann die Ausrüstung einzupacken. Dabei ignorierte er Ravens Stapel von Laserdiscs. Jetzt, da Ali sich im Labor befand, war die ganze Angelegenheit zu gefährlich geworden, als dass er auf die Exzentrik seiner Schwester Rücksicht nehmen konnte.

Noch bevor er fertig war, kam Raven aus ihrem Zimmer, anscheinend bereit zu gehen. Sie sah nicht viel anders aus als damals, als sie in den Ganglands angekommen war. Doch statt ihrer Jacke trug sie einen langen Mantel, eine ihrer Neuerwerbungen, in den sie einige der kleineren und komplexeren elektrischen Teile steckte.

»Die Gräfin hat ein Fahrzeug und Männer als Verstärkung abrufbereit«, sagte White.

Raven nickte und deutete auf Kez. »Wir brauchen für ihn noch eine Waffe.«

»Kannst du mit einer Laserpistole umgehen?«, fragte ihn White und Kez zuckte mit den Schultern.

»Mit einem Messer bin ich besser.«

»Zu riskant«, sagte Raven und sprach damit aus, was White dachte. »Du wirst nicht nahe genug kommen, um es zu benutzen.«

»Ich zeige dir, wie man mit einer Laserpistole umgeht«, sagte White. »Sie hat automatische Zielerfassung, und anstatt den Gegner zu zerschmettern, brennt sie ihn weg.«

»Hast du wohl eine?«, fragte Kez und Raven grinste.

»Das ist eine Frage, die man einem Ganger nicht stellt«, erklärte sie.

»Da wir zusammen in diesen Kampf gehen, ist es sicher gut zu wissen, welche Waffen jeder von uns hat«, meinte White. »Ich habe eine Laserpistole, aber ich denke, dass das Eindringen ins Labor schwereres Geschütz erfordert. Das bekomme ich von der Gräfin und du kannst meine Pistole nehmen.«

»Was ist mit Raven?«, fragte Kez neugierig und sah auf die tiefen Innentaschen ihres langen Mantels.

»Rate mal«, antwortete sie, mit einem Seitenblick zu White. Kez sah ihn fragend an.

»Ich weiß nicht einmal, ob sie Waffen mit sich führt«, antwortete er. »Gibt es etwas, was du noch von der Gräfin brauchst, Raven?«

»Wenn es so wäre, würde ich mich selbst darum kümmern«, erwiderte sie. »Aber keine Sorge, White, ich weiß mich zu verteidigen.« Sie lächelte leicht, sagte aber nichts weiter und weder White noch Kez stellten noch Fragen.

Eine halbe Stunde nach Whites Rückkehr hatten sie ihre Sachen in den Skimmer gepackt und verließen das Hotel. Raven kümmerte sich um die Begleichung der Hotelrechnung, was mit ihren hoch gedeckten Cred-Karten kein Problem darstellte. Sie veranlasste auch, dass ihre Disc-Sammlung zusammengepackt und mit Empfehlung von AdAstra an Bob Tarrell gesandt wurde. White hatte sich geweigert sie mitzunehmen und Raven, die jetzt nicht mehr unter der Langeweile der vergangenen Tage litt, musste sich nicht mehr unbedingt ständig mit lauter Rockmusik umgeben.

Einige der Discs hatte sie jedoch behalten und ein hämmernder Back-beat erfüllte den Skimmer, während sie sich einen Weg durch die verschiedenen Ebenen der Stadt bahnten. Raven fuhr schnell und Kez musste an die abenteuerliche Fahrt im Flitter denken, als er Raven kennen gelernt hatte. White saß grimmig schweigend da und ging im Geiste zum wiederholten Male seine Pläne durch. Er vergaß keinen Augenblick, dass Ali sich in Kaldens Labor befand und er die Verantwortung für ihre Befreiung trug.

Ali fing an, den Augenblick zu fürchten, in dem sie Rachel finden würden. Es war ihr klar geworden, dass jemand, der sich seit über einem Jahr in diesem Labor befand, wohl kaum unbeschadet geblieben sein konnte. Und manche der Experimente, die durchgeführt wurden, waren einfach entsetzlich. Luciel war tatsächlich einer der Glücklicheren dort. Die CPS-Wissenschaftler hatten ihre Phantasie bis aufs Äußerste ausgeschöpft, als sie Experimente erdachten, um die Fähigkeiten der Hexe zu testen. Schon allein das Stockwerk, auf dem Alis Zimmer lag, hatte endlose Korridore und sie hatte keine Ahnung, was über oder unter ihr liegen mochte. Luciel hatte sie darauf hingewiesen, dass der Aufzug den Laborangestellten vorbehalten war, und er kannte die tatsächliche Größe der Einrichtung genauso wenig wie sie.

Bisher hatte Ali Rachel unter den Kindern nicht gefunden. Sie hatte sich erst aus ihrem Zimmer gewagt, als die anderen am Vormittag ihre erste von den zwei Mahlzeiten des Tages bekamen. Aber es dauerte nicht lange, da ging es in den zuvor stillen Korridoren ganz anders zu. Die jüngeren Kinder schienen äußerst aktiv, aber sehr umgänglich zu sein. Sie liefen die Flure hinauf und hinab und rannten jeden über den Haufen, der ihnen in den Weg kam. Dann gab es einige der älteren, die nicht einmal mit Luciel sprechen wollten, geschweige denn mit Ali, und es gab viele, die nicht in der Lage waren zu sprechen. Ali war gezwungen behutsam vorzugehen und war dankbar, dass Luciel sich einverstanden erklärt hatte ihr zu helfen, da die meisten der anderen Testobjekte ihr mit Argwohn begegneten. Vielleicht war es Eifersucht, weil Ali noch nicht das Ziel des endlosen Wissensdurstes der Wissenschaftler gewesen war. Luciels zerstochene Arme und seine fahrigen, unsicheren Bewegungen waren hier fast so etwas wie eine Auszeichnung und Ali entdeckte, dass er länger als die meisten da war.

»Zweieinhalb Jahre«, erzählte er ihr resignierend. »Ich glaube, mein Organismus wird resistent gegen die Drogen, die sie dauernd an mir testen. Viele andere sind schon daran gestorben.«

»Wenn du so lange hier bist, müsstest du ja gesehen haben, wie Rachel eingeliefert wurde«, meinte Ali und Luciel seufzte.

»Ich kenne auch nicht alle«, widersprach er. »Und ich versuche erst seit kurzem die neuen Insassen kennen zu lernen. Außerdem merke ich es nicht immer, wenn Neue gebracht werden. Und schließlich könnte es andere Stockwerke geben, von denen wir nichts wissen. Glaub mir, Ali, wenn ich etwas über deine Freundin wüsste, würde ich es dir sagen.«

»Ich glaube es dir ja«, sagte Ali, die ihm inzwischen völlig vertraute. Luciel versuchte wirklich ihr beim Aufspüren Rachels zu helfen. Nachdem die methodische Suche entlang der Korridore sich als undurchführbar herausgestellt hatte, nahm er sie mit zu anderen Insassen, die vielleicht wissen konnten, wann das Mädchen gebracht worden war und ob sie immer noch da war.

Mit dem ersten, zu dem er sie mitnahm, musste man, wie er erklärte, vorsichtig umgehen. Aber er war fast so lange im Labor wie Luciel und wusste vielleicht etwas über Rachel. Thomas reagierte auf Alis Besuch überhaupt nicht erfreut.

»Was willst du?«, fragte er mürrisch, als Luciel an die offene Tür seines Zimmers klopfte. Er war mindestens so alt wie Ali und hatte die Statur eines Ringkämpfers. Er stand nicht auf, um sie zu begrüßen, sondern blieb in seinem Bett sitzen und blickte sie misstrauisch an. Seine breite Gestalt war von etwas umgeben, das wie ein Körperschild aussah, der an seinen Armen und Beinen festgebunden war. Glattes weißes Metall umschloss seine Schienbeine und Knöchel wie ein Schraubstock, die gleichen Vorrichtungen waren an seinen Unterarmen und Handgelenken angebracht, zwei weitere bedeckten seinen Brustkorb und seinen Hals. Er sah fast wie ein Roboter aus. Thomas sah ihren Blick und funkelte sie böse an. »Was starrst du so?«, fragte er und stand auf. Seine Bewegungen waren schwerfällig und umständlich und die Metallvorrichtungen, die seine Beine einschlossen, gaben ein mechanisches Schnurren von sich.

»Bleib ruhig, Tom«, sagte Luciel bittend. »Ali ist gerade erst angekommen. Sie versucht eine Freundin zu finden, ein kleines Mädchen.« Er sprach schnell, so als ob er einen plötzlichen Wutausbruch verhindern wolle, und der grimmige Ausdruck in Thomas' Gesicht verschwand schließlich.

»Starr mich nicht an«, sagte er zu Ali, die rot wurde und sich ein wenig hinter Luciel zurückzog.

»Tut mir Leid«, murmelte sie verlegen.

»Warte nur, bis sie anfangen dich auseinander zu nehmen«, sagte Thomas grob zu ihr. »Dann wirst du auch nicht mehr so cool aussehen.« Er ballte eine Faust, die von einem Metallnetz umgeben war, und ein Summen war zu hören. »Ich hasse dieses Geräusch«, sagte er heftig. »Nachts versuche ich still zu liegen, sodass ich es nicht hören muss. Sie haben es gemacht, damit ich mich nicht einmal mehr bewegen will, aber wenn sie kommen, um mich durchzuchecken, dann muss ich mich bewegen. Sie nehmen mich im Aufzug mit hinauf und lassen mich hin- und herlaufen, während sie mich beobachten. Kannst du dir vorstellen, wie sich das anfühlt?«

»Es tut mir Leid«, wiederholte Ali, konnte jedoch der Welle der Bitterkeit, die von Tom ausging, nichts entgegensetzen.

»Ich habe früher in der Schule Basketball gespielt«, erzählte er, »wollte Profi werden. Scheint jetzt ziemlich unwahrscheinlich, was?«

»Ich wollte Wissenschaftler werden«, sagte Luciel leise und Ali schauderte.

»Ich wollte Holovid-Regisseurin werden«, sagte sie und ihr wurde bewusst, dass das jetzt nie mehr wahr würde, selbst wenn sie aus dem Labor entkam.

Sie standen alle zusammen still und sahen einander an. Thomas war der Erste, der das Schweigen brach.

»Was hast du vorhin gesagt?«, fragte er Luciel.

»Oh.« Luciel wurde abrupt wieder in die Wirklichkeit zurückgeholt. »Ali sucht nach einer Freundin, einem Mädchen namens Rachel. Sie wurde vor ungefähr eineinhalb Jahren vom CPS geholt. Wir hofften, dass du dich vielleicht erinnern könntest, ob jemand wie sie damals ins Labor kam.«

»Wie sieht sie aus?«, fragte Tom und Ali versuchte das Bild zu beschreiben, das White ihr gezeigt hatte.

»Dunkelbraunes Haar in einem kurzen Bob, braune Augen, hellbraune Haut, ein freches Lächeln«, zählte sie auf.

»Wenn sie hierher gebracht wurde, wird sie nicht mehr lange gelächelt haben«, sagte Tom und schüttelte dann den Kopf. »Nein, ich erinnere mich nicht an sie. Aber haben sie nicht um diese Zeit mit den Gedächtnis-experimenten angefangen?« Er blickte in Luciels Richtung und dessen Augen überschatteten sich.

»Das könnte sein«, sagte er. »Manchmal verliere ich mein Zeitgefühl hier.«

»Was waren das für Experimente?«, frage Ali mit einem unguten Gefühl.

»Sie wurden nur einige Monate durchgeführt«, erklärte ihr Tom. »Dann wurden sie aufgegeben, weil fast jeder, mit dem man experimentierte, starb.« Ali wurde blass und Luciel warf Thomas einen warnenden Blick zu und berichtete selbst weiter.

»Sie schlossen eine Gruppe von Kindern an einen Computer an«, sagte er, »mit Elektroden, sodass sie sich nicht losmachen konnten, und ließen das Ganze vier-undzwanzig Stunden am Tag laufen.« Er dachte einen Augenblick nach. »Ich glaube, sie wollten damit heraus-finden, wie viele Informationen ein Hex aufnehmen kann. Einige von uns besitzen ein fotografisches Ge-dächtnis.«

»Was ist geschehen?«, stieß Ali hervor, nachdem sie ihre Stimme wieder gefunden hatte.

»Die meisten starben leider daran«, gab Luciel zu. »Aber zwei oder drei sind immer noch hier. Jemand von ihnen könnte dir vielleicht sagen, ob Rachel dabei war.«

»Machst du Scherze?«, sagte Tom und hob seine Stimme ein wenig an, um das Surren der Maschine zu überdecken, als er sich zurück zu seinem Bett bewegte. »Keiner dieser Irren wird dir irgendetwas sagen.«

»Warum denn nicht?«, fragte Ali. Luciel wollte sie nicht ansehen und sie wandte sich wieder zu Tom.

»Es sind völlige Idioten geworden«, sagte er grob. »Esther sitzt in ihrem Zimmer, der Speichel läuft ihr aus dem Mund und sie spielt mit ihrem Essen. Mikhail steckt noch mehr in Maschinen fest als ich, und Revenge muss an ihr Bett gefesselt werden, weil sie dir sonst die Augen auskratzen würde.« Er machte eine Pause, um zu sehen, wie seine Worte auf Ali gewirkt hatten, und schien zufrieden mit ihrem Gesichtsausdruck, denn er fuhr fort: »Keiner von denen wird dir irgendetwas sagen, weil sie niemanden in ihrer Nähe dulden, und selbst wenn sie es täten, sind ihre Gehirne zu durchgeknallt, um sich daran zu erinnern, was gestern war, geschweige denn an den Namen eines Mädchens, das vielleicht gar nicht hierher geschickt worden ist.«

»Tut mir Leid, Ali«, sagte Luciel leise. »Tom hat Recht. Wenn Rachel Teil dieser Experimente war, kann sie froh sein, wenn sie tot ist.«

8. Kapitel

Am Abgrund der Hölle

Kez hatte das Gefühl eines Déjà-vu, als der Skimmer über die letzte Brücke fuhr und schließlich neben dem Weg hielt, der zum Hauptquartier der Gräfin führte. Er wollte seinen Sicherheitsgurt lösen, doch White hielt ihn davon ab.

»Warte«, sagte er. »Jemand muss bleiben und auf den Skimmer aufpassen. Die Ausrüstung ist viel zu wertvoll.«

»Okay«, sagte Kez und versuchte, nicht daran zu denken, was das letzte Mal passiert war, als er ein Fahrzeug für White bewachen sollte. »Aber was soll ich tun, wenn jemand versucht ihn zu stehlen?«

»Steig nicht aus«, sagte Raven. »Sie würden sowieso Schwierigkeiten haben die Türen zu öffnen.«

Sie schwang sich vom Fahrersitz und White stieg ebenfalls aus. Kez setzte sich nach vorn und fühlte sich ein wenig verlassen, als die beiden zusammen auf das Gebäude zuliefen. Doch bevor sie völlig außer Sicht waren, drehte sich Raven um und winkte. Als sei es eine Demonstration seines Vertrauens, drehte sich White kein einziges Mal um.

Diesmal wurde White nicht aufgehalten, als er sich dem Gebäude näherte. Im Inneren sah alles noch genauso aus wie bei seinem letzten Besuch. Vor der Tür, die nach oben führte, stand allerdings nur eine der beiden Wachen vom letzten Mal, die Frau.

»Namen und Anliegen«, fragte sie, obwohl an ihrem Blick abzulesen war, dass sie White erkannte.

»White und Raven«, sagte er in den Vidcom-Schirm in der Wand neben der Wache. »Die Gräfin kennt unser Anliegen bereits.«

»Ihr könnt hochkommen«, tönte eine Stimme aus dem Lautsprecher in der Wand. »Lasst eure Waffen zurück.«

»Okay«, stimmte White zu und händigte gehorsam seine Laserpistole und eines seiner Messer aus. Die Wache nahm sie entgegen und wandte sich erwartungsvoll Raven zu.

»Nein«, sagte Raven und die Wache fasste das Gewehr, das sie trug, fester.

»Welchen Grund hast du für deine Weigerung?«, fragte die Gräfin über Vidcom, obwohl der Bildschirm immer noch schwarz war.

»Nur aus Vorsicht«, erklärte Raven mit einem Schulterzucken. »Wenn ich mich entwaffnen muss, ziehe ich es vor, hier unten zu bleiben.«

»In manchen Fällen bin ich bereit eine Ausnahme zu machen«, sagte die Gräfin trocken, »und bei dir bin ich dazu bereit. Aber mach irgendwelchen Ärger und du wirst es bitter bereuen.«

»Erfasst«, erwiderte Raven und nahm unwillkürlich den Slang der Ganglands an.

»Geht weiter«, sagte die Wache mit einem ärgerlichen Blick zu Raven und trat zur Seite, um sie vorbeizulassen.

White war neugierig auf die Reaktion seiner Schwester auf die spiegelverkleidete Treppe und registrierte ihren ablehnenden Gesichtsausdruck, als sie neben ihm hochstieg. Sie ging so langsam und vorsichtig wie er und offenbar missfiel ihr ebenfalls der Verlust des Gleichgewichts, den die vielfachen Reflektionen bewirkten.

»Effektiv, nicht wahr«, sagte er und sie warf ihm von der Seite einen Blick zu.

»Narzisstisch«, sagte sie. »Aber ich wüsste gerne, was dahinter steckt. Ein Schild wie dieser könnte alles verbergen: Bewegungsmelder, Monitore, Sender, vielleicht sogar einige Sprengladungen, nur so zur Vorsicht.« Ihr kühles Lächeln wurde in jeder Richtung vervielfältigt. »Es scheint jedoch, als hättest du eine gute Kontaktperson gefunden.«

»Ich hoffe es«, erwiderte White, als sie oben an der Treppe angelangt waren und die verspiegelte Wand zur Seite glitt.

Die Gräfin erwartete sie bereits und betrachtete sie beim Eintreten interessiert. Raven ließ ihren Blick über die Bildschirme und Terminals in dem Zimmer schweifen, bevor sie die Gräfin ansah, doch dann musterte sie die Frau mit einer Intensität, die andere Menschen oft schreckte. Die Gräfin erwiderte ihren Blick prüfend.

»Du musst nicht nur Hacker, sondern auch Techniker sein, nachdem du alles über meinen Schutzschild erraten hast«, stellte sie fest. »Ist das der Grund, weshalb du deine Waffen nicht abliefern wolltest?«

»Guter Versuch«, erwiderte Raven mit einem Grinsen. »Aber ich falle nicht drauf rein.«

»Ich persönlich mag keine handgefertigten Waffen«, erklärte die Gräfin fast beiläufig. »Lassen einen immer im Stich, wenn man sie wirklich braucht. Ich halte es für eine schlechte Idee, daran herumzupfuschen.«

»Ich pfusche nicht«, erwiderte Raven aufgebracht und ließ sich so aus ihrer Reserve locken. Die Gräfin lächelte verschmitzt und Raven kniff daraufhin die Augen zusammen, da es ihr gar nicht gefiel, wie sie manipuliert worden war.

»Dein Transporter ist bereit, White«, fuhr die Gräfin fort. »Er wartet unten auf dich. Ich habe auch Leute für dich, doch die Hauptfrage ist, wohin du sie mitnehmen willst. Du kamst ursprünglich zu mir, um die Adoptiveltern deiner Schwester zu finden, und hast behauptet, eine Rückholaktion sei nicht geplant. Nachdem ich den Aufenthalt der Familie Hollis herausfand, hast du Gefechtswaffen gekauft und jetzt willst du auch noch Männer als Verstärkung. Du wirst mit so einem Aufgebot ja wohl kaum die Wohnung dieser Adoptivfamilie stürmen wollen.«

»Rachel war nicht mehr bei den Hollis«, antwortete White vorsichtig und warf einen Blick zu Raven hin. »Ich will sie von dort zurückholen, wo sie jetzt ist.«

»Und das wäre?« Die Gräfin wartete. Ihre Haltung machte deutlich, dass sie zu keinen weiteren Geschäften bereit wäre, wenn sie keine Antwort bekäme.

»Ein Labor, das vom CPS geführt wird«, antwortete Raven unvermittelt.

»Dann ist sie ein Hex«, stellte die Gräfin entschieden fest.

»Es sieht zumindest so aus«, schränkte Raven ein.

»Und was ist mit dir?«, fragte die Gräfin. »Dein Bruder sagte mir bei unserem ersten Treffen, dass du ein Hacker bist. Bist du ebenfalls ein Hex?«

»Wenn ich es wäre, würde ich es wohl kaum zugeben«, entgegnete Raven.

»Wahrscheinlich nicht«, stimmte ihr die Gräfin zu. »Und es wäre schlecht fürs Geschäft, wenn meine Kunden ihr Vertrauen in meine Diskretion verlören.« Sie wartete auf Ravens zustimmendes Nicken, bevor sie fortfuhr. »Wie auch immer, diese Entwicklung verlangt, dass die Männer, die euch unterstützen sollen, genauso diskret sein müssen. Das bedeutet einen höheren Lohn und ich kann nicht garantieren, dass sie zu dieser Art von Arbeit bereit sind. Nicht alle meine Leute sind scharf darauf, in eine Einrichtung des CPS einzubrechen, um ein Hex zu retten.«

Ali lag auf dem harten Krankenhausbett und versuchte nachzudenken. Seit sie sich von Luciel verabschiedet hatte, überlegte sie, was sie tun sollte und wie Rachels Tod die Gruppe beeinflussen würde. Aber ihr Verstand war von den vielen Eindrücken völlig durcheinander und es war schwer, in diesem eher einem Schlachthaus ähnelnden Labor nachzudenken. Ali meinte förmlich die Anwesenheit der verstümmelten Kinder hinter den

Türen hier auf ihrem Korridor zu spüren, selbst jener auf den anderen Fluren dieses Stockwerks und auch die all der anderen Kinder, die sich jemals im Labor aufgehalten hatten.

Auf dem kleinen Tisch stand das Tablett mit den Überresten der Mahlzeit, die ihr spät am Nachmittag gebracht worden war. Zwei Uniformierte hatten Wägelchen entlang der Korridore geschoben und die Kinder aus ihren Zimmern gerufen, damit sie sich ihre Tabletts holen. Ein Wissenschaftler, der ihnen folgte, hatte sich um die intravenösen Versorgungsschläuche derjenigen gekümmert, die ans Bett gefesselt waren. Ali hatte ihr Tablett gehorsam entgegengenommen, es jedoch nicht geschafft, mehr als ein paar Löffel der geschmacklosen Substanz zu sich zu nehmen.

Mit einem Seufzer setzte sie sich jetzt auf. Sie erreichte gar nichts, wenn sie versuchte die Sache allein zu lösen. Vorsichtig, fast verstohlen ging sie barfuß zu ihrer Zimmertür. Draußen war niemand zu sehen. Sie schloss die Tür. Wenn es doch nur eine Möglichkeit gäbe das Sichtfenster abzudecken, dachte sie und kehrte in ihr Bett zurück. Diesmal legte sie sich auf den Bauch, sodass keiner, der hereinblickte, ihr Gesicht sehen konnte. Sie hoffte, dass das funktionierte, und flüsterte: »Raven?«

Es kam keine Antwort. Ali hatte das Gefühl losheulen zu müssen. Sie bohrte sich ihre Fingernägel in die Handflächen, damit der Schmerz ihre Verzweiflung abblockte, und versuchte es erneut. Fast wie ein Gebet, dachte sie hysterisch, als sie Ravens Namen in die Stille ihres

Zimmers flüsterte. Der Versuch mit jemandem Kontakt aufzunehmen, der vielleicht gar nicht zuhörte.

»Raven, kannst du mich hören?« Ali verlor die Hoffnung. »Raven, wenn du da bist, bitte antworte mir . . . bitte . . .«

»Ich kann dich hören, was ist los?«, meldete sich eine kühle Stimme und Ali hätte fast geweint vor Erleichterung.

»Ich muss mit dir sprechen«, sagte sie schnell. »Es ist viel passiert.«

»Ich bin da«, antwortete Raven, »und im Augenblick wird nirgendwo sonst meine Aufmerksamkeit beansprucht. Also, woher kommt dieses plötzliche Verlangen nach Unterhaltung?«

»Es ist entsetzlich hier«, sagte Ali, aber eigenartigerweise wirkte der Klang von Ravens Stimme, unverändert und leicht sarkastisch, fast tröstend. Er zeigte ihr, dass es eine Welt außerhalb des Labors gab und sie immer noch damit in Kontakt stand.

»Was meinst du mit ›entsetzlich‹?«, fragte Raven langsam.

»Die Wissenschaftler haben die grausamsten Experimente an den Kindern vorgenommen«, erklärte Ali. »Es gibt einen Jungen, dem sie alle Nerven zerschnitten haben. Er kann sich nur bewegen, indem er elektrische Impulse an die Maschine sendet, die sie um seinen Körper geschnallt haben, und Luciel werden dauernd Drogen gespritzt, die die Teile seines Gehirns abblocken, die ihn zum Hex machen und . . .«

»Bleib cool, Ali«, unterbrach Raven unvermittelt, »du klingst hysterisch. Du musst dich zusammenreißen.«

»Du hast leicht reden«, stieß Ali hervor, »du bist es ja nicht, die hier drin festsitzt. Wie kann ich ruhig bleiben? Sie können jederzeit kommen, um mich dranzunehmen.«

»Sie haben noch nicht einmal deine Testresultate ausgewertet«, stellte Raven fest.

»Woher willst du das wissen?«, fragte Ali. »Ich dachte, du könntest mit dem Computersystem hier keinen Kontakt aufnehmen.«

»Kann ich auch nicht«, sagte Raven. »Aber ich habe zugehört, als du heute Vormittag untersucht wurdest und die Wissenschaftlerinnen sagten, dass der Totenschein an deinen Vater geschickt würde, sobald deine Resultate ausgewertet wären. Bis jetzt hat er noch nichts erhalten, ich habe sein Terminal überprüft. Doch selbst wenn er inzwischen benachrichtigt wurde, musst du mindestens noch ein Mal untersucht werden.« Sie wartete eine Weile, damit Ali sich in den Griff bekommen konnte. »Hast du dich jetzt wieder beruhigt?«, fragte sie.

»Ich habe mich beruhigt«, erwiderte Ali etwas gereizt. »Und kannst du mir jetzt zuhören?«

»Ich höre zu«, sagte Raven mit übertriebener Geduld und Ali fing an die Ereignisse des Tages zu erzählen.

Raven hörte schweigend eine Weile zu, zumindest nahm Ali an, dass sie immer noch zuhörte, aber als es um die Gedächtnisexperimente ging, unterbrach Raven sie und bestand darauf, dass Ali die Unterhaltung genauer wiederholte. Widerwillig erzählte Ali ihr alles, was Tom über die einzigen Überlebenden des Experiments gesagt hatte. Als sie damit fertig war, herrschte lange Stille.

»Bist du immer noch da?«, fragte sie leicht zweifelnd.

»Ja, ich bin immer noch da«, erwiderte Raven. »Sei still und lass mich nachdenken.«

»Okay, okay«, antwortete Ali und wartete.

»Wie waren ihre Namen?«, fragte Raven schließlich.

»Die der Kinder bei den Gedächtnisexperimenten?«, fragte Ali nach. »Das habe ich dir schon gesagt.«

»Sag es mir noch einmal«, erwiderte Raven. »Ihre Namen.«

»Ich glaube Tom sagte, sie hießen Mikhail, Esther und Revenge«, sagte Ali. »Ich kann ihn aber auch noch einmal fragen.«

»Nein, das ist nicht nötig«, sagte Raven. »Aber ich möchte, dass du zu ihnen gehst.«

»Das wird nichts nützen«, protestierte Ali. »Luciel war mit Tom einer Meinung, dass sie sich ganz bestimmt nicht an Rachel erinnern könnten.«

»Ali, geh hin und sieh sie dir an«, befahl Raven.

»Warum?«, entgegnete Ali.

»Weil ich so eine Ahnung habe«, antwortete Raven und klang mit einem Mal fast unsicher. »Hör mal, Ali, tu es einfach, ja?«

»Was ist das für eine Ahnung?«

»Ich kann es dir nicht sagen, noch nicht«, erklärte sie. »Aber geh so bald wie möglich zu ihnen. Ich werde zuhören.«

White und Kez befanden sich in dem riesigen Foyer des Quartiers der Gräfin, um den Flitter zu beladen, mit dem die Gräfin sie versorgt hatte. Er war groß genug, außer ihrer Ausrüstung sechs Leute zu transportieren. Aber das Beladen erwies sich als gar nicht so einfach, denn sie waren gezwungen um Raven herumzulaufen, die sich bereits hinten in das Fahrzeug gesetzt hatte und entweder in die Luft starrte oder sich plötzlich umdrehte, um sie böse anzuschauen, wenn sie sie versehentlich störten. White hielt außerdem nach den Männern Ausschau, die die Gräfin ihnen versprochen hatte. Sie hatte eingewilligt ihnen drei ihrer eigenen Wachen zu geben, deren Preis natürlich hoch gewesen war, und hatte nur erklärt, dass sie in Kürze verfügbar seien.

White wollte unbedingt los. Er beabsichtigte, so bald wie möglich in das Labor einzudringen, um die Sorge, die er sowohl um Ali als auch um Rachel empfand, zu beenden. Doch obwohl Raven es gewesen war, die vorgeschlagen hatte sich in Position zu begeben, hatte sie sich geweigert ihm irgendetwas von Ali zu erzählen. Er hob die letzte Kiste Munition in den Laderaum des Flitters und sicherte alles sorgfältig, damit es nicht herumrutschte, wenn sie losflogen. Raven trommelte ungeduldig mit den Fingern auf eine andere Kiste, nachdem sie nun nicht mehr in den Boardcomputer eingeloggt war. Als White mit der Sicherung der Fracht fertig war, setzte er sich ihr gegenüber.

»Wie läuft es?«, fragte er.

»Es ist schwierig, die Verbindung ohne Zugang zum Netz zu halten«, erklärte sie ihm. »Wo ist Kez?«

»Draußen«, erwiderte er. »Brauchst du ihn?«

»Noch nicht.« Raven runzelte die Stirn. »Aber er muss eventuell den Flitter fliegen, außer einer der Leute, die du angeheuert hast, kann es. Wenn es einen Notfall gibt, kann ich vielleicht nicht fliegen und du kannst es ganz sicher nicht.« White ignorierte den Seitenhieb.

»Was hat Ali gesagt?«, wollte er wissen. »Hat sie Rachel gefunden?«

»Noch nicht.« Raven bedachte ihn mit einem eigenartigen Blick. »Frag mich nicht weiter, White. Ich muss nachdenken.«

White gab den Versuch auf noch irgendetwas aus Raven herauszubekommen und verließ den Flitter. Kez stand draußen und sah fast so aus, als wolle er jeden Augenblick davonlaufen. Vor ihm standen drei Männer, alle in den Gangfarben Blau und Gold, und sahen ihn ziemlich geringschätzig an. Als White auftauchte, drehte sich der größte um und musterte ihn.

»Bist du White?«, fragte er herausfordernd.

»Ja«, sagte White kühl und nahm eine selbstbewusste Haltung ein. Er merkte, dass diese Verhandlung schwierig werden würde.

»Melek«, stellte sich der Ganger vor und deutete dann auf seine zwei Begleiter. »Das sind Finn und Jeeva.« Finn nickte White lediglich zu, doch Jeeva streckte die Hand zu einem festen Händedruck aus. White ließ sich einen Augenblick Zeit seine neuen Mitstreiter zu beurteilen. Sie waren ähnlich wie die anderen Wachen der Gräfin gekleidet, zusätzlich trugen sie jedoch das Zeichen der Gang auf ihren Kampfanzügen und alle drei hatten das Haar dunkelblau gefärbt, geflochten und mit Metallklammern festgemacht.

»Das Ganze dürfte eine einfache Rückholaktion sein«,

sagte White und ließ die Ganger bei diesen Worten nicht aus den Augen. »Aber der Ort, in den wir eindringen werden, ist wahrscheinlich sehr gut bewacht.«

»Die Gräfin sagte, ihr wollt in ein Regierungslabor eindringen«, entgegnete Melek. »Egal, welche Waffen ihr habt, vier Mann sind für diese Art von Operation nicht ausreichend. Die Security wird zu stark sein.« Er machte eine kurze Pause, bevor er hinzufügte: »Aber ich kann noch ein paar Leute auftreiben ...«

»Nein«, unterbrach ihn White und merkte, dass Melek ihn sofort verärgert ansah, genau wie die zwei anderen. Aber er konnte nicht nachgeben, das Letzte, was er wollte, war, dass seine Operation von Gangern übernommen wurde. Doch er durfte die Leute, mit denen er arbeiten musste, nicht verärgern. Während er seinen nächsten Schritt überlegte, sorgte Kez für eine Ablenkung.

»Was ist mit mir?«, wollte er wissen. »Ich bin schließlich auch noch da.«

»Halt du dich da raus, Kleiner«, sagte Melek abweisend, doch Finn wurde deutlicher.

»Bleib lieber bei dem, was du kannst«, höhnte er und übersah Kez absichtlich. »Du könntest unsere Art von Waffen nicht mal halten.« Er grinste und Kez errötete wütend und ballte seine Hände zu Fäusten.

»Lass es gut sein, Kez«, warnte ihn White, der deswegen keine Auseinandersetzung haben wollte. Wenn er ehrlich war, hatte er selbst seine Zweifel, was Kez betraf. Er vertraute dem Jungen, doch schließlich hatte Kez keinerlei Erfahrung mit solchen Unternehmungen, und deshalb konnte man es den Gangern auch nicht übel nehmen, dass sie ihn als Risikofaktor betrachteten.

Unglücklicherweise wirkte Kez wütend genug, um nicht nachzugeben, und White versuchte davon abzulenken, indem er zur ursprünglichen Diskussion zurückkehrte.

»Mehr Leute mit einzubeziehen wäre ein Fehler«, sagte er rasch. »Ich habe nicht vor eine groß angelegte Attacke zu führen, dazu bräuchten wir eine ganze Armee. Ich will unauffällig dort eindringen und die Außenposten möglichst lautlos ausschalten. Sobald wir drin sind, hacken wir uns ins Sicherheitssystem, um jede zusätzliche Gefahr auszuschließen.«

»Du gehst ein ziemliches Risiko ein«, sagte Melek zweifelnd. »Es müsste schon ein Top-Hacker sein, der in ein fremdes System eindringen und es ausschalten kann, bevor wir von der Security vernichtet werden.«

»Raven kann das«, versicherte White ihnen, doch Finn schüttelte bereits den Kopf.

»Auf keinen Fall lassen wir uns darauf ein, bevor wir nicht gesehen haben, wen er da in der Hinterhand hat, Mel«, sagte er geradeheraus. »Ich lasse mich nicht umlegen, weil sein Hacker alles versaut und wir uns nicht rechtzeitig zurückziehen können.«

»Völlig deiner Meinung«, stimmte der andere Ganger zu und Melek drehte sich mit einem spöttischen Lächeln zu White.

»Du hast meine Brüder gehört«, forderte er ihn heraus. »Wir wollen sehen, welchen Hacker du hast, bevor wir uns darauf einlassen.«

»Das war nicht abgemacht«, wandte White ein.

»Aber so ist es jetzt«, erwiderte Melek und wartete.

Der Klang lauter Stimmen lenkte Raven ab. Es war ein nagendes Geräusch in ihrem Hinterkopf, das ihre sowieso empfindliche Verbindung mit Alis Sender störte. Verärgert darüber, dass sie darauf aufmerksam gemacht wurde, dass ihre Fähigkeiten nicht so weit reichten, wie sie es sich wünschte, brach sie die Verbindung ab und stand auf. Sie stieg gerade rechtzeitig aus dem Flitter, um mitzuerleben, wie Melek die Änderung in den Plänen verkündete.

Mit Befriedigung bemerkte sie, dass Kez blass wurde, als sie aus dem Fahrzeug sprang, um sich zu ihnen zu gesellen. Sie war in ausreichend schlechter Stimmung, um mit Vergnügen einen Streit zu führen, und es schien deutlich, dass einer bevorstand. Sie ignorierte die Gegenwart der Fremden und sprach White direkt an.

»Wie lange sollen wir denn noch hier herumhängen?«, fragte sie. »Ich möchte, dass wir bis heute Abend sieben Uhr in Position sind. Also los.«

»Wir haben hier vielleicht ein kleines Problem, Raven . . .«, begann White langsam, wurde jedoch sofort unterbrochen.

»Das ist dein Hacker?«, fragte Melek ungläubig und musterte Raven abschätzend. Raven erwiderte seinen Blick unnachgiebig und registrierte nebenbei, dass sowohl White als auch Kez einen Schritt zurücktraten, während sich eine gewisse Spannung aufbaute. Raven war durchaus auf eine Konfrontation gefasst. Ihr war die Tatsache bewusst, dass man in England ihren Ruf nicht kannte, also hatte sie sich auf eine solche Situation vorbereitet. Der unnachgiebige Blick, den Ali so beunruhigend fand, war keine unerprobte Taktik, sondern eine mit hoher Erfolgsrate. Raven sah den Ganger nicht nur einfach an, sie sah durch ihn hindurch. Und als ihr Blick ihn traf wie eine Welle eiskalten Wassers, füllte sie ihn mit allem, was sie über ihn im Netz entdeckt hatte. Nach der Zusicherung der Gräfin, ihnen Männer aus ihrem Wachpersonal zur Verfügung zu stellen, hatte sich Raven über den Boardcomputer sofort die entsprechenden Informationen besorgt. Die Ganger waren alles andere als sauber, alle drei hatten ein Strafregister von eindrucksvoller Länge, eine weitere Verurteilung würde ihnen eine lange Gefängnisstrafe einbringen. Doch Raven hatte noch mehr Informationen als diese. Sie kannte ihre Gewohnheiten, wusste alles über ihren Drogenkonsum, kannte ihre Treffpunkte, sie wusste sogar über ihre Familien Bescheid, und dieses Wissen lag in ihrem Blick, als sie sie ansah. Sie hörte, wie Finn und Jeeva es White und Kez nachtaten und einen Schritt zurücktraten, um sich damit aus ihrem Blickfeld zu begeben. Doch sie hielt eisern Meleks Blick und wartete.

Da war es, ein kurzes Blinzeln und der Ganger sah weg, konnte ihrem Blick nicht länger standhalten. Raven gestattete sich ein leichtes Lächeln, bevor sie sprach.

»Ich bin der Hacker«, bestätigte sie. »Und ihr braucht nicht die geringsten Zweifel an meinen Fähigkeiten zu haben.« Sie fügte dieser Feststellung nichts hinzu und wartete auf die Reaktion der Männer. Finn äußerte sich zuerst, halblaut murrte er zu Jeeva: ».. . verrücktes Weib . . .«

Doch Melek hatte sich besser unter Kontrolle. Er wusste, dass er seine Haltung bewahren musste, um nicht den Respekt seiner Untergebenen zu verlieren.

»Selbstbewusstsein hast du ja.« Er zuckte mit den Schultern. »Aber das heißt noch nichts, wenn dir erst mal die Seccies auf den Fersen sind.«

»Ich bin aus gutem Grund selbstbewusst«, erwiderte Raven eisig. Nachdem sie genug frostige Atmosphäre verbreitet hatte, um die Männer einzuschüchtern, gestattete sie es sich zu entspannen. »Und ich bin gut genug, um euch aus der Seccie-Datenbank zu löschen . . .« Sie grinste, als die Männer sie mit großen Augen anstarrten. »Das ist der Zusatzlohn«, fügte sie hinzu, »außer den Creds, die White euch versprochen hat, werde ich euch aus dem System löschen und euch damit unsichtbar machen.«

Sie wartete nicht auf Meleks Nicken. Dieses Angebot war unwiderstehlich. Als die Ganger den Handel durch einen Händedruck mit White bestätigten, saß sie bereits auf dem Fahrersitz des Flitters. Kez setzte sich neben sie auf den Beifahrersitz.

»Du hast vor gar nichts Angst, oder?«, sagte er leise. Raven warf ihm einen kurzen Blick zu, als sie die Energiezufuhr der Maschine hochfuhr. Sie hätte ihm gestehen können, wie sie sich in Wirklichkeit fühlte, wenn sie an das Labor dachte, in dem Ali gefangen war. Ihre Finger flogen über die Tastatur des Computers, der Teil des Kontrollboards war, ihr Geist sank in das System ein, als sie die Verbindung mit Ali erneuerte.

»Nein, habe ich nicht«, log sie.

Ali fühlte sich krank. Luciel hatte sich geweigert ihr die drei überlebenden Opfer der Gedächtnisexperimente zu zeigen. Ravens Drängen ließ sie darauf bestehen, dass es wichtig für sie war, sie zu sehen. Jetzt glaubte sie, dass Luciel Recht gehabt hatte und Raven sich täuschte. Diese Kinder waren gewiss nicht in der Lage ihr irgendetwas über Rachel zu sagen.

Tom hatte sich ihnen ebenfalls angeschlossen, obwohl er so mürrisch war wie immer. Ali vermutete, dass er sich einverstanden erklärt hatte sie zu begleiten, weil das einfach eine Ablenkung bedeutete. Doch sie war froh, dass er dabei war. Die drei Überlebenden waren auf einem anderen Stockwerk des Gebäudes untergebracht und es war offensichtlich, dass Luciel immer nervöser wurde, je weiter er sich von seinem Zimmer entfernte. Der Aufzug hatte zwei Schalttafeln. Eine mit drei Tasten für drei Stockwerke, die andere mit einer Metallplatte, die keine computercodierte Absperrvorrichtung hatte, sondern mit einem mechanischen Schlüssel versperrt war. Tom hatte ihren Blick registriert und zuckte mit den Schultern.

»Der Zugang zum Rest der Einrichtung ist verboten«, sagte er zu ihr. »Sie wollen nicht riskieren, dass irgendeiner von uns an einen Computer kommt. Deshalb benutzen sie auch veraltete Methoden. Du hast wahrscheinlich gemerkt, dass sie ihre Testresultate mit der Hand auf Papier schreiben.«

Ali hatte genickt und gedacht, dass der Computerraum, von dem Raven meinte, dass er existierte, sich wahrscheinlich auf einem dieser verbotenen Stockwerke befand. Das Stockwerk, zu dem der Aufzug sie brachte, war fast identisch mit dem, das sie verlassen hatten. Der einzige Unterschied war der Zustand der Testobjekte. Fast alle waren ans Bett gefesselt, entweder weil sie ohnehin nicht mehr in der Lage waren sich zu bewegen oder weil man sie festgebunden hatte. Tom führte sie zum Ende des ersten Korridors und öffnete eine Tür. Er lief mit einem Minimum an Bewegung, denn er war sich offensichtlich bewusst, welche ruckartigen, maschinenhaften Bewegungen sein Körper machte.

Sowohl Luciel wie auch Ali blieben wie versteinert stehen, als sie auf die Gestalt im Bett blickten. Tom beobachtete ihre Reaktion mit einer Mischung aus Neugier und Befriedigung. Er hatte Recht gehabt, als er sagte, dass Mikhail von noch mehr Maschinen umgeben sei als er. Der Junge auf dem Bett lag in einem Wirrwarr von Kabeln und medizinischer Ausrüstung. Er war nackt bis auf ein Paar Shorts und Ali konnte sehen, dass er auf grausame Weise mit den Maschinen verbunden war. Das Metall schien mit seiner Haut verschmolzen worden zu sein und gab ihm ein unmenschliches Aussehen. Von dem übrig gebliebenen Fleisch, eng über die Knochen der skelettartigen Gestalt gezogen, kam der unverkennbare Geruch von Verwesung. Der Junge hier verrottete förmlich. Als sie ihn mit wachsendem Entsetzen ansah, begegnete ihr Blick seinem und es traf Ali wie ein Schock, als sie erkannte, dass der Ausdruck seiner Augen nicht leer war. Dieser lebende Leichnam war entgegen aller Wahrscheinlichkeit immer noch bei Verstand.

Ihr Magen hob sich und sie drehte sich rasch um, tastete nach der Tür und rannte hinaus in den Flur. Sie holte einige Male tief Luft und sank auf dem Boden zusammen, halb würgend, halb weinend. Als ihr Körper vor Angst und Schrecken zitterte, hörte sie eine leise Stimme in ihrem Ohr.

»Was ist passiert?«

Sie konnte nicht reden, da sie weiter nach Luft ringen musste, und in Ravens Stimme klang fast so etwas wie Sorge mit, als sie fortfuhr: »Ali, dein Herzschlag geht in die Höhe, du wirst einen Schock bekommen. Reiß dich zusammen und sag mir, was passiert ist.«

»Raven . . .«, Ali beugte den Kopf und murmelte die Worte in ihre verschränkten Arme, ». . . ich sah . . . ich sah eines der Testobjekte für die Gedächtnisexperimente . . . Es war . . . es war so entsetzlich . . .« Sie brach sofort ab, als Tom und Luciel aus dem Zimmer kamen. Luciel beugte sich zu ihr, um ihr auf die Füße zu helfen.

»Alles in Ordnung mit dir?«, fragte er besorgt.

»Ich denke schon«, sagte sie schwach.

»Dann willst du weitermachen?«, fragte Tom und zog eine Grimasse, als sie nickte. »Es wird nichts nützen«, sagte er. »Wir haben Mikhail bereits nach deiner Freundin gefragt. Er hat uns nichts gesagt. Er spricht nicht mehr.«

»Das Ganze ist sinnlos, Ali.« Luciel sah besorgt aus. »Die anderen beiden werden uns auch nichts sagen können. Mikhail will nicht reden, Esther kann nicht und was Revenge spricht, ist unverständlich.«

Ali zögerte und hörte Raven leise in ihrem Ohr befehlen: »Sag, dass du weitermachen willst.«

Sie seufzte und fragte sich, wie die beiden wohl reagieren würden, wenn sie ihnen gestand, dass sie eine Stimme im Ohr hatte, die ihr befahl weiterzumachen. Sie schüttelte diesen Gedanken ab und sagte nur: »Ich will sie sehen.«

Wenn die Ganger nicht gewusst hatten, dass Raven ein Hex war, als sie in den Flitter einstiegen, dann musste es ihnen inzwischen jedoch klar sein. White verzog das Gesicht, als er merkte, dass Raven keine Anstrengungen machte ihre Fähigkeiten zu verbergen. Aber er sagte sich, dass die Gräfin ihm versichert hatte, die Männer seien diskret, und schließlich vertraute er ihnen sowieso ihrer aller Leben an. Dennoch fühlte er sich unwohl, wenn Raven ihre Fähigkeiten so offen einsetzte, da sie es sonst immer vorzog, nach Möglichkeit unbeobachtet zu arbeiten.

Nun fand er es etwas Besorgnis erregend, dass sie mit abwesendem Blick auf dem Fahrersitz saß, eine Hand nur leicht auf den Kontrolltasten. Der Flitter schlängelte sich mit hoher Geschwindigkeit zwischen den Gebäuden hindurch und umging den Rest des Flugverkehrs, aber der Anblick von Ravens leeren Augen versetzte ihn in Anspannung. Den Gangern schien es ähnlich zu gehen, wenn man in Betracht zog, mit welcher Sorgfalt sie ihre Sicherheitsgurte angelegt hatten. Der Einzige, der entspannt schien, war Kez, der seinen eigenen Gurt nicht angelegt hatte und, nach seinem Grinsen zu urteilen, die hohe Geschwindigkeit genoss. Seine Unerschrockenheit schien sein Ansehen in den Augen der Ganger zu heben und White beugte sich demonstrativ locker vor, um mit Raven zu sprechen.

»Kannst du mich hören?«, fragte er.

»Natürlich«, erwiderte sie sarkastisch. »Aber es gibt Grenzen hinsichtlich dessen, was ich auf einmal tun kann. Und gerade eben bin ich nicht in der Stimmung, um mich zu unterhalten.«

»Stehst du mit Ali in Kontakt?«, fragte White und ignorierte ihren Ton.

»Ja.«

»Wenn du dich auf die Verbindung mit ihr konzentrieren willst, musst du nicht auch noch fliegen«, schlug White vor.

»Ich denke, ich komme klar«, sagte Raven und ihre Stimme klang fast amüsiert, obwohl ihre Augen immer noch ausdruckslos blieben. »Wenn es ein Problem gibt, übergebe ich Kez das Steuer.«

»In Ordnung.« White war einverstanden und sagte sich, dass bei Kez' Vorliebe für Geschwindigkeit dieser Tausch wohl kaum einen Unterschied machen würde. Als er sich zurücklehnte, fing er Meleks Blick auf und der Ganger zuckte fast reumütig mit den Schultern. White nahm es lediglich mit einem beiläufigen Augenzwinkern zur Kenntnis, doch er merkte, dass die Stimmung im Flitter nicht mehr so feindselig war.

Der zweite der Patienten war nicht kommunikativer als der erste, doch Ali stellte fest, dass sie mit Esthers Leere besser zurechtkam als mit Mikhails Bewusstsein. Das Mädchen gehörte zu den ältesten Patienten. Nach dem, was Tom sagte, war sie bei ihrer Ankunft im Labor bereits achtzehn oder neunzehn gewesen und war jetzt Anfang zwanzig. Fast teilnahmslos hatte er hinzugefügt, dass Testobjekte selten so lange überlebten. Ali fragte sich, ob man Esthers Zustand Überleben nennen konnte. Ihr Verstand hatte durch die Experimente Schaden genommen, sodass sie nur noch die geistigen Fähigkeiten eines Kleinkindes hatte. Als Luciel ihr Fragen stellte, lächelte sie schief auf einen Punkt irgendwo hinter ihnen und Ali musste sich eingestehen, dass sie von ihr keinesfalls etwas über Rachel erfahren würde. Raven war offensichtlich der gleichen Meinung. Nachdem sie Esther nur kurz befragt hatten, kam ihre Stimme wieder über den Sender. »Hier erreichen wir nichts.«

Ali versuchte ihre Frustration zu verbergen. Die Gegenwart der anderen bedeutete, dass sie Raven nicht darauf hinweisen konnte, dass dies von Anfang an ein nutzloses Unterfangen gewesen war. Stattdessen drehte sie sich zu Luciel.

»Kannst du mir das dritte Testobjekt zeigen?«, bat sie.

»Revenge?« Luciel seufzte. »Ich dachte mir schon, dass du nicht zufrieden wärst, bis wir alle durchhaben.«

»Dann kommt«, sagte Tom mürrisch und ging zur Tür. »Bringen wir dieses Theater hinter uns.«

Er führte sie den Flur entlang und durch drei weitere

Schwingtüren, bevor er vor einer geschlossenen Tür stehen blieb. Er wollte sie bereits öffnen, hielt jedoch kurz inne und das surrende Geräusch seiner Maschine wurde zu einem leisen Schnurren, als er Ali warnte: »Revenge ist ständig festgebunden, weil sie oft gewalttätig wird. Wenn sie anfängt sich aufzuregen, sollten wir besser verschwinden. Ich will nicht, dass die auftauchen und uns fragen, was wir hier suchen.«

»Okay«, stimmte Ali zu, begleitet von einem raschen Nicken Luciels, der offensichtlich genauso wenig Wert darauf legte, den Wissenschaftlern aufzufallen. Tom drehte sich zurück zur Tür und stieß sie auf.

Auf dem Bett lag ein Mädchen. Seine Handgelenke wurden mit Metallspangen an den Seiten des Bettes festgehalten und es war mit einer schweren Decke zugedeckt, sodass es sich kaum bewegen konnte. Soweit es die Fesseln erlaubten, saß es im Bett und lehnte sich gegen das Kopfkissen. Doch als die Tür geöffnet wurde, fuhr ihr Kopf herum und Revenge musterte die Ankömmlinge mit einem durchdringenden Blick. Sie sah eher wie eine alte Frau aus als wie ein Kind. Ihre Gesichtszüge waren hager und ihre Augen eingesunken. Ihre Hände umklammerten die Seiten des Bettes wie Klauen und ihre Handgelenke waren aufgerissen von den Fesseln und voller Blut. Ihr Haar wäre taillenlang gewesen, wenn man es gekämmt hätte, doch stattdessen lag es in einem schmutzigen Wirrwarr um ihren Kopf. Ihre Haut war fleckig und voll von getrocknetem Blut, sie hatte Kratzer auf ihrem Gesicht und am Hals. In einer Einrichtung, wo alles sonst klinisch rein gehal-

ten wurde, wirkte sie seltsam fehl am Platz. Ali vermutete, dass sie sich einen Teil der Verletzungen selbst
zugefügt hatte.

Tom näherte sich zögernd dem Bett und das Mädchen
sah ihn mit einer Furcht erregenden Intensität an und
fletschte die Zähne. Luciel sah nervös aus und Ali merkte, dass sie die Luft anhielt, als Tom sprach.

»Revenge?«, sagte er beruhigend. »Ich bin's, Tom,
willst du mit mir sprechen?«

Die Antwort war ein tierähnliches Knurren. Wenn das
Mädchen ein Tier gewesen wäre, hätte es sicher die
Ohren angelegt. Aber so zuckte Revenge lediglich zu-
rück und sah aus, als wolle sie beißen, wenn Tom näher
käme. Ali erschrak, als tatsächlich eine menschliche
Stimme aus Revenges aufgebissenem Mund kam.

»Du bist vergiftet«, zischte sie. »Infiziert. Geh weg von
mir!« Ihre Stimme steigerte sich zu einem Schrei und
sowohl Tom als auch Luciel traten zurück. Luciel warf
Ali von der Seite einen Blick zu.

»Du wolltest mit ihr sprechen«, sagte er. »Viel Glück.«

Ali benetzte nervös ihre Lippen und machte sich bereit zu sprechen, wobei sie keine Ahnung hatte, was
Raven von ihr erwartete. Doch noch bevor sie irgendetwas sagen konnte, hörte sie die Stimme in ihrem Ohr.

»Ganz ruhig, Ali«, sagte Raven zu ihr. »Wiederhole
genau, was ich sage.« Ali konnte nicht antworten, aber
Raven nahm ihre Zustimmung als gegeben und begann
sanft: »Zuerst frag nach ihrem Namen.«

»Wie ist dein Name?«, sagte Ali gehorsam und das
abgemagerte Gesicht wandte sich ihr zu.

»Ich bin Revenge«, sagte das Mädchen und blickte durch Ali hindurch in einer Weise, die gespenstisch vertraut war.

»Ist das ein Name oder eine Drohung?« Ravens Stimme war schneidend.

»Ähm . . . ist das ein Name oder eine Drohung?«, fragte Ali unsicher.

»Es ist, was ich bin«, flüsterte Revenge und beugte sich nach vorn. Ali widerstand dem Drang zurückzuweichen, als Revenge hinzufügte: »Sonst nichts . . .« Ihre blutverschmierten Lippen teilten sich zu einem fürchterlichen Lächeln und Ali starrte in Augen, in denen der Irrsinn stand.

Ravens Aufmerksamkeit konzentrierte sich nun fast vollständig auf diese Verbindung. Anders als Ali konnte sie ja nicht sehen, was vor sich ging. Doch die Worte, die durch die Verbindung kamen, klangen in ihren Ohren. Sie nahm in wenigen Sekunden tausende von Daten in sich auf, als sie die Datenbanken in ganz Europa durchforschte und sich auf ein einziges Wort konzentrierte:

<revenge>

<revenge>

<revenge>

Die Testobjekte waren an eine Computerdatenbank angeschlossen worden. An welche? Was hatte sie beinhaltet? Raven war sich kaum bewusst, wie Ali ihre Worte übermittelte, als sie direkt zu der zerbrechlichen Gestalt auf dem Bett sprach.

»Wer bist du?«

Zuerst kam keine Antwort, doch der Sender zeigte einen Anstieg von Alis Herztönen an. Und dann hörte Raven die Stimme des Mädchens: »Du sprichst aus dem Dunkel . . .«

Raven erstarrte. Es war unmöglich. Das Mädchen konnte nicht wissen, dass sie durch Ali sprach. Unmöglich, doch ihre Worte legten nahe, dass sie es dennoch wusste. Raven fühlte den Druck dieser Dunkelheit, kämpfte gegen den Drang an, ihren Kontakt mit dem Computernetz abzubrechen, und genau in diesem Augenblick erfasste einer ihrer Bewusstseinsstränge ein Stück Information.

<revenge I. v/t. 1. jmdn: rächen (up)on an dat.: to – o.s. for s.th.: sich für etw. rächen; to be -d a) gerächt sein od. werden, b) sich rächen; 2. sich rächen für, vergelten (upon, on an dat.); II. s. 3. Rache . . .>

Raven verhielt für einen Herzschlag lang bei dem Wörterbucheintrag, eine Ewigkeit in der virtuellen Zeit des Netzes. Welche verdrehte Logik auch immer das Mädchen durch die Assoziation ihres Namens zu einer tödlichen Willensäußerung geführt hatte, war jetzt nicht mehr nachzuvollziehen. Doch aus einer Kette von Hinweisen hatte Raven die Wahrheit herausgefiltert. Sie richtete eine neue Botschaft an Ali und enthüllte damit, was sie entdeckt hatte.

»Hallo, Rachel.«

9. Kapitel

Das tödliche Schwert

Rachel?«, rief Ali aus. Luciel und Tom starrten sie an, doch bevor sie noch ein Wort sagen konnte, wurden sie durch einen rauen Schrei unterbrochen. Revenge warf sich in Alis Richtung und kämpfte, um ihren Handschellen zu entkommen, warf ihren Körper mit aller Macht nach vorn.

»Raven! Raven, wo bist du?«, schrie sie. Die beiden Jungen sahen verblüfft aus. Doch Ali wusste, dass dies das Vernünftigste war, was Revenge bis jetzt von sich gegeben hatte.

»Wir sollten lieber gehen«, sagte Tom und Ali blickte von ihm zu Revenge und wusste nicht, was sie tun sollte.

»Ali, sprich mit ihr«, befahl Raven. »Wiederhole Folgendes . . .«

Ali lauschte und merkte sich Ravens Worte. Sie fasste Revenges Arme, drückte sie auf das Bett zurück und senkte die Stimme, um Ravens Worte zu wiederholen: »Sei still . . . Raven kommt . . . warte auf sie . . .«

»Ja«, zischte Revenge und ihre Augen funkelten hoffnungsvoll. »Sag ihr . . . bald . . . Sie muss bald kommen oder es wird zu spät sein.«

Raven blinzelte. Der Flitter hatte die Außenbezirke Londons erreicht. Die Zahl der hohen Wolkenkratzer nahm ab. Der Betondschungel setzte sich jedoch weiter fort, ein Wirrwarr von Straßen wand sich über- und umeinander, immer noch gesäumt von hohen Wohntürmen. Raven lenkte den Flitter hinaus auf den Luftkorridor, wobei sie darauf achtete, nicht in die für Flugzeuge verbotene landwirtschaftliche Zone zu fliegen. Gleichzeitig löste sie sich vom Computer und unterbrach ihre Verbindung mit Ali.

Langsam holte sie Luft. Sie wusste nicht genau, warum sie einen solchen Widerwillen hatte zu sprechen. Mit Rücksicht auf ihren Bruder hatte das nichts zu tun. Die Tatsache, dass Rachel noch lebte, verpflichtete sie zur Durchführung ihres Plans, zwang sie in das Labor einzubrechen. Doch die Dinge, die Ali dort entdeckt hatte, schreckten Raven eigentlich davon ab, sich weiter in die Reichweite des CPS zu begeben. Ihre Hand auf den Kontrolltasten ballte sich zu einer Faust und der Flitter sprang mit einem Ruck vorwärts und beschleunigte. Raven weigerte sich die Furcht zu akzeptieren, die sie zu überkommen drohte. Stattdessen genoss sie das Rauschen des Windes um sich herum und sagte schließlich ganz sachlich: »Wir haben Rachel gefunden.«

»Tatsächlich?« White klang angespannt und Raven drehte sich um und sah ihm in die Augen. »Ist sie . . . Wie geht es ihr?«, fragte er und versuchte nach außen hin Ruhe zu bewahren.

»Ihr Verstand wurde durch die Tests ernsthaft geschädigt«, antwortete Raven ausdruckslos. »Doch sie scheint wenigstens etwas Vernunft zurückzugewinnen.«

»Etwas Vernunft?« White sah entsetzt drein und Raven hörte einen leisen Seufzer des Erschreckens von Kez. Sie fühlte eine Distanz zu den beiden, identifizierte sich selbst eher mit den drei gleichgültig wirkenden Gangern hinten im Flitter als mit ihrem besorgten Bruder.

»Sei froh, dass sie nicht eine völlige Idiotin ist oder umgelegt wurde«, erwiderte sie. »Ihr Zustand ist besser, als ich erwartet hätte.«

Kez versuchte seine verkrampften Muskeln zu strecken und runzelte die Stirn. So groß der Flitter auch war, der Beifahrersitz war nicht der komfortabelste Platz, besonders bei diesem langen Flug. Die Ganger und White hatten im hinteren Teil genug Platz, um sich trotz der vielen Kisten auszustrecken. Doch so unbequem Kez es auch hatte, zögerte er dennoch sich zu ihnen zu gesellen. Melek war nicht gerade begeistert von seiner Teilnahme an dem Unternehmen gewesen und Kez wollte die Ganger nicht dazu provozieren, ihre Ablehnung noch deutlicher zum Ausdruck zu bringen. Also versuchte er es sich auf seinem Sitz bequem zu machen und sah entweder aus dem Fenster oder machte ein Nickerchen.

Aus dem Fenster zu sehen fiel ihm leichter. Raven war gezwungen die Geschwindigkeitsbeschränkung strikt

einzuhalten, um nicht mit einer Fracht voller Waffen die
Aufmerksamkeit der Seccies auf sich zu lenken. Dafür
hatte sie die Lautstärke ihrer Rockmusik so hoch ge-
dreht, dass es schmerzte. Kez vermutete, dass sie dadurch auch eine Unterhaltung vermeiden wollte. White
war offensichtlich besorgt über Rachels Zustand und
Raven wollte genauso offensichtlich das Thema mei-
den. Ab und zu jedoch verstummte die Musik, wenn
Raven die Discs wechselte, und Kez nutzte eine dieser
Pausen, um sie anzusprechen.

»Du steuerst immer noch nicht manuell?«

»Wie du siehst.« Raven zuckte mit den Schultern. Ihr
Sitz war ein wenig zurückgelehnt und sie streckte ihre
Beine auf dem Kontrollboard aus, während eine Hand
leicht auf den Kontrollknöpfen links von ihr lag.

»Was würde geschehen, wenn du einschliefst?«

»Ich bin mir nicht sicher«, sagte Raven langsam und
grinste. »Willst du es herausfinden?«

»Lieber nicht.« Kez schüttelte den Kopf, doch er lächelte zurück. Ravens verhältnismäßig gute Laune
nahm ihm etwas von seiner Unruhe. »Aber bist du
vielleicht müde? Falls ja, könnte ich für dich übernehmen.« Er machte den Vorschlag etwas zögernd, doch
Raven schien darüber nicht verärgert. Sie zuckte wieder
mit den Schultern.

»Mir geht es gut«, sagte sie. »Es hat nicht viel Sinn,
jetzt noch Plätze zu tauschen, wenn wir fast da sind.«

»Sind wir das?«

»Sieh hinaus«, schlug Raven vor und Kez drehte sich
zum Fenster.

Es wurde dunkel und dadurch war es schwer, irgendetwas in dem Dämmerlicht zu erkennen. Raven schien den Luftkorridor über der Hauptstraße verlassen zu haben, denn es waren keine Lichter mehr aus angrenzenden Gebäuden zu sehen. Verschwunden waren außerdem die Lichter der Scheinwerfer anderer Flitter. Raven hatte die Scheinwerfer eingeschaltet und Kez sah auf die dunkle Landschaft hinunter. Weit in der Ferne erhellten die Lichter einer Ansiedlung den Himmel und unter ihnen konnte er jetzt das schwarze Band einer kleineren Straße erkennen und die Lichtkegel von Skimmern, die darauf entlangrasten. Vor ihnen lagen dunkle Hügel und Raven deutete darauf.

»Dort drüben befindet sich das Labor. Doch nach den Daten des Verkehrssystems ist diese Straße für den Luftverkehr strikt gesperrt.«

»Gibt es denn keinen Zufahrtsweg?«, fragte White.

»Wir könnten ihn wohl kaum benutzen, selbst wenn es ihn gibt«, meinte Raven. »Aber es ist auch keiner ausgewiesen.« Sie überlegte. »Ich nehme jedoch an, dass da einer ist, und er muss in der Datenbank der Regierung verzeichnet sein. Irgendwie müssen die CPS-Leute ja das Labor erreichen können.«

»Hol dir diese Daten«, bat White. »Wir wollen die Straße zwar nicht benutzen, aber wir wollen auch nicht zufällig darüber stolpern.«

»Wir sollten lieber unsere Scheinwerfer abschalten«, sagte Melek von hinten. »Das hier ist doch ein verdeckter Einsatz, da ist es besser, nicht gesehen zu werden.«

»Ich kann sie nicht abschalten, solange wir immer

noch über einer Straße fliegen«, erklärte Raven, deren Blick bereits abwesend wurde, während sie sich ins Netz einhackte. »Wenn ein Seccie-Monitor uns erfasst, während wir ohne Licht fliegen, halten sie uns sofort an. Aber ich biege in ungefähr zehn Minuten von der Straße ab und schalte dann die Scheinwerfer aus. Wenn uns jemand dabei erwischt, wie wir in verbotenen Luftraum eindringen, werden wir eine Com-Nachricht schicken, dass wir technische Probleme hatten.«

»Wie wär's mit einem Energieverlust?«, schlug Kez vor. »Das würde auch erklären, warum du die Lichter abgestellt hast.«

»Mit etwas Glück passiert uns das nicht«, sagte White. »Hattest du Erfolg mit dem Zufahrtsweg, Raven?«

»Gefunden«, erklärte sie. »Es gibt eine Abzweigung von dieser Straße. Fast nicht zu entdecken. Von der Abzweigung bis zum Zaun des Labors ist es ungefähr eine Meile.«

»Bieg von der Straße ab, bevor du sie erreicht hast«, befahl White, »und lande dann den Flitter hinter Bäumen oder irgendwas Ähnlichem. Wir nehmen uns das Labor erst später in der Nacht vor. Während wir warten, können wir noch ein paar Stunden schlafen.«

Ali lag flach auf ihrem Rücken auf dem Bett und gab sich Mühe ruhig zu bleiben. Die Enthüllung, dass Rachel Revenge war, hatte sie schockiert. Sie versuchte immer noch sich darüber klar zu werden, was das bedeutete. Der Ansatz von Verstand, den das Mädchen gezeigt hatte, schien so dürftig, dass selbst Raven

Schwierigkeiten haben dürfte sie zu verstehen. Doch Raven hatte anscheinend die richtigen Dinge zu sagen gewusst, um ihre Schwester zu beruhigen, ohne Toms und Luciels Verdacht zu erregen.

Ali seufzte. Der Gedanke an die beiden Jungen beunruhigte sie am meisten. Sie war überrascht darüber, wie sehr sie darauf vertraute, dass Raven und White sie retten konnten. Doch was wäre das für ein Entkommen? Der Gedanke, die anderen in diesem Labor in Gefangenschaft zurückzulassen, während sie ihre eigene Haut rettete, wurde immer bedrückender. Ali konnte sich kaum vorstellen, dass Raven von ihrem selbstlosen Plan begeistert sein würde, doch sie musste es versuchen.

Sie rollte sich auf den Bauch, vergrub ihren Kopf im Kissen und flüsterte: »Raven. Raven, bist du da? Ich muss mit dir sprechen.« Es kam keine Antwort. Sie spürte, wie die Angst sich wie eisige Finger um ihr Herz legte, und musste sich zwingen nicht in Panik zu geraten. Raven hatte gesagt, dass sie die Verbindung nicht unterbrechen würde. Sie hatten stundenlang miteinander in Verbindung gestanden, ohne Anzeichen von Gefahr. Es konnte nichts schief gegangen sein. Dann kam ihr ein anderer Gedanke. Er war eigentlich ganz logisch. Sie konnte kaum überrascht sein, wenn Raven sich als Mensch erwies und einer menschlichen Schwäche nachgab, wie zum Beispiel einzuschlafen. Allerdings war dies wohl kaum der beste Zeitpunkt dafür. Sie setzte sich auf und runzelte die Stirn. Dann blinzelte sie überrascht beim Anblick eines Gesichts, das durch das Fenster in der Tür spähte.

Es war Luciel. Zögernd stieß er die Tür auf. Ali sah, dass Tom hinter ihm stand.

»Dürfen wir hereinkommen?«, fragte er.

»Wir müssen mit dir reden«, fügte Tom hinzu.

»Okay«, antwortete Ali mit einem komischen Gefühl im Bauch. Sie konnte sich des Gedankens nicht erwehren, dass sie alle drei zum Tode Verurteilte waren und im Augenblick nur sie eine Chance hatte zu entkommen. »Worüber denn?«

»Du versuchst zu fliehen«, sagte Tom geradeheraus und Ali erschrak. Luciel nickte bereits zustimmend.

»Du bist wegen Revenge hier«, sagte er leise. »Ich weiß nicht warum, aber ich bin sicher, dass es so ist.«

»Bist du denn überhaupt ein Hex?«, wollte Tom wissen, hielt jedoch auch seine Stimme gedämpft.

»Ja, ich bin ein Hex«, versicherte Ali und ihre Gedanken rasten, als sie überlegte, wie sie den nächsten Fragen ausweichen konnte. Wo war Raven, wenn sie sie brauchte? Aber der Sender schwieg und sie musste selbst entscheiden, was sie ihnen sagen würde. Die Entscheidung war überraschend einfach. »Ihr habt Recht«, gestand sie. »Ich werde ausbrechen.«

»Du hast nicht die geringste Chance«, sagte Tom und schüttelte den Kopf. »Auf keinen Fall schaffst du das.«

»Sie ist hereingekommen, oder nicht?«, sagte Luciel. »Wenn sie hereingekommen ist und Revenge gefunden hat, muss sie auch einen Weg haben, um rauszukommen.«

»Ich werde Hilfe haben«, sagte Ali leise. »Ich bin nicht

alleine. Es gibt eine Gruppe von Leuten, Ganger, die mir helfen werden.«

»Du meinst, dir und Revenge«, korrigierte Tom.

»Ja«, nickte Ali.

»Warum?« Luciel sah sie fragend an. »Warum Revenge? Sie ist doch völlig verrückt. Was kann sie dir helfen?«

»Ihr Bruder ist einer der Ganger«, erklärte Ali ihm. »Und ihre Schwester . . .« Sie brach abrupt ab, denn ihr fiel ein, dass es bestimmt keine gute Idee wäre, Raven zu erwähnen. Es würde Raven wahrscheinlich schon genug verärgern, wenn sie erst einmal herausfand, dass Ali den beiden vom restlichen Team erzählt hatte. Ali kannte Raven zumindest gut genug, um zu wissen, dass sie auf eine Enthüllung ihrer Identität nicht gut zu sprechen wäre.

Aber selbst ohne Raven zu erwähnen, machte sich Ali Sorgen, dass sie zu weit gegangen war. Sie befanden sich in einem Hochsicherheitstrakt und ein einziges Wort zu einem der Wissenschaftler würde ausreichen, um die Befreiung zu verhindern, noch bevor sie angefangen hatte. White hatte sein Team absichtlich klein gehalten, um den Überraschungsmoment auf seiner Seite zu haben. Wenn Ali diesen Faktor verspielte, hatten sie wirklich keine Chance.

»Ihr dürft kein Wort sagen«, warnte sie die beiden sofort. »Bitte!«

Tom und Luciel sahen einander an. Luciel sprach als Erster. »Wir werden nichts verraten, Ali«, versprach er. »Aber wenn ihr wirklich flieht . . .«

»... kommen wir mit dir«, beendete Tom den Satz. »Und auch die anderen, die hier gefangen gehalten werden. Du wirst nicht allein gehen.«

Kez erwachte unvermittelt, als ihn jemand schüttelte. Er öffnete mühsam die Augen und sah einen geisterhaften Schatten über sich. Whites graue Augen starrten ihn an, sein weißes Haar umwehte sein Gesicht.

»Zeit für die Überprüfung unserer Ausrüstung«, erklärte er kurz und Kez nickte und gähnte, als er sich aufsetzte. »Du musst mir die Funktionen dieser Dinger von Raven erklären«, fuhr White fort.

»Warum kann sie das nicht selbst tun«, protestierte Kez und blickte hinüber, wo die drei Ganger seitlich am Flitter angelehnt saßen. Sie sahen aus, als seien sie schon seit einiger Zeit wach.

»Sie schläft noch«, erklärte ihm White. »Ich will sie nicht früher wecken, als es sein muss. Wir werden sie heute Nacht noch dringend brauchen.«

Kez fragte sich, ob das bedeutete, dass er nicht gebraucht wurde. Aber immerhin hatte White ihn um seine Hilfe gebeten, also konnte er nicht völlig nutzlos sein. Er schob den Mantel weg, unter dem er geschlafen hatte, stand auf und ging hinüber zum Flitter. Raven lag auf den beiden Vordersitzen ausgestreckt. Sie sah erschöpft aus, mit dunklen Schatten unter den Augen. Er seufzte. Erfolg und Misserfolg dieses Unternehmens lagen hauptsächlich in Ravens Hand. Doch obwohl sie ihr vertrauen mussten, weigerte sie sich umgekehrt das Gleiche zu tun. Bevor sie auf jemand anderen als sich selbst vertraute, forderte sie sich selbst lieber bis zur Grenze der Leistungsfähigkeit.

Eine Hand legte sich auf seine Schulter und er zuckte zusammen. Als er sich umdrehte, sah er einen der Ganger hinter sich stehen. Es war Jeeva und zu Kez' Erleichterung grinste er.

»He, Kleiner. Weiß er, dass du auf seine Schwester scharf bist?« Er deutete mit dem Kopf auf den Flitter. White und die anderen beiden Ganger checkten bereits die Ausrüstung.

»Ich bin nicht scharf auf sie«, widersprach Kez und zuckte dann mit den Schultern. »Und selbst wenn es so wäre, wäre es egal. Raven ist nur an einem Menschen interessiert.«

»Sich selbst, richtig?« Jeeva schlug Kez auf die Schulter und lächelte ihn kumpelhaft an. »Also vergiss sie, Junge. Verschwende deine Energie nicht an die Eisprinzessin. Los, gehen wir.«

»Ja, okay.« Kez ging neben Jeeva her und staunte darüber, dass er eine Unterhaltung mit einem Ganger geführt hatte, ohne umgelegt zu werden.

White hörte nur mit halbem Ohr zu, als Kez die explosive Fracht erläuterte, und konzentrierte sich auf die Gefechtswaffen, die er mitnehmen würde. Alle drei Ganger hatten ein Schnellfeuergewehr über einer Schulter hängen und die Munition dazu sowie Handfeuerwaffen in ihren Gürteln stecken. Whites Waffen waren etwas komplizierter, aber wie die Ganger trug er kugelsichere Schutzkleidung. Er blickte hinüber zu Kez und runzelte leicht die Stirn. Der Junge zeigte gerade, wie der Frequenzoszillator aktiviert wurde, der Ravens Sprengkörper innerhalb von fünf Sekunden zünden würde. Er war ganz normal gekleidet und seine einzige Waffe war die Laserpistole, die an seinem Gürtel hing.

White fragte sich, ob es zu spät war, Kez das Mitkommen zu verbieten. White blickte nach vorn, wo Raven immer noch schlief. Eigentlich hatten sie in ihrem Plan Kez als Deckung für Raven vorgesehen. Wenn White ihn abzog, betraf sie das am meisten. Er beugte sich über die Rücklehnen und schaute auf Raven hinunter. Sie musste erschöpft sein, wenn sie so lange schlief, und er hatte schon fast beschlossen sie nicht zu wecken, als sie mit geschlossenen Augen fragte: »Was ist los, White?«

»Kez«, antwortete er so leise, dass die anderen ihn nicht hören konnten. »Er hat nicht die Erfahrung für so etwas.«

»Das schien dir vorher nicht so viel Sorgen gemacht zu haben.« Raven öffnete die Augen und sah ihn an. »Und es ist nicht so, als hätten wir noch groß die Wahl. Wir mussten das Team klein halten und Kez ist ein Straßenjunge. Er kann auf sich aufpassen.«

»Was, wenn er es nicht kann?«, fragte White. »Wir sind darauf angewiesen, in dieses Computersystem zu kommen, Raven. Wenn etwas mit Kez passiert, hast du keine Deckung und der Rest von uns muss sich auf dich allein verlassen.«

»Ich komme in das System«, versicherte ihm Raven. »Mit oder ohne Kez.« Sie setzte sich auf, streckte sich und seufzte. »White, wir haben das Ganze oft genug durchgesprochen. Wenn wir jetzt unsere Pläne ändern, gefährden wir uns nur selbst.«

White studierte das Gesicht seiner Schwester noch einige Sekunden lang, widersprach ihr jedoch nicht. Die Strategie, die sie nun verteidigte, war seine eigene und sie hatten sich darauf geeinigt. Aber alles schien so viel nüchterner, wenn es von Raven kam. Schließlich erkannte er ihre Argumente mit einem kurzen Nicken an. »Mach dich lieber bereit«, sagte er. »Wir sollten innerhalb der nächsten halben Stunde los.«

Der Flitter näherte sich der Umgrenzung des Laborgeländes nur wenig oberhalb des Erdbodens. Raven hatte den Fahrersitz an Kez abgetreten, der sich ganz auf die Schwierigkeiten des Weges konzentrierte, den White gewählt hatte. Sie konnten den grauen Schatten der Laborgebäude in der Ferne, hinter dem Elektrozaun, sehen. Melek musterte den Zaun eindringlich, während Kez den Flitter landete.

»Das ist nicht gerade eine besonders ausgefeilte Absicherung für eine Regierungseinrichtung«, sagte er misstrauisch.

»So was brauchen sie auch nicht«, erklärte White. »Fast niemand weiß, dass das Labor existiert. Doch selbst wenn es jemand wüsste, die öffentliche Meinung ist so gegen Hexe eingestellt, dass wohl kaum jemand versuchen würde sie vor den Wissenschaftlern zu retten.«

»Das Ganze ist nicht so harmlos, wie es aussieht«,

meldete sich Raven leise zu Wort. »Vor dem Zaun befinden sich Bewegungsmelder und auf den Zaun selbst sind Kameras gerichtet.«

»Woher weißt du das?«, fragte Kez und Raven deutete auf die Computerkonsole des Flitters.

»Die Gräfin wusste, was sie tat, als sie dieses Ding ausrüstete«, erklärte sie. »Aber was hinter dem Zaun liegt, kann es leider nicht mehr ausmachen. Sobald ich im Sicherheitssystem bin, kommen wir klar, aber bis dahin wird es nicht leicht werden.«

»Können diese Bewegungsmelder uns hier auch schon erfassen?«, fragte White und Raven schüttelte den Kopf.

»Erst fünf Meter vor dem Zaun.«

»In Ordnung.« White wandte sich an das restliche Team. »Lasst euch nicht von diesen Sensoren erwischen. Wir müssen sie gleichzeitig ausschießen. Wenn sie aus dem Weg sind, können wir durch den Zaun. Bleibt in Kontakt«, er deutete auf die Com-Unit an seinem Handgelenk, »und versucht so wenig Aufstand wie möglich zu machen. Wir wollen rein, Ali und Rachel holen und wieder raus. Nichts sonst. Während meine Gruppe nach den Mädchen sucht, wird Raven sich in den Laborcomputer hacken und das Sicherheitssystem ausschalten. Machen wir's so schnell und sauber, wie wir können. Alles klar?«

»Alles erfasst«, erwiderte Melek. »Bleibt cool, Brüder.« Wie aus einem nachträglichen Impuls heraus nickte er Kez zu. »Viel Glück, Kleiner.«

»Raven«, sagte White. »Bist du bereit?«

»Alles unter Kontrolle«, erwiderte sie und öffnete bereits die Türen des Flitters.

»Dann los.«

Die Gruppe näherte sich vorsichtig dem Zaun, während Raven auf die Sensoren deutete, die ausgeschaltet werden mussten. Sobald sie sie alle identifiziert hatte, gingen White, Kez und die Ganger in Stellung, um die Sensoren abzuschießen. Wenn jeder von ihnen einen Sensor zerstörte, gab es immer noch zwei Kameras, daher schlug White vor, dass er und Raven sich darum kümmerten. Erst als er seine Pistole zog, griff Raven in ihren langen Mantel, um eine ihrer eigenen Waffen hervorzuholen. Diese sah nicht anders aus als eine Pistole, allerdings mit langem Lauf. Doch anstatt sie zu laden, tippte Raven einen Code auf ein Sensorfeld auf der Oberseite der Waffe, die daraufhin leise zu summen begann.

»Was ist das?«, fragte White neugierig und Raven zuckte mit den Schultern.

»Elektroenergie«, erklärte sie. »Habe ich selbst entworfen. Sie hat einige Vorteile.« Raven richtete die Waffe auf eine der Kameras und blickte erwartungsvoll zu White. Er wandte sich den anderen zu und versuchte die Tatsache zu ignorieren, dass Raven ihr Ziel in weniger als einer Sekunde erfasst hatte, und konzentrierte sich auf sein eigenes. Den Blick fest darauf gerichtet, fragte er: »Bereit?« Er hörte ein leises, zustimmendes Murmeln und fuhr fort: »Feuer bei drei. Eins . . . zwei . . . drei!«

Es gab erst ein gedämpftes Geräusch, dann ein plötzliches Funkensprühen, als die Sensoren und Kameras gleichzeitig explodierten. White überprüfte instinktiv sofort die Ziele. Anscheinend hatte jeder im Team getroffen. Melek und Finn waren bereits dabei, den Drahtzaun mit einem Laser zu durchschneiden, um keinen elektrischen Schlag zu bekommen.

»Die Security wird alarmiert sein, sobald diese Sensoren ihre Übertragung unterbrochen haben«, erinnerte Raven sie. »Wir müssen das Laborgebäude erreicht haben, bevor sie uns entdecken.«

»Okay. Dann los«, befahl White, und sobald das Zaunstück umklappte, rannte er hindurch und auf das Gebäude zu. Die Ganger waren unmittelbar hinter ihm und Raven und Kez bildeten das Schlusslicht.

In diesem Augenblick hörte Raven eine Stimme im Ohr.

»Raven, kannst du mich hören?«

»Jetzt ist nicht die Zeit, Ali«, zischte sie, während sie rannte, und sprach so leise sie konnte.

»Ich muss mit dir sprechen«, sagte Ali drängend.

»Bist du in Gefahr?«, wollte Raven wissen.

»Nein, aber . . .«

»Dann vergiss es, Ali! Wir werden bald genug bei dir sein!«, fuhr Raven sie an und unterbrach den Kontakt. Sie war einige Schritte hinter Kez zurückgefallen und versuchte nun schneller über das unebene Gelände zu laufen, um aufzuholen.

White vergegenwärtigte sich die Pläne noch einmal, während er sich dem Labor näherte. Wie stark auch immer sich die Einrichtung innen verändert haben mochte – es schien, dass die Anordnung der Gebäude sich nicht wesentlich geändert hatte. Rechts konnte er Lichter sehen und identifizierte sie sofort als die Beleuchtung des Zufahrtswegs und des Haupteingangs. Er führte sein Team jedoch nach links, denn dort war auf den Plänen so etwas wie ein Lieferanteneingang eingezeichnet.

Sie waren immer noch etwa zweihundert Meter von der Tür entfernt, als Scheinwerfer aufleuchteten und Alarmsirenen ertönten. White fluchte verhalten, ließ sich auf den Boden fallen und winkte den anderen zu es ihm nachzutun. Die Ganger folgten sofort seinem Beispiel und auch Kez ließ sich fallen. Raven kam einen Moment später angerannt und ihr schwarzer Mantel flappte, als sie sich neben sie warf. Für eine Weile schien es keine weitere Reaktion der Security zu geben als die gellenden Sirenen und die Suchscheinwerfer, die über den Boden glitten. Melek fasste Whites Arm.

»Diese Scheinwerfer werden uns bald erwischen«, warnte er.

»Ich weiß, bleib ruhig«, sagte White. Er suchte die Umgebung sorgfältig nach irgendwelchen Gefahren ab, aber es war Kez, der sie zuerst bemerkte.

»White! Dort drüben«, zischte er.

Drei uniformierte und bewaffnete Sicherheitsbeamte näherten sich vom Haupteingang her. Melek griff nach seiner Waffe, doch White schob seine Hand weg.

»Noch nicht«, warnte er. »Wartet.« Melek hielt inne, aber Finn war nicht so umsichtig. Entweder hatte er

Whites Warnung nicht gehört oder er hatte sie absichtlich ignoriert. Sein Schnellfeuergewehr donnerte los und eine der Wachen stürzte zu Boden. Die anderen zwei warfen sich aus der Feuerlinie und Raven zischte wütend: »Das hat alles versaut!«

»Melek, Finn, kümmert euch um die beiden. Versucht sie aus dem Weg zu räumen, bevor sie Verstärkung holen.«

»Sehr aussichtsreich«, schimpfte Raven verhalten, doch White beachtete ihren Einwurf nicht.

»Raven, du kommst mit mir«, befahl er. »Jeeva, Kez, gebt uns Deckung.« Er sprang auf und rannte auf den Eingang zu. Raven folgte dicht hinter ihm. Diesmal wurden seine Anweisungen offensichtlich befolgt. Melek und Finn hatten das Feuer auf die Wachen hinter ihnen eröffnet, und als er und Raven auf halbem Weg zur Tür waren, hörte er zusätzliches Gewehrfeuer einsetzen. Er sah nach links und entdeckte zwei weitere Wachen, die vor Jeevas und Kez' Feuer Deckung suchten. Dann hatten sie die Tür erreicht und es blieb keine Zeit, um sich Sorgen zu machen, was hinter ihnen geschah. Er musste sich darauf verlassen, dass das Team seinen Job tat. Raven untersuchte bereits die Tür.

»Sie ist mechanisch von innen verschlossen«, erklärte sie. »Wir müssen sie aufsprengen.«

»Wie viele?«, fragte White und holte zwei der Sprengkörper aus dem Beutel, den er über die Schulter trug.

»Die nicht.« Raven schüttelte den Kopf. »Das dauert zu lange. Lass mir nur einen Augenblick Zeit.«

Sie wühlte in den Tiefen ihrer Manteltaschen und

holte etwas heraus, was aussah wie ein Netz. Das Feuergefecht hinter ihnen ging weiter, während Raven das Ding ausrollte und an der Tür anbrachte. Nun war erkennbar, dass es so etwas wie ein elektronisches Netz aus Schaltkreisen und Sprengstoff war.

»Komm«, sagte sie zu White. »Mir nach.« Sie waren etwa zehn Meter von der Tür entfernt, als sie sich umdrehte und ihre Pistole auf das Netz abfeuerte. Sekunden später explodierte die Tür. Noch während der Explosion rannten Jeeva und Kez auf sie zu. White stand auf, zog Raven mit sich hoch und gemeinsam liefen alle zur Tür.

»Wir haben die beiden erwischt, die gerade auf euch schossen«, erklärte Jeeva schwer atmend. White nickte ihm zu, drehte seine Com-Unit an und stellte sie auf Melek ein.

»Hier White«, sagte er. »Was ist los?«

»Wir sind hier gleich fertig, Bruder«, kam die Stimme des Gangers aus der Unit, untermalt vom Klang schweren Gewehrfeuers. »Kriegst du die Tür auf?«

»Schon geschehen«, antwortete White. »Wir gehen rein.«

Ali lag hellwach in ihrem Bett. Zwei Wissenschaftler waren am Abend die Korridore entlangpatrouilliert, um sicherzugehen, dass alle Testobjekte sich in ihren Zimmern befanden. Luciel und Tom waren nur zögernd gegangen, doch sie waren besser vertraut mit den Regeln des Labors als sie und wollten es nicht riskieren, die Wissenschaftler misstrauisch zu machen. Ali hatte ihnen gesagt, sie sollten für alles bereit sein. Darüber hinaus wusste sie nicht, was sie tun sollte. Sie war nicht in der Lage gewesen mit Raven weiteren Kontakt aufzunehmen und fürchtete sich davor, dem Team sagen zu müssen, dass sie die anderen Testobjekte nicht zurücklassen konnten. Sie hatte das Gefühl, dass ihr alles über den Kopf wuchs und sie ihrer Aufgabe nicht gewachsen war.

Sie trug auch im Bett ihren weißen Overall, denn ihr war klar, dass sie jeden Augenblick bereit sein musste. Aber sie hatte keine Vorstellung, wozu genau sie bereit sein sollte. Irgendwo da draußen brachen die Ganger unter Lebensgefahr ins Labor ein und sie saß in einem Zimmer fest und konnte nichts tun. Sie fühlte sich nutzlos und, mehr noch, hilflos. Ihr Leben hing davon ab, dass White und Raven in der Lage waren sie zu retten.

Ein dunkler Schatten war hinter der Tür zu erkennen und Ali hielt erschrocken den Atem an. Dann hörte sie das vertraute Summen einer Maschine und erkannte Tom. Luciel war bei ihm und beide schlichen zu ihr ins Zimmer.

»Was ist los?«, flüsterte Ali und schlug ihre Decke zurück.

»Das fragen wir dich«, erklärte Tom. »Du hast gesagt, deine Leute würden heute Nacht kommen. Wo sind sie?«

»Ich weiß es nicht«, gab Ali zu. »Aber sie sind auf dem Weg. Ich versuchte mit Raven Kontakt aufzunehmen und ihr über . . . ihr zu erzählen, worüber wir gesprochen haben, doch sie hat mich unterbrochen. Ich glaube die Dinge draußen sind ziemlich ernst.«

»Warte mal!« Luciel sah sie verblüfft an. »Du kannst mit ihnen Kontakt aufnehmen?«

»Nur mit Raven«, gab Ali zu und fragte sich, wann sie dafür geradestehen müsste. »Und im Augenblick haben wir keinen Kontakt.«

»Aber irgendwas passiert gerade eben, richtig?«, sagte Tom. »Was tun wir, wenn deine Ganger nicht wissen, dass wir mit dir kommen?«

»Ich werde es ihnen sagen«, versprach Ali. »Aber ich kann es nicht tun, während sie gerade hier einbrechen. Wenn ich sie ablenke, würde ich uns genauso gefährden wie sie. Außerdem«, sie zögerte, »glaube ich nicht, dass wir alle mitnehmen können.«

»Was?« Tom sah sie wütend an, doch Luciels Blick war verständnisvoll.

»Es sind einfach zu viele, Tom«, sagte er leise. »Und nicht genug davon können sich bewegen. Wir kämen niemals hinaus.«

»Wir können nur die mitnehmen, die selbst gehen können«, sagte Ali so entschlossen, wie sie konnte. »Mehr können wir nicht tun.«

10. Kapitel
Der Angriff läuft

Melek und Finn stürmten durch die Tür und hätten Kez dabei fast umgerannt.

»Wir haben sie erwischt«, schnaufte Melek. »Aber es kommen noch mehr!«

»Wir müssen das Kontrollzentrum finden«, erklärte White. »Wir müssen so schnell wie möglich zu einem Computerterminal, damit Raven das Zentrum lokalisieren kann.« Er lief bereits weiter und bedeutete Melek sich ihm anzuschließen. »Finn und Jeeva, ihr bildet die Nachhut. Raven, egal, was du tust, lass dich nicht erschießen.« Er hörte, wie Raven hinter ihm spöttisch auflachte.

Sie stürmten den Korridor entlang und bogen gerade noch rechtzeitig um eine Ecke, um dem Gewehrfeuer hinter sich zu entgehen. Sie kamen an Räumen vorbei, in denen sich möglicherweise ein Terminal befand, doch sie konnten es einfach nicht riskieren nachzusehen, dazu reichte die Zeit nicht. Die nächste Ecke tauchte auf und White schlitterte herum. Hinter ihnen feuerten Finn und Jeeva, anscheinend kamen die Wachen näher. Vor ihnen konnte White einen Aufzug sehen, der zu dem Teil der Einrichtung führen musste, der unter der Erde lag, und der Flur teilte sich in zwei Richtungen. Er überlegte, welche Richtung er nehmen sollte, als sich die Aufzugtüren öffneten. Eine Wissenschaftlerin in einem weißen Laborkittel starrte sie entsetzt an und versuchte die Türen zu schließen, doch Melek verhinderte das. Er drückte die Türen auf, zog die Frau heraus und schlug sie mit einer kräftigen Handbewegung bewusstlos.

»Haltet uns die Wachen vom Leib!«, rief White den anderen beiden Gangern zu, die an der Ecke des Korridors standen, und Kez nahm einige seiner selbst gebastelten Handgranaten und zog die Zündung, bevor er sie nacheinander in den Korridor warf. Die folgende Explosion war laut genug, um White zusammenzucken zu lassen, und schien auch erfolgreich, denn Jeeva rief ihm zu, dass sie nicht mehr verfolgt würden.

White bezweifelte nicht, dass noch mehr Wachen zu ihnen unterwegs waren. Doch zuerst gab es da noch ein anderes Problem. Der Aufzug funktionierte nicht.

»Was ist los?«, fragte er, als Melek fluchte.

»Die Schalttafel ist abgeschlossen«, erklärte Melek.

»Raven?«, fragte White, aber sie schüttelte den Kopf. »Es ist ein mechanisches Schloss. Da kann ich auch nichts machen.« Sie zauberte jedoch ein zierliches Werkzeug aus ihrer Manteltasche und begann die Schalttafel damit zu bearbeiten.

»Was hält uns auf?«, wollte Finn wissen, als er und Jeeva die anderen erreichten.

»Der Aufzug ist abgesperrt«, erklärte White ihm und Raven sah auf.

»White, versuch du einen anderen Weg nach unten zu finden«, sagte sie zu ihm. »Es muss doch eine Nottreppe geben. Sieh zu, dass du in Erfahrung bringst, wo die Testobjekte festgehalten werden.« White zögerte nur eine Sekunde, dann nickte er.

»Jeeva, Kez, bleibt bei ihr«, befahl er und eilte mit den beiden anderen Gangern den Korridor entlang.

Kez blickte sich nervös um und hielt die Aufzugtüren auf, damit Raven an der Schalttafel arbeiten konnte. Jeeva beobachtete den Korridor, die Waffe schussbereit, für den Fall, dass weitere Wachen auftauchten. Plötzlich stieß Raven einen zufriedenen Ausruf aus und die Metallplatte fiel auf den Boden des Aufzugs.

»Kommt rein«, rief sie den anderen zu. »Wir müssen weg!« Kez und Jeeva zögerten keine Sekunde und sprangen in den Aufzug.

»Welcher Stock?«, fragte Kez und Raven runzelte die Stirn.

»Zuerst versuchen wir diesen«, sagte sie und drückte auf den entsprechenden Knopf, während die Türen sich schlossen. »Nach den ursprünglichen Plänen wird dieses Stockwerk für die Verwaltung benutzt. Es müssten sich Terminals darin befinden, selbst wenn es nicht der Kontrollraum ist.«

Die Fahrt dauerte weniger als eine Minute, doch als der Aufzug langsamer wurde, hielten sowohl Raven wie auch Jeeva ihre Waffen bereit.

»Zurück«, warnte Jeeva Kez, worauf der sich an die Wand des Aufzugs rechts von dem Ganger presste. Raven befand sich bereits auf der anderen Seite. Sobald die Türen sich öffneten, prallten schon Kugeln an die Rückseite des Aufzugs und Raven und Jeeva eröffneten gleichzeitig das Feuer.

»Granaten!«, zischte Raven und Kez entsicherte schnell die, die er in der Hand hielt, zählte bis vier und warf sie durch die Tür. Eine Sekunde später explodierte sie und es ertönten laute Schreie. Jeeva lehnte sich rasch aus dem Aufzug und feuerte einige Schüsse ab. Dann drehte er sich um und nickte ihnen zu.

»Drei tot«, berichtete er. »Wir sollten lieber weiter.«

»Es muss versteckte Kameras geben«, sagte Raven und blickte in beide Richtungen des Korridors, in dem sie standen. »Kez, sieh bloß zu, dass du für mich ein Computerterminal findest!«

White hatte kein Glück auf seiner Suche nach einem Treppenhaus in dem Labyrinth von Korridoren. Das Labor war definitiv umgebaut worden und er hatte keine Zeit, um herauszufinden, wo sich in den Original-plänen das Treppenhaus befunden hatte. Er wusste ja nicht einmal sicher, ob es nicht inzwischen gesperrt war. Zweimal waren sie auf Security-Leute getroffen und hatten sich durch Schießen freigekämpft. Das würden sie nicht noch einmal schaffen. Inzwischen befand sich das ganze Labor im Alarmzustand.

Außerdem hasste White es, so viele Menschen töten zu müssen. Aber er musste wohl akzeptieren, dass das der Preis für die Rettung seiner Schwester war. Er führte sich vor Augen, dass die Wissenschaftler über Jahre hinweg hier tausende umgebracht hatten und dass an ihren Händen mehr Blut klebte als jemals an seinen. Doch das Töten widerte ihn an und er war froh, dass den Gangern seine Skrupel fehlten. Raven meldete sich jetzt bei ihm, über seinen implantierten Empfänger, nicht über die Com-Unit, die er ums Handgelenk trug.

»Wir sind hier drei Stockwerke unter dir, White«, erklärte sie ihm. »Aber wir haben noch kein Terminal gefunden. Es scheint, dass die Wissenschaftler das meiste auf Papier notieren.«

»Sucht weiter«, sagte White laut und als Antwort auf einen fragenden Blick von Melek erklärte er: »Raven hat noch keine Computer gefunden.«

»Sieh dich vor, White«, warnte ihn seine Schwester. »Ich glaube, es gibt überall versteckte Kameras.«

»Verdammt!«, rief White aus. »Raven denkt, wir werden beobachtet«, erklärte er den Gangern. »Wir sollten lieber schleunigst dieses Treppenhaus finden.« Dann war plötzlich Finn zu hören, der durch eine Schwingtür vor ihnen stürmte.

»Hier drüben«, rief er ihnen zu.

»Hast du die Treppe gefunden?«, fragte Melek, als sie ihn erreicht hatten.

»Lieferaufzug«, erklärte Finn und schlug auf die Schaltfläche, um den Aufzug zu holen.

»Besser als nichts«, stimmte White zu. »Hoffen wir nur, dass sie den nicht auch verschlossen haben.«

Sein Gebet blieb unerhört. Die Kontrolltasten waren auch hier durch eine Tafel verdeckt und abgeschlossen. Diesmal war es Melek, der sich daran zu schaffen machte, während White und Finn nach den Wachen Ausschau hielten. Melek benutzte einen Laser, um die Tafel abzulösen, ein heikles Unterfangen, denn dadurch konnte er auch die Kontrolltasten kurzschließen und sie so unbrauchbar machen. White nutzte die Zeit, um über seine Com-Unit mit seiner Schwester zu sprechen.

»Raven?«

»Hier«, kam sofort die Antwort. »Noch keine Neuigkeiten, Bruder.«

»Deshalb rufe ich dich nicht. Aber kannst du vielleicht erraten, wo Ali ist? Wir haben einen anderen Aufzug gefunden und müssen wissen, in welches Stockwerk wir sollen.«

»Einen Augenblick«, antwortete Raven. »Ich kann sie durch ihr Signal orten. Warte . . . Das ist komisch.«

»Was denn?«, fragt White, als im selben Augenblick Melek ihm zurief: »Geschafft!«

»Gute Arbeit«, lobte ihn White und er und Finn drängten sich in den Aufzug. Dann sprach er wieder in die Com-Unit: »Raven, ich brauche ein Stockwerk.«

»Sie ist in einem anderen Aufzug«, erklärte ihm Raven in genervtem Ton. »Gott weiß, was dieses blöde Kind vorhat.«

»Raven!«, rief White in die Unit.

»Okay, er hat angehalten. Fünf Stockwerke nach unten«, sagte Raven. »Jetzt lass mich allein. Ich habe meine eigenen Probleme.«

White drehte sich zu Melek, doch der Ganger hatte bereits die entsprechende Taste gedrückt.

»Ich hoffe nur, dass da unten nicht noch mehr Wachen

auf uns warten«, sagte Melek. »Ich glaube nicht, dass wir das noch lange durchstehen.«

»Ich weiß.« Whites Gesichtsausdruck war starr. »Aber Raven wird dieses Sicherheitssystem auseinander nehmen. Wir müssen ihr nur noch etwas Zeit verschaffen.«

Ali hatte Angst davor gehabt, nachts den Aufzug zu benutzen, denn sie war sich sicher, dass die Wissenschaftler dieses unerlaubte Vorgehen entdecken würden. Doch Tom hatte darauf bestanden, dass sie versuchen sollten Revenge zu holen, bevor die Ganger eintrafen. Sie fragte sich, ob sein Beharren teilweise auf seiner Angst beruhte, Ali würde ihn zurücklassen, sobald sie die Gelegenheit dazu hatte. Der Gedanke, dass er ihr nicht traute, ärgerte sie, doch sie musste insgeheim zugeben, dass er Grund genug für sein Misstrauen hatte.

Der Mensch, der sie vor nur einem Monat gewesen war, hätte sich wohl kaum dafür interessiert, was mit Tom geschah. Doch die Ereignisse der letzten beiden Wochen hatten sie verändert. Seit ihrer Begegnung mit Raven im Netz und ihrer Festnahme durch das CPS war so viel geschehen, was Ali zwang sich und andere neu zu beurteilen. White hatte ebenfalls seinen Teil dazu beigetragen. Seine Überzeugung, dass die Exterminierungsgesetze unmoralisch waren, hatte sie zum ersten Mal dazu gebracht, darüber nachzudenken, was genau sie nicht nur für sie selbst, sondern auch für andere Menschen bedeuteten. Ihre Erfahrungen im Labor hatten ihr das nur allzu klar gemacht. Ganz bestimmt würde sie nicht versuchen Tom oder Luciel auszutricksen. Aber die beiden konnten das nicht wissen.

Ihre Fahrt mit dem Aufzug schien unbemerkt geblieben zu sein und sie kamen ohne Zwischenfall auf dem Stockwerk an, wo Revenge lag. Die Lichter waren auf allen Korridoren gedämpft und die drei gingen leise an den Zimmern vorbei.

»Wir sollten sie lieber alle wecken«, meinte Tom. »Damit sie sich darauf vorbereiten zu gehen.«

»Lieber nicht.« Ali schüttelte den Kopf. »Wenn meine Freunde ankommen, werden sie genug Probleme haben, auch ohne dass überall Kinder herumschwirren.«

»Du versuchst dich ohne sie davonzumachen«, beschuldigte Tom sie.

»Ich versuche uns am Leben zu erhalten«, fauchte Ali ihn an. »Und ich werde nichts tun, was unsere Flucht gefährden könnte.« Wenn ich das nicht schon getan habe, fügte sie in Gedanken hinzu.

Luciel stieß vorsichtig die Tür zu Revenges Zimmer auf und in dem schwachen Licht sahen sie eine krampfartige Bewegung auf dem Bett.

»Wer ist da?«, fragte das Mädchen und die Stimme nahm eine alarmierende Lautstärke an. Ali eilte zu Revenge, um sie zu beruhigen, während Luciel den Lichtschalter an der Tür betätigte.

»Ich bin es«, sagte sie schnell. »Ali. Wir wollen dir helfen zu entkommen.«

»Es gibt kein Entkommen«, erwiderte Revenge und Ali stöhnte innerlich. Anscheinend war dies nicht gerade einer der lichteren Momente des Mädchens und sie fragte sich, wie sie mit jemandem entkommen sollten, der halb verrückt war.

»Wir holen dich hier raus«, sagte sie, so ruhig sie konnte. »Raven kommt, weißt du noch?«

»Raven . . .«, wiederholte Revenge zögernd, als ob sie das Wort ausprobieren wolle.

»Ali«, sagte Luciel. »Sie ist immer noch ans Bett gefesselt.«

»Ich weiß.« Ali runzelte die Stirn. »Ich hoffe nur, White kann da helfen. Wir müssen warten, bis er hier ist.«

»Er sollte besser bald kommen oder die Flucht wird in diesem Zimmer enden«, sagte Tom mürrisch. Dann zuckten sie alle zusammen, als eine Stimme hinter ihnen sagte: »Eure Flucht ist bereits beendet.«

Kez war auf den Wissenschaftler getroffen, während er eines der Zimmer durchsuchte, und bevor einer von beiden noch Zeit hatte Luft zu holen, packte Jeeva den Mann und stieß ihn gegen die Wand.

»Wo sind eure Computer?«, fragte er. »Sag es oder stirb!« Der Mann blickte den Ganger entsetzt an, als ein leises Lachen hinter ihnen ertönte. Kez drehte sich um und sah, wie Raven Jeeva mit hochgezogenen Augenbrauen ansah.

»Sag es oder stirb!«, wiederholte sie Jeevas Worte amüsiert.

»Ich kann euch gar nichts sagen!«, erklärte der Wissenschaftler. »Wir benutzen keine Computer!« Jeeva sah erschrocken aus, doch Raven schüttelte nur den Kopf und ein böser Ausdruck trat in ihre dunklen Augen.

»Du lügst«, stellte sie leise fest. »Ihr braucht Computer, um die Resultate, die ihr von den ›Testobjekten‹ bekommt, auszuwerten. Wo sind sie?«

»Ich weiß nicht«, jammerte der Mann, da schlug Raven ihn hart mit der Rückseite ihrer Pistole.

»Sag es uns auf der Stelle!«, drängte sie. »Oder mein Freund hier wird dich umbringen.« Einige Sekunden lang blickte sie in die Augen des Wissenschaftlers. Kez' Herz klopfte bei ihrem Anblick. Er hatte noch niemals etwas so Bedrohliches gesehen. Raven war wütend über die Verzögerung und ihre Wut war in diesem Augenblick auf den Mann vor ihr gerichtet.

». . . dort drüben«, stieß der Wissenschaftler hervor und gab ihrem durchdringenden, bösen Blick nach.

»Zeig es uns«, befahl Jeeva und ergriff damit wieder die Initiative. Er schob den Mann in die Richtung, in die dieser gezeigt hatte, und stieß sein Gewehr in den Rücken des Wissenschaftlers. Der Mann zitterte vor Furcht, doch er führte sie gehorsam durch das Labyrinth der Korridore. Sie schienen nicht verfolgt zu werden und Kez vermutete, dass die Wachen sich auf White und seine Männer konzentrierten. Doch seine Vermutung erwies sich als falsch, denn als sie um die letzte Ecke kamen, standen ihnen sechs Wachen in CPS-Uniform gegenüber. Raven und Jeeva eröffneten sofort das Feuer, der Ganger hielt den Wissenschaftler vor sich als menschlichen Schild. Raven war ungeschützt, doch bevor die Wachen das ausnutzen konnten, hatte sie sich bereits zurückgezogen und Kez mit sich gerissen. Das Feuergefecht dauerte nicht lange. Die Wachen waren Profis, doch sie konnten gegen die Granaten, die Raven entwickelt hatte, nichts ausrichten. Innerhalb weniger Minuten war der Korridor ein schwarzes Wrack und alle sechs Wachen und der Wissenschaftler waren tot, der Letztere auf Grund Jeevas Verärgerung über die vorherige Täuschung des Mannes.

Raven stieg, ohne mit der Wimper zu zucken, über die Toten und hielt vor einer schweren Tür an.

»Das war es, was sie bewacht haben«, stellte sie fest und drückte probeweise dagegen. Die Metalltür schwang mit einem Scheppern auf, das von den Beschädigungen herrührte, die bei den Explosionen am Metall entstanden waren.

Ravens Augen leuchteten, als sie sah, was hinter den Türen lag, und Kez seufzte beim Anblick der schimmernden Computerterminals erleichtert auf.

»Das ist es, ja?«, fragte Jeeva und Raven grinste ihn an.

»Das ist es«, bestätigte sie. »Behaltet die Tür im Auge. Das wird mich nur eine Minute kosten.« Damit schwang sie sich in einen Stuhl vor den Konsolen und aktivierte ein Terminal, anscheinend aufs Geratewohl. Kez stand an ihrer Seite und sah zu, wie ihre Hände über die Tastatur jagten und schließlich anhielten, als ihre Augen starr wurden und sie in das Computersystem eindrang.

Ali drehte sich langsam um und ihre beiden Freunde

taten es ihr gleich. Vom Bett kam ein wütendes Fauchen, als Revenge sich gegen ihre Fesseln warf, doch der Mann, der dastand und sie alle beobachtete, beachtete sie nicht. Er war flankiert von fünf bewaffneten Wachen, er selbst trug einen weißen Laborkittel über einem teuren Maßanzug. Er sah eigentlich gar nicht aus wie jemand, der den offensichtlichen Schrecken ausübte, der Tom und Luciel erfasste. Er war ein weißhaariger, älterer Mann, der im Vergleich zu den Wachen eher harmlos wirkte. Ali hob den Blick, um ihm in die Augen zu sehen, und erstarrte. Ein Blick aus stahlblauen Augen hielt sie gefangen und schien ihr Innerstes nach außen zu kehren und sie innerhalb weniger Sekunden zu vernichten.

»Ich glaube nicht, dass ihr irgendwohin geht«, erklärte der Wissenschaftler, den sie, ohne zu zögern, als Dr. Kalden identifizierte. »Ich wurde informiert, dass auf diesem Stockwerk unerlaubt ein Aufzug benutzt wurde. Könnte diese Flucht, von der ihr sprecht, vielleicht etwas mit der Gruppe von Vandalen zu tun haben, die die Security gerade unschädlich gemacht hat?«

»Unschädlich gemacht hat?« Ali wurde vor Schreck blass und sie hörte Luciel leise seufzen.

»Es sieht sehr danach aus, als hätten wir es hier mit einer Verschwörung zu tun«, stellte Dr. Kalden fest und seine Augen bohrten sich in Alis. »Und ich würde sehr gerne wissen, weshalb ihr versucht dieses Testobjekt aus dem Labor zu entfernen.« Er deutete beiläufig auf Revenge, und Ali sah ihn wütend an. Doch bevor sie etwas erwidern konnte, kam Revenge ihr zuvor.

»Sie kommt dich holen!«, kreischte sie. »Raven kommt, um deinen Kopf zu holen!«

»Und wer ist Raven?« Dr. Kalden betrachtete Ali kühl. »Gehört sie auch zu diesen Ganger-Freunden, Miss Tarrell? Oder ist sie eine weitere Mutantin?«

Ali antwortete nicht, doch sie konnte nicht anders als unwillkürlich Tom und Luciel einen warnenden Blick zuzuwerfen, was Dr. Kalden genügte.

»Ich verstehe«, sagte er langsam. Dann drehte er sich zu einem der CPS-Beamten. »Teilen Sie dem Rest der Security mit, dass einer der Terroristen ein Mutant ist, der es vermutlich auf den zentralen Computerraum abgesehen hat.«

»Oh Gott«, stöhnte Ali, wie erstarrt vor Entsetzen. Sie hatte Raven verraten und jetzt würden sie alle sterben. Sie sah, wie der Wachmann nach seinem Com-Unit griff, und zuckte zusammen, als eine andere Stimme zu hören war.

»Fallen lassen!«, befahl White und zielte mit seiner Waffe auf Dr. Kalden. Zwei gefährlich aussehende Ganger standen hinter ihm und auch ihre Gewehre zeigten direkt auf den Wissenschaftler.

»White!« Ali dachte, sie würde von der wahnsinnigen Erleichterung, die sie durchströmte, gleich ohnmächtig werden. »Ich dachte, sie hätten dich erwischt!«

»So schnell nicht«, erwiderte White und hielt den Blick auf den Wissenschaftler gerichtet. »Was geht hier vor?«

»Euer Einbruch ist fehlgeschlagen«, informierte ihn Dr. Kalden unerschütterT, trotz des Gewehrs, das auf seinen Kopf gerichtet war. »Gebt auf.«

»Alles, was ich will, sind Ali und Rachel«, erklärte ihm White. »Lasst sie gehen und es wird euch nichts passieren.«

Die CPS-Beamten verfolgten den Wortwechsel, ihre Blicke wanderten zwischen Dr. Kalden und White hin und her. Ali hatte Whites Worte ebenfalls gehört und sie hatte jetzt das Gefühl, dass sie etwas sagen musste. White wusste noch nicht, dass er nicht nur sie beide mitnehmen würde. Doch in diesem Augenblick sah White zum ersten Mal seine Schwester.

»Rachel«, flüsterte er und seine Augen waren voller Kummer. »Rachel, bist du das?«

»White?« Für einen Augenblick beruhigte sich Revenge und hörte auf an ihren Fesseln zu rütteln. Doch der Moment ging vorbei. »Lass mich frei!«, schrie sie Dr. Kalden an. White machte eine Bewegung auf sie zu, doch er wurde von den nächsten Worten des Wissenschaftlers aufgehalten.

»Lass sie«, befahl Dr. Kalden. »Es ist vorbei. Ihr seid nicht genug Leute, und deine Mutanten-Freundin, die versucht in den Kontrollraum einzubrechen, wird entdecken, dass unser System vor jedem Eindringling geschützt ist.« Er lächelte kalt. »Das System enthält ein Virus, das automatisch aktiviert wird, wenn während eines Sicherheitsalarms Zugang zum Computer gesucht wird. Deine Freundin Raven wird daran nicht vorbeikommen, egal, wie geschickt sie ist.«

Als Raven ihrem Geist erlaubte mit dem Computersystem des Labors zu verschmelzen, versuchte sie sich auf ihre Ziele zu konzentrieren. Riesige Datenströme umgaben sie und es war schwer, der Verlockung zu widerstehen, einen Blick auf die Testresultate zu werfen. Doch es war das Sicherheitssystem, das sie finden musste.

Sie eilte durch die Datenströme und rief die Informationen über das Sicherheitssystem ab. Es war ihr vage bewusst, dass die Signale von Whites und Alis Empfänger näher kamen, und sie erhielt die Information, dass zwei unterschiedliche Sicherheitsteams unterwegs zu ihnen waren.

<stop energiezufuhr aufzüge>, befahl sie. **<sperre für alle zugangsversuche, die nicht von diesem raum kommen>** Sie bewegte sich jetzt schneller durch die Datenbanken der Security, sie beeilte sich, um das System außer Kraft zu setzen.

<unterbreche übertragungen auf frequenzen der wachposten>, befahl sie. **<stop übertragung von kameras/bewegungsmelder. stop energie zu elektrozaun>**

Ganz in ihre Aufgabe vertieft, erteilte Raven gebieterisch ihre Befehle, begeistert darüber, wie der Computer jedem ihrer Wünsche gehorchte. Wertvolle Zeit verging, bevor ihr klar wurde, dass etwas nicht stimmte. Das System wurde langsamer, brauchte länger, um ihre Befehle auszuführen, wurde träge. Sie versuchte den Grund dafür herauszufinden, doch es fiel ihr schwer, sich darauf zu konzentrieren. Ihr Geist, der sich in den Schaltkreisen bewegte, war dem gleichen schädlichen Einfluss ausgesetzt wie der Computer. Raven versuchte Teile ihres Bewusstseins zurückzuziehen und merkte zu spät, dass das System sie umklammerte und sie nicht wieder freigab.

Kez wurde vor Schreck ganz steif, als Raven stöhnte. Ihre Hand rutschte von der Tastatur und sie verdrehte die Augen. Sie war totenblass, ihre Brauen vor Schmerz zusammengezogen. Wie auf Befehl ertönte ein Rufen von der Tür und das Geräusch von Gewehrfeuer war zu hören. Kez hörte Jeevas Gewehr und merkte, dass weitere Wachen kamen.

»Raven!«, rief er aus, packte ihren Arm und schüttelte ihn. »Raven! Was ist los?«

White blieb stehen, die tiefe Überzeugung in Dr. Kaldens Stimme löste etwas Merkwürdiges bei ihm aus. Er war sich bewusst, was hier vorging, fühlte sich jedoch eigenartig davon abgeschnitten. Mit einem Mal wurde ihm klar, dass er versagt hatte. Er hatte Raven überredet ihn hierher zu begleiten. Wenn er jetzt nicht kapitulierte, würde er sie genauso verlieren, wie er Rachel verloren hatte. Ali und Kez, die er in etwas mit hineingezogen hatte, womit sie gar nichts zu tun hatten, würden ebenfalls sterben.

»Es ist vorbei«, sagte Dr. Kalden nochmals und White senkte seine Waffe. Es war Zeit, dies zu beenden. Plötzlich erscholl ein unartikulierter Schrei der Wut und Frustration und White blinzelte überrascht, als einer der beiden Jungen, die bei Ali standen, sich auf den Wissenschaftler warf. Einer der CPS-Beamten sprang dazwischen und sie stürzten beide zu Boden. Dr. Kalden trat schnell hinter die Wachen. Finn nutzte den Vorteil aus und feuerte los. Ali schrie auf.

White hatte nur ein Ziel vor Augen. Er warf sich auf die andere Seite des Zimmers, schoss die Fesseln entzwei, die Revenge festhielten, und drehte das Bett so, dass es ihm und Revenge Schutz vor dem Gewehrfeuer bot, während er das Feuer auf eine CPS-Wache eröffnete. Der Schusswechsel dauerte noch einige Sekunden länger und wurde dann so plötzlich abgebrochen, wie er begonnen hatte. Als White aufstand, hörte er den Klang von sich rasch entfernenden Schritten und blickte zur Tür.

»Das war der Doktor«, erklärte ihm Ali und richtete sich auf. Ein Kratzer an ihrer Stirn zeigte, dass sie nicht schnell genug Schutz gesucht hatte. »Er ist entkommen.«

»Verflucht sei er!«, schimpfte Finn, dessen einer Arm bewegungslos nach unten hing, während er sich über seinen Kameraden beugte.

»Wie geht es ihm?«, fragte White besorgt.

»Er ist platt«, sagte Finn rau und hob seinen unverletzten Arm, um Melek die Augen zu schließen. »Sie haben ihn erwischt.«

»Tut mir Leid«, begann White, als Ali ihn auf ein anderes Opfer aufmerksam machte. Er konnte selbst sehen, dass der Junge tot war. Sein Schädel war zerschmettert und Blut strömte aus den Einschusswunden und verschmierte das Metall, das seinen Körper umschloss.

Der zweite Junge kniete an seiner Seite und Ali ging zu ihm, um ihm aufzuhelfen.

»Luciel, alles in Ordnung mit dir?«, fragte sie.

»Alles in Ordnung«, antwortete er und hinkte leicht, als er sich erhob. »Ich schätze, Tom hätte es so gewollt.«

»Was tun wir jetzt?«, fragte Finn und drehte sich zu White, aber er war es nicht, der antwortete.

Hinter dem Bett hervor kroch eine kleine verwilderte Gestalt, kam auf die Füße und lief staksend wie eine Vogelscheuche. Als sie sich umdrehten und sie anblickten, gab Revenge mit krächzender Stimme die Antwort auf Finns Frage.

»Raven . . .«, sagte sie. »Ihr müsst Raven warnen.«

»Raven!« Whites Blick verdüsterte sich besorgt und er tastete nach seiner Com-Unit. »Ich hoffe, es ist noch nicht zu spät.« Er gab Ravens Frequenz ein und rief drängend ihren Namen. »Raven, bist du da?«

Dann kam ein Knistern und eine Stimme erwiderte: »White, ich bin's, Kez! Irgendwas stimmt nicht.«

»Wo ist Raven?«, wollte White wissen.

»Sie ist hier bei mir. Aber sie ist völlig daneben. Sie hört mich einfach nicht.« Kez klang panisch. »Und vor der Tür sind Wachen. Ich weiß nicht, wie lange Jeeva sie zurückhalten kann!«

»Bleib bei Raven«, befahl ihm White. »Wir versuchen zu euch zu kommen.« Aber sein Mut sank bei diesem Gedanken. Er bezweifelte, dass sie hier wieder lebend herauskamen.

Ein Virus. Ravens Gedankenprozesse verknüpften sich schließlich so weit, dass sie die Ursache des Problems erkennen konnte. Ein Virus zerstörte das Computersystem und versuchte sie mit sich zu nehmen. Nun, diesmal nicht! Mit der Erkenntnis kam die Wut. Ihre Wut steigerte sich noch, als ihr klar wurde, dass sie dies hier einfach nicht vorhergesehen hatte, und sie unternahm den ersten Schritt, um die Bedrohung zu bekämpfen. Ihre Bewusstseinsfäden schlängelten sich durch das System und Raven versuchte dem Virus mit eiskaltem Verstand zu begegnen. Sie knüpfte die wirren Datenströme wieder zusammen, zwang sie sich zu vernetzen und wieder ihre normale Funktion auszuüben.

Die Ausbreitung des Virus verlangsamte sich. Raven hatte es geschafft. Sie kontrollierte das System. Als auch die letzte Spur des Virus verschwunden war, wurde ihr langsam bewusst, dass die anderen sie riefen. White versuchte anscheinend einen deaktivierten Aufzug zu benutzen. Kez schüttelte sie ständig und nur wenige Meter entfernt kämpfte jemand. Raven schickte das Kommando, den Aufzug freizugeben, durch das Netz und drehte sich zu Kez um.

»Was ist passiert?«, fragte sie.

»Du bist wieder da!«, rief Kez und fasste überschwänglich ihre Hand. »Ich dachte, das Ding hätte dich geschafft.«

»Dazu bräuchte es mehr als ein amateurhaftes Computervirus«, sagte Raven verächtlich und blickte zurück auf das Terminal.

»Das war es wohl?«

»Ja. Hast du noch Granaten?«

»Nein«, gestand Kez. »Ich habe meine alle aufgebraucht.«

»Dann nimm das hier«, sagte Raven und holte etwas aus ihrer Tasche, was wie eine Diskette geformt war.

»Was ist das?«, fragte Kez misstrauisch.

»Eine viel stärkere Sprengladung«, erklärte Raven ruhig. »Schieb diesen Schalter zurück, zähle bis drei, dann wirf sie auf die Wachen. Los jetzt! Ich bekomme ja Kopfschmerzen von dem Lärm hier.«

Kez rannte zur Tür und Raven grinste. Während sie immer noch mit dem Computersystem in Kontakt war, benutzte sie eine Hand, um ihre Com-Unit zu aktivieren, wobei sie sie auf Breitenempfang einstellte, sodass das restliche Team sie hören konnte.

»He, White! Was ist los mit euch?«

»Raven!« Whites Stimme tönte aus ihrer Com-Unit und die Erleichterung in seiner Stimme war nicht zu überhören. »Alles in Ordnung mit dir?« Das Donnern einer Explosion war vom Korridor draußen zu hören und klang heftig in Ravens Ohren nach. Sie schüttelte den Kopf, um ihn klar zu bekommen.

»Mir geht's bestens. Und dir?«

»Wir haben Ali und . . . Revenge. Aber wir haben Melek verloren.«

»Verdammt.« Raven runzelte die Stirn. »Kommt hier rauf. Wir müssen so schnell wie möglich verschwinden.«

»Wir sind gleich bei euch«, erwiderte White.

Als Raven das Gespräch beendete, kamen Kez und Jeeva herein. Der Ganger war verwundet, seine Schulter blutete stark und er ließ sich auf einen der Stühle sinken.

»Ich habe mit White gesprochen«, erzählte Raven. »Er sagte, Melek hat es nicht geschafft.«

»Melek?« Der Ganger fluchte verhalten und blickte wütend drein, doch dann schüttelte er den Kopf. »Dafür ist später Zeit, jetzt müssen wir aus dieser Rattenfalle raus!«

»Einverstanden«, erwiderte Raven. »Aber hast du eine Idee, wie?« Sie deutete auf das Computerterminal. »Die CPS-Leute sind überall. Irgendwie bezweifle ich fast, dass wir es lebend zum Flitter schaffen.«

11. Kapitel

Auge um Auge

Finn hob vorsorglich sein Gewehr, als die Aufzugtüren aufglitten, doch diesmal warteten keine CPS-Leute auf sie. Stattdessen stand dort Kez mit weit aufgerissenen Augen und wachsamem Blick und hielt ein Schnellfeuergewehr, das White als Jeevas erkannte.

»Der Kontrollraum ist gleich ein Stück weiter unten im Flur«, sagte Kez sofort. »Wir sollten dorthin zurück, bevor mehr Wachen auftauchen.«

»Zeig uns den Weg«, stimmte White zu und hob Revenges ausgemergelte Gestalt hoch. Sie zitterte, ihre Augen flackerten wild, doch White hatte nicht die Zeit sich ihretwegen Sorgen zu machen. Hinter ihr stützte Ali Luciel, dessen Hinken stärker geworden war. Finn bildete die Rückhut und hielt sein Gewehr auf den leeren Korridor hinter ihnen gerichtet.

Raven blickte auf, als sie den Kontrollraum betraten, und für einen Augenblick sahen sie und Revenge sich in die Augen. Das kleine Mädchen versteifte sich und White setzte sie vorsichtig auf einen der freien Stühle. Doch Raven richtete die Aufmerksamkeit bereits wieder auf ihren Bruder.

»White, wir haben Probleme«, sagte sie kurz.

»Das sehe ich«, stimmte White zu, bevor er zurück zu Finn sah. »Finn, Kez, ihr bewacht die Tür.« Er machte eine Pause, während er auf den Jungen blickte, den Ali stützte, und fügte hinzu: »He, du, kannst du mit einer Waffe umgehen?« Der Junge schüttelte den Kopf, doch jetzt meldete sich Jeeva zu Wort.

»Ich gehe mit ihnen«, sagte er und holte sich sein Gewehr von Kez zurück. White nickte ihm zu und wandte sich wieder an Raven.

»Wie sieht es aus?«, fragte er.

»So«, erwiderte Raven und alle Bildschirme im Kontrollraum schalteten sich ein. Sie zeigten Bilder vom Labor, die von Monitoren überall im Gebäude aufgenommen wurden, auf den meisten waren bewaffnete Wachen. Raven hatte sich nicht bewegt, doch ihre Hände lagen auf einer Computertastatur. Das Computersystem war offensichtlich unter ihrer Kontrolle. »Ich habe einen Teil des Sicherheitsprogramms neu installiert«, erklärte Raven, »dadurch können wir verfolgen, wo der Gegner sich aufhält.«

»Weißt du, wo der Doktor ist?«, fragte Ali, als sie sich neben sie vor die Monitore stellte.

»Welcher Doktor?« Raven runzelte die Stirn.

»Kalden«, antwortete der Junge neben Ali. »Er ist der Chefwissenschaftler hier.«

»Er hat uns in Revenges Zimmer erwischt«, fügte Ali hinzu. »Aber dann ist er entkommen, bevor White ihn aufhalten konnte.«

»Ich versuche ihn zu lokalisieren«, sagte Raven, »aber

im Augenblick haben wir andere Probleme.« Sie machte eine Pause und fügte hinzu: »Und wer ist das?«

»Luciel«, erklärte Ali und sah schuldbewusst aus. »Er ist ein Freund.«

»Wir wollten die anderen Testobjekte befreien«, sagte Luciel und sein Blick forderte Raven heraus.

»Du bist wohl verrückt«, antwortete sie. »Wir haben genug Probleme uns selbst hier rauszubringen, geschweige denn eine Horde von Kindern dazu.«

Was Ali während ihrer Gefangenschaft im Labor Kraft gegeben hatte, war das Wissen um Ravens Fähigkeiten. Obwohl sie an Whites Versprechen sie zu retten glaubte, konnte dieses Versprechen nicht ohne Raven gehalten werden. Dr. Kaldens Behauptung, dass Raven es nicht schaffen würde, das System des Labors zu kontrollieren, hatte Ali verunsichert, doch die Erkenntnis, dass es Raven trotz seiner Vorhersage gelungen war, hatte ihr Vertrauen in Ravens Fähigkeiten gestärkt. So wie Raven nun im Kontrollraum saß, umgeben von flackernden Bildschirmen und dem Surren der Geräte, fehlte Ali das notwendige Selbstbewusstsein, um auf ihrem Anliegen zu bestehen. Doch Luciel, der Raven nicht kannte, verspürte keine solche Hemmungen.

»Hast du eigentlich eine Ahnung, wie viele von uns hier umgekommen sind?«, fragte er Raven und sprach sie damit als Anführerin der Gruppe an, denn auch ihm war nicht verborgen geblieben, dass sie den Ton angab. »Wie viele noch sterben werden, wenn ihr nichts tut, um ihnen zu helfen? Was für eine Rettung ist das denn, wenn ihr nur zwei von hunderten rettet, die hier festgehalten werden?« Er machte eine Pause, bevor er leise hinzufügte: »Ein Freund von mir wurde getötet, als er versuchte euch zu helfen. Bedeutet das gar nichts?«

»Einer aus unserem Team musste auch dran glauben«, entgegnete Raven und drehte sich noch immer nicht von ihren Computerbildschirmen weg. »Und ich lass mir von dir keine Schuldgefühle reindrücken.« Ihre Stimme klang kühl und ihr Blick war nicht zu deuten, als sie mit einem uralten Bibelzitat schloss: »Soll ich meines Bruders Hüter sein?«

Für einen Augenblick herrschte Stille, als Luciel nach Worten suchte, und White beobachtete ihn, als warte er auf ein Zeichen. Dann kam eine schwache Stimme von der anderen Seite des Zimmers: »Du bist sein Hüter, wie er der deine ist.«

White und Raven zuckten zusammen, bevor sie sich gleichzeitig zu Revenge umdrehten. Ihr Blick hatte die Unergründlichkeit eines Orakels. Es war White, der zuerst wegsah.

»Wir müssen wenigstens versuchen irgendetwas zu tun«, sagte er.

Raven wandte ihren Blick von Revenge ab, drehte sich um und funkelte ihren Bruder an.

»Wir?«, wiederholte sie. »Du meinst doch wohl mich, oder? Ich habe meine Schuld bezahlt, White. Du bist Rachels wegen hierher gekommen und hast Revenge gefunden. Nun lass uns abhauen.«

Kez wich hinter die Ecke des Korridors zurück, als eine weitere Gewehrsalve die Wand traf. Jeeva fluchte verhalten, bevor er seine Gewehre neu lud und sie blind um die Ecke hielt, um auf die sich nähernden Wachen zu feuern. Kez blickte sich um. Zwanzig Meter hinter ihnen lag die offene Tür des Kontrollzentrums und zwanzig Meter dahinter war eine andere Ecke des Korridors, die von Finn bewacht wurde. Auch er feuerte, was bedeutete, dass weitere Wachen aus der anderen Richtung kamen. Jeeva schob rasch den Kopf um die Ecke und zog ihn noch schneller wieder zurück.

»Sie greifen weiter an«, sagte er zu Kez, und als er hinzufügte: »Wir können nicht viel länger standhalten«, sprach er aus, was dieser sich gerade gedacht hatte.

»Soll ich es White sagen?«, fragte Kez und deutete auf die Com-Unit an seinem Handgelenk.

»Geh und sag es ihm persönlich«, antwortete Jeeva. »Mach ihm klar, dass es ernst ist.«

Kez brauchte keine weitere Aufforderung. Er machte auf dem Absatz kehrt und raste den Korridor entlang in den Kontrollraum. Abrupt kam er zum Stehen, als er merkte, dass dort eine Auseinandersetzung stattfand. White und Raven stritten sich vehement. Raven hatte ihren Posten vor dem Computer verlassen und stand ihrem Bruder direkt gegenüber. Ali und ihr Freund beobachteten die beiden besorgt, während sie mit halbem Auge auf die Monitore blickten, die die sich nähernden Wachen zeigten. Kez hielt nur kurz inne, bevor er Whites Arm fasste.

»Wir müssen hier weg!«, drängte er und ignorierte den kühlen Blick des Gangers. »Wir können die Wachen nicht mehr länger aufhalten.«

»Das war's dann«, sagte Raven. »Wir gehen . . . solange wir noch können.«

»Wenn ihr jetzt geht, wird sich nichts ändern«, sagte Alis Freund leise. »Das Labor wird einfach so weitermachen und die Experimente werden fortgesetzt.«

»Luciel!« Ali sah verzweifelt aus. »Es sind hunderte von Testobjekten. Wie, glaubst du, könnten wir die alle befreien, wenn wir schon genug Probleme haben uns selbst hier rauszubringen?«

»Genau, es sind eben hunderte hier«, erwiderte Luciel heftig. »Hast du eine Ahnung, wie viele tausende auf Grund der illegalen Experimente des CPS gestorben sind, wie viele . . .«

»Warte!«, befahl Raven und Ali und Luciel blickten sie an. »Was hast du gesagt?«, fragte sie und blickte Luciel durchdringend an.

»Dass tausende gestorben sind«, erwiderte er, »das weißt du doch sicher?«

Raven hatte sich bereits von ihm weggedreht und sah White an. Zum ersten Mal, seit er ins Zimmer getreten war, sah sie nicht wütend aus.

»Die Experimente sind illegal«, sagte sie in einem nachdenklichen Ton.

»Und?«, erwiderte White.

»Wir können nicht alle mitnehmen, aber wir können andere von ihrer Existenz informieren«, erwiderte Raven. Sie drehte sich um und deutete auf die Computer. »In dieser Datenbank sind Unterlagen über die Testobjekte und die Experimente, die an ihnen vollzogen wurden. Ich kann diese Information geradewegs in das Hauptnetz befördern und in alle Datenbanken der Nachrichtenkanäle. Bei einem solchen Knüller werden die Medien innerhalb kürzester Zeit hier sein.«

»Und du denkst, das wird genügen?«, fragte Luciel herausfordernd und wirkte noch immer nicht überzeugt.

»Es muss genügen«, antwortete White, der seine Entscheidung getroffen hatte. Er drückte zwei Knöpfe seiner Com-Unit und sprach hinein. »Jeeva, Finn, könnt ihr noch weitere fünf bis zehn Minuten durchhalten?«

»Es wird langsam ziemlich eng, aber es könnte gehen«, erwiderte Finn, dem Jeeva kurz darauf beipflichtete.

»Also gut dann«, sagte White und unterbrach die Verbindung. »Tu es, Raven.«

Drei Stockwerke unter dem Kontrollzentrum sprach Dr. Kalden zu einigen Wachen, während die Wissenschaftler sich aufgeregt um ihn versammelten. Ein Überfall auf das Labor allein hätte ihnen vielleicht keine Sorgen gemacht, doch die Enthüllung, dass ein wildes Hex dabei war, hatte ihnen ziemliche Angst eingejagt. Die CPS-Leute waren daran gewöhnt, mit eingeschüchterten Kindern umzugehen, die kaum verstanden, was es bedeutete, ein Hex zu sein, geschweige denn wussten, wie sie diese Fähigkeiten nutzen konnten. Aber jetzt war bekannt, dass nicht nur drei ihrer Testobjekte frei herumliefen, sondern die Ganger auch noch ihr eigenes Hex mitgebracht hatten.

»Es muss an unserem Sicherungsvirus vorbeigekommen sein«, sagte Kalden ärgerlich. »Das bedeutet, sie haben die Einrichtung unter Kontrolle.«

»Es sind nicht sehr viele, Sir«, meinte eine der bewaffneten Wachen.

»Wir aber auch nicht«, sagte ein Wissenschaftler besorgt und Kalden runzelte ungeduldig die Stirn.

»Die Eindringlinge müssen gefangen genommen und beseitigt werden«, erklärte er, »und zwar schnell. Wenn die Sache bekannt wird, gibt es eine ganze Reihe von unangenehmen Fragen.« Einige der Wissenschaftler tauschten ungläubige Blicke bei dieser Untertreibung aus, doch die meisten waren so entsetzt über diese Möglichkeit, dass sie nur noch die Wachen hoffnungsvoll ansehen konnten.

»Wir werden sie bald los sein, Sir«, behauptete ein Wachmann zuversichtlich. »Eine Horde Straßenräuber und einige verrückte Kinder werden keine großen Schwierigkeiten machen.«

»Das haben sie bereits getan«, stellte Kalden bissig fest. »Jetzt seht zu, dass ihr sie loswerdet.«

Die Security machte sich auf den Weg, doch Kalden hielt sie noch einmal an, bevor sie verschwanden.

»Wartet«, befahl er und seine Augen wurden ganz schmal. »Lasst das fremde Hex am Leben, wenn es geht. Ich denke, es gäbe das ideale Testobjekt ab.«

Raven versteifte sich bei diesen Worten, denn sie hatte die Unterhaltung mitverfolgt, die von einem der Monitore aufgenommen worden war. Ihre Hand verkrampfte sich leicht, doch sie erlaubte es sich nicht, sich von ihrem Ziel ablenken zu lassen.

Das System des Labors war von jedem der Hauptinformationskanäle abgetrennt und sie hatte die Hoffnung eine Nachricht hinauszubekommen schon fast aufgegeben. Die Kommunikationsverbindungen waren gegen Computerdatenfluss gesperrt und verzerrten jegliches Signal, das vom Laborcomputer aus gesendet wurde. Doch etwas hatte Kalden vergessen. Das Labor war eine Einrichtung, in der das Personal nicht nur arbeitete, sondern auch wohnte, und die Wissenschaftler verlangten gewisse Annehmlichkeiten. Raven hatte den Weg des Stromkabels zum Wohnkomplex des Labors verfolgt und in fast jedem Zimmer Vidcoms entdeckt, deren Verbindung sie benutzen konnte. Mit Hilfe ihrer Werkzeuge stellte sie einen Schaltkreis im Kontrollzentrum her, um den notdürftigen Kommunikationskanal verwenden zu können, während sie ihre Energien auf die Nachricht richtete, die sie senden würde.

Sie hatte keine Schwierigkeiten überzeugende Beweise für die illegalen Experimente des CPS zu finden. Nachdem sie das Virus zerstört hatte, hatte sie angefangen sämtliche Daten des Systems zu überspielen. Der Seesack auf dem Boden neben ihr füllte sich schnell mit Disketten, denn sie wollte auf Nummer Sicher gehen und die Information nicht nur in ihrem Bewusstsein speichern. Aber bereits während sie das System plünderte, sortierte sie die Beweise aus, die sie brauchen würde. Daten der ausgeführten Experimente, komplett von den ersten Untersuchungen bis zu den abschließenden Autopsieberichten, dazu eine kleine Auswahl von Videoaufzeichnungen von einigen der Testobjekte. Zu diesen Informationen fügte sie noch den Standort des Labors, die Identität von Dr. Kalden und die wichtigsten europäischen Gesetze zur Exterminierung der Hexe hinzu. Grundsätzlich sanktionierten die Gesetze diese Exterminierung und sahen Strafen vor für die Tolerierung eines nachgewiesenen Hex. Es gab kein Gesetz, das Experimente explizit ausschloss, dennoch würde das CPS viel zu erklären haben.

Mit dem kompletten Datenpaket tauchte Raven wieder in ihre eigene Verbindung mit dem Netzwerk ein. Sie sammelte Einträge von Medienkanälen, humanitären Organisationen, Ministerien und ausländischen Botschaften. Sie hatte vor dieses Informationspaket so brisant und damit so unangenehm wie möglich für die Regierung zu machen, die mit dem CPS unter einer Decke stecken musste. Als sie ihre komplette Verteilerliste hatte, fügte sie sie noch zu ihrem Informationspaket hinzu, sodass jene, die es erhielten, genau wissen würden, wem es noch zugespielt worden war.

\<send message\>, befahl Raven und das System führte den Befehl aus und schickte Millionen von Bits und Bytes in jede mögliche Richtung, sodass sie gleichzeitig in Systemen überall im Land ankamen.

Ravens Mund verzog sich zu einem grimmigen Lächeln, doch sie war noch nicht fertig. Diesmal hatte sie es auf die Vid-Kanäle selbst abgesehen und verfolgte deren Verbindungen bis zu ihrer Ursprungsadresse zurück. Es war etwas, was sie niemals vorher versucht hatte. Inkompatibilitätsprobleme hätten es erschwert, selbst wenn sie nicht von einem abgetrennten System aus hätte neu arbeiten müssen. Aber nachdem sie diese Kanäle benutzt hatte, um ihr Nachrichtenpaket ins Netz zu schicken, kam ihr die Idee sie noch direkter einzuset-zen. Als ihr Bewusstsein durch die Medienkanäle strömte, hinterließ es an allen wichtigen Stellen Sperren, die den Datenfluss hemmten. Dann lenkte sie die Vi-deomonitore im Kontrollraum so, dass sie die Sendun-gen der zehn wichtigsten Fernsehsender zeigten. Nach einen kurzem Moment enormer Konzentration löste sie die Sperren und schickte ihr Datenpaket ab.

Ali sog scharf die Luft ein, als sie sah, was geschah. Zehn der Monitore hatten die Bilder von Vid-Kanälen gezeigt, anscheinend unter Ravens Kommando. Doch gerade als Ali fragen wollte, ob Raven wirklich der Sinn nach leich-ter Unterhaltung stünde, wurden alle Bildschirme für einen Augenblick schwarz und schalteten sich dann gleichzeitig wieder ein, um ein identisches Bild zu zei-gen. Bilder von verstümmelten Kindern liefen über den Bildschirm, versehen mit einem Fließtext, der die Testre-sultate zeigte. Testobjekte folgten nacheinander in schneller Folge, jedes Bild ergänzt durch einen Namen, Details der Experimente, die durchgeführt worden wa-ren, und den Todeszeitpunkt. Raven flutete die Vid-Ka-näle mit Beweisen, die die Welt nicht ignorieren konnte.

Während die anderen auf die Bildschirme starrten, löste sich Raven vom Computer und fragte Luciel he-rausfordernd: »Zufrieden?«

»Nicht ganz«, erwiderte er. »Aber es dürfte reichen.«

»War mir ein Vergnügen.« Raven verbeugte sich mit einem ironischen Lächeln und drehte sich zu White. »Ich bringe den Flitter auf das Dach dieses Gebäudes. Wir werden irgendwie hinaufkommen müssen.«

»Geht das denn?«, wollte Kez wissen.

»Wie kannst du das tun?«, fragte Ali gleichzeitig.

»Ich habe den Com-Kanal des Flitters offen gelassen. Die Abtastvorrichtungen hier fangen das lediglich als Hintergrundgeräusch auf, aber wenn du weißt, wonach du suchst, und die Fähigkeiten hast, kannst du dich von hier aus in die Kontrollen einhacken.« Sie zuckte mit den Schultern. »Mit abgeschalteten Lichtern wird ihn niemand kommen sehen. Aber wir können es uns nicht erlauben, ihn näher heranzuholen.«

»Richtig«, stimmte White ihr zu und stellte seine Com-Unit ein, um Finn und Jeeva gleichzeitig die Nachricht zu übermitteln. »Macht euch bereit für den Ausbruch«, befahl er. »Der Flitter wartet auf dem Dach. Wir müssen es dort hinauf schaffen.«

»Okay, dann macht euch bereit zu rennen, Freunde«, kam Jeevas Antwort. »Wir werden sie nicht aufhalten können, während wir davonlaufen.«

»Raven, kannst du das Laborsystem kontrollieren, sobald wir von hier fort sind?«, fragte White.

Raven griff in ihre Manteltasche und holte ein kleines schwarzes Gerät hervor, das einen durchdringenden Ton von sich gab, der immer höher wurde. Sie hielt es in ihrer linken Hand, während ihre rechte schnell über die Tastatur fuhr, dann drehte sie sich um und nickte White zu.

»Ich kann noch eine Weile die Kontrolle behalten, doch sobald die Wissenschaftler hierher zurückkommen, können sie meine Verbindung kappen, mehr noch, sie kennen durch dieses Signal unsere Position.«

»Sie werden uns sowieso verfolgen können, sobald sie ihr System zurückhaben«, meinte Kez und Raven grinste ihn an.

»Nicht lange«, erklärte sie. »Ich bringe einen automatischen Zünder mit Dominoeffekt an. Sobald ich das entsprechende Kommando gebe, wird dieses System unwiederbringlich zerstört sein.«

»Die Daten aus den Experimenten werden verloren sein?«, fragte Luciel.

»Sofern sie keine Kopien haben«, erwiderte Raven. »Doch selbst wenn alles gelöscht ist, ich habe sie.«

»Du hast die Daten runtergeladen?«, fragte Luciel und schwankte zwischen Erstaunen und Abscheu.

»Das CPS hatte jahrelang Zugang zu diesen Daten«, erklärte Raven. »Es ist Zeit, dass ein Hex die Chance bekommt.« Während sie sprach, ergriff sie den letzten Stapel von Disketten und warf ihn in ihren Seesack. »Ich bin so weit«, sagte sie zu White.

Über seine Com-Unit informierte White Finn und Jeeva.

»Wir treffen uns in einer Minute am Aufzug«, teilte er ihnen mit. »Wir verschwinden von hier.« White hob Revenge auf seine Schulter und reichte Ali seine Waffe. »Gib mir Rückendeckung«, befahl er und ging zur Tür.

»White!« Alis Protest war fast ein Heulen, doch er hörte nicht darauf.

»Pass auf«, sagte Raven und trat zu ihr. »Halte sie so.«
Sie korrigierte Alis Hände an der Waffe, legte eine leicht
auf den Abzug. »Wenn du irgendetwas siehst, schieß.«

»Aber . . .«, setzte Ali an.

»Es macht nichts, wenn du nichts triffst«, erklärte ihr
Kez und lud seine eigene Waffe. »Die Wachen werden
bei Gewehrfeuer nicht losstürmen und wichtig ist nur
sie zurückzuhalten.«

Die CPS-Wachen blickten um die Ecke, sobald der
Klang des Gewehrfeuers nachließ, gerade noch rechtzeitig, um zu sehen, wie die Aufzugtüren sich schlossen. Der ersten Mann, der am Aufzug ankam, drückte
sofort die Taste, doch sie funktionierte nicht.

»Sie haben das System immer noch unter Kontrolle«,
erklärte er.

»Aber sie haben den Kontrollraum verlassen«, erwiderte der Anführer. »Ruft Kalden und sagt ihm, dass
dieses Stockwerk frei ist. Er soll seine Wissenschaftler
schicken, damit sie die Sperre an den Aufzügen aufhe-
ben. Dann folgt den Eindringlingen.«

Raven war zwischen Finn und Jeeva im Aufzug einge-
zwängt, in der einen Hand hielt sie ihre selbst gefertigte
Waffe, in der anderen das Gerät, das sie mit dem Computersystem verband. Sie konnte erkennen, dass der
Computer immer noch ihren Befehlen gehorchte und
die Beweise an die Vid-Kanäle überspielte, das Sicherheitssystem blockierte und alle Daten an Raven weiter-
leitete. Sie lehnte sich gegen die harte weiße Metall-

wand des Aufzugs und schloss die Augen. Sie brannten vor Schmerz, alle ihre Sinnesorgane waren überstrapaziert und sie hörte ein Summen, das in ihren Ohren anschwoll. Raven biss sich fest auf ihre Unterlippe und versuchte sich auf diesen Schmerz zu konzentrieren. Noch nie hatte sie so viele verschiedene schwierige Computeroperationen gleichzeitig durchgeführt. Jetzt spürte ihr Körper die Auswirkungen dieser Anstrengungen und sie wusste, dass sie ihre Leistungsgrenze erreicht hatte.

Gegen die Wand gelehnt, versuchte Raven mit aller Kraft der übermächtigen Erschöpfung nicht nachzugeben und merkte nicht, dass der Aufzug langsamer wurde. Doch als er anhielt, fasste White ihren Arm und rüttelte sie wach.

»Raven!«, rief er. »Was ist los?«

»White.« Raven öffnete angestrengt ihre Augen. Sie konzentrierte sich und der Aufzug setzte sich wieder in Bewegung. Die Anstrengung ließ ihre Knie einknicken. Kez fing sie auf, bevor sie auf den Boden sank, und hielt sie aufrecht.

»Raven? Alles okay?«, fragte er besorgt.

»Bestens«, erwiderte Raven. Sie sah ihn aufgebracht an, machte sich jedoch nicht von ihm frei und gestand sich selbst, wenn auch nicht ihren Kameraden ein, dass ihr die Kraft fehlte sich noch länger aufrecht zu halten. Sie hatte unter Adrenalin mit aller Kraft und auf Grund fester Entschlossenheit gehandelt, nun hatte sie nur noch die Entschlossenheit übrig. »Wir müssen so schnell wie möglich hier raus«, sagte sie zu

White und verheimlichte den wahren Grund für ihren Kollaps. »Ich kann die Kontrolle über den Computer nicht viel länger halten und ich will das System nicht zerstören, bevor wir sicher aus dem Labor draußen sind.«

Dr. Kalden blickte sich wütend im Kontrollraum um, als er eintrat, und blieb plötzlich wie vom Blitz getroffen stehen. Hinter sich hörte er einen entsetzten Seufzer. Auf den Überwachungsmonitoren waren Übertragungen von Vid-Kanälen zu sehen, ihre Logos identifizierten sie als einen sorgfältig gewählten Querschnitt aller wichtigen Medienkanäle. Alle zeigten Informationen, die so klassifiziert waren, dass nur höchste CPS-Beamte Zugang dazu hatten.

»Unser Sicherheitssystem wurde überwunden«, sagte er mit eisiger Stimme.

»Man wird uns kreuzigen«, stöhnte einer der Wissenschaftler und Kalden warf ihm einen frostigen Blick zu.

»Diese Experimente wurden von höchster Ebene genehmigt«, erklärte er. »Wenn diese Kanalratten glauben dadurch irgendetwas zu erreichen, haben sie sich getäuscht.« Er studierte die Monitore einige Augenblicke, dann deutete er auf einen seiner Mitarbeiter. »Beendet diese Übertragung und bringt das System wieder unter Kontrolle. Ich will die Verteidigungseinrichtungen des Labors jetzt wieder voll funktionsfähig haben.«

Der Mann setzte sich an ein Terminal und seine Finger eilten schnell über die Tastatur. Nach einigen Augenblicken runzelte er die Stirn.

»Das System reagiert nicht«, informierte er Kalden. »Es lässt mich nicht hinein.«

»Sie müssen es blockiert haben«, erwiderte Kalden ungeduldig. »Durchbrechen Sie das.«

Der Wissenschaftler versuchte sich wieder an der Tastatur, eindringlich beobachtet von Kalden, und nach einigen Minuten erloschen die Bildschirme.

»Ich habe die Übertragung abgebrochen, Sir«, sagte der Mann erleichtert. »Und ich versuche das Sicherheitssystem wieder unter Kontrolle zu bringen.«

»Können Sie herausfinden, wo die Eindringlinge sich aufhalten?«, fragte eine der Wachen. »Wenn wir das wissen, brauchen wir die Verteidigungsanlage gar nicht, wir können sie uns selbst holen.«

Es dauerte eine Weile, bevor der Wissenschaftler das Computersystem dazu bringen konnte, ihm die Antwort zu liefern. Schließlich erklärte er: »Sie sind auf dem Dach.«

»Folgt ihnen«, befahl Kalden heftig. »Lasst sie unter keinen Umständen entkommen! Das Mädchen war in diesem System, wenn sie entkommt, könnte sie unserer Forschung unfassbaren Schaden zufügen.«

Als die Sicherheitsleute den Flüchtigen folgten, sprach einer der Wissenschaftler Kalden an.

»Was ist, wenn sie entkommen, Sir?«, fragte er nervös. »Diese Übertragung in den Medien allein . . .«

»Es gibt Wege den Schaden zu begrenzen«, antwortete Kalden und schnitt ihm das Wort ab. »Die Medien werden hier nichts finden, was sie gegen uns verwenden können. Ich habe schon meine Vorsichtsmaßnahmen getroffen.«

White rannte über das Flachdach des Labors und trug immer noch die bewusstlose Revenge, dicht gefolgt von Ali und Luciel. Raven und Kez waren kurz hinter ihnen. Raven akzeptierte mürrisch Kez' Hilfe. Jeeva und Finn bildeten das Schlusslicht, die Waffen im Anschlag. Der Flitter wartete bereits auf sie, und als sie sich ihm näherten, öffneten sich die Türen auf Ravens Kommando hin. Nur Kez bemerkte, dass sie dabei stolperte.

White legte Revenge so sanft wie möglich hinten ins Fahrzeug. Er schob Ali und Luciel nach ihr hinein, nahm seine Waffe wieder an sich und drehte sich zu den anderen, als ein Schrei über das Dach schallte.

»Wachen!«, warnte Jeeva und Finn rief gleichzeitig: »Sie haben uns gefunden.«

»Ich verliere nach und nach die Kontrolle über das System«, warnte Raven sie und die Ganger duckten sich, als die Wachen auf sie feuerten.

»In den Flitter!«, befahl White und Finn und Jeeva stiegen nach hinten, dann nahm Raven den Fahrersitz ein und Kez setzte sich neben sie. White feuerte eine letzte Salve auf die Wachen ab, die jetzt schon viel näher kamen, bevor er selbst in das Fahrzeug sprang. Die Türen schlossen sich und der Flitter hob ab. Raven steuerte ihn manuell und der Flitter stieg rasch und problemlos nach oben.

»Wir sind bald außer Schussweite«, sagte Finn und Ali seufzte erleichtert auf. Zwei Sekunden später ging überall das Licht der Suchscheinwerfer an. Das Rattern einer schweren Gefechtswaffe war zu hören und der Flitter machte einen Schlenker, um dem Feuer zu entgehen.

»Das CPS hat das Computersystem wieder unter Kontrolle«, stellte White fest. »Raven, mach es alle!«

Kez sah Ravens starren Blick, während sie wieder Verbindung mit dem Computersystem des Labors aufnahm. Die Suchscheinwerfer gingen aus und die automatische Gefechtswaffe schwieg. Raven verdrehte die Augen und brach über dem Kontrollboard zusammen, worauf der Flitter schlagartig absackte.

»Raven!«, schrie White und Ali kreischte vor Schreck. Kez stürzte sich über Ravens Körper hinweg auf die Kontrollhebel und holte den Flitter zurück auf Kurs. Er zitterte vor Anspannung, als er die Kontrollgeräte überprüfte, und kletterte über Raven, um die Maschine vom Fahrersitz aus zu lenken.

»Kommst du klar, Kleiner?«, fragte Jeeva und Kez nickte.

»Ja, ich denke schon.«

»Was ist denn mit Raven?«, fragte Ali mit einem Hauch von Hysterie in der Stimme.

»Ihre Atmung geht regelmäßig«, versicherte Kez ihr. »Sie muss bewusstlos geworden sein, als sie das System kurzschloss.«

»Keine Anzeichen von Verfolgern«, berichtete Finn von seinem Ausguck im rückwärtigen Teil des Flitters.

»Ich denke, wir haben's geschafft«, erwiderte White. »Kez, was tust du denn?«

»Ich kann dieses Ding nicht ohne Lichter steuern!«, erwiderte der Junge ärgerlich. »Ich bin nicht Raven. Und wenn die Seccies uns ohne Lichter erwischen, werden wir auf jeden Fall gestoppt.«

»Bleib cool«, sagte Jeeva zu ihm. »Halte einfach die Höchstgeschwindigkeit ein. Niemand weiß, dass wir diejenigen sind, die in das Labor eingebrochen sind. Es wurde noch kein Alarm ausgelöst.«

»Dieser Ort wird innerhalb der nächsten Stunde von Reportern nur so wimmeln«, sagte Ali voller Überzeugung und verlor etwas von ihrer Anspannung. »Darüber sollten wir uns auch Gedanken machen, wenn wir nicht einer Kamera ins Blickfeld geraten wollen.«

»Wenn die Medien da sind, wird Kalden viel zu erklären haben«, sagte Luciel mit großer Befriedigung.

»Das hoffe ich«, sagte White gerade, als Finn im gleichen Augenblick eine Warnung abgab.

»Verfolger!«, rief er. »Geh von der Straße weg!«

Kez zog den Flitter zur Seite, brachte ihn abrupt zum Stillstand und drehte sofort die Lichter ab. Er schwebte dort auf der Stelle, als eine Reihe von Flittern mit dem CPS-Zeichen auf den Seiten an ihnen vorbeiraste, ohne auch nur im Geringsten die Geschwindigkeit zu verringern. Im nächsten Moment waren sie außer Sichtweite, doch Ali deutete nach unten auf weitere Fahrzeuge. Skimmer befuhren die Straße unter ihnen, sie verließen das Laborgelände mit hoher Geschwindigkeit.

»Die Wissenschaftler«, sagte Luciel leise.

»Die Ratten verlassen das sinkende Schiff«, fügte Ali hinzu.

»Das gefällt mir gar nicht.« Whites Stimme klang grimmig und er sah den Fahrzeugen nach, die in der Ferne verschwanden.

»Ich schätze, die wollen wohl auch nicht da sein, wenn

die Medien ankommen«, sagte Kez und verdrehte den Hals, um zum Labor zurückzusehen.

Es war außer Sichtweite und keine Lichter waren zu sehen, die seinen genauen Standort verraten hätten. Doch alle sechs blickten, angesteckt von Whites Vorahnung, besorgt in diese Richtung.

Und dann geschah es. Sie konnten das Licht des Feuerballs sehen, noch bevor der Knall der Explosion zu hören war. Rauchwolken stiegen in den Himmel und Flammen loderten hell und brennende Trümmer wurden hoch in die Luft geschleudert. Dann holte die Druckwelle sie ein und der Flitter wurde von Turbulenzen in der Luft erschüttert und die Erde unter ihnen bebte. White ballte die Hände zu Fäusten und Ali verbarg den Kopf an Luciels Schulter, doch niemand sagte ein Wort, als Kez den Flitter zurück über die Straße und weiter nach London lenkte, während das Feuer den Himmel hinter ihnen erleuchtete.

12. Kapitel

Lügen, nichts als Lügen

Der Vid-Bildschirm war an. Er lief die letzten drei Tage seit ihrer Flucht aus dem Labor ununterbrochen. Ali saß in der Wohnung vor der ramponierten Vid-Unit auf dem Fußboden und blickte die anderen nicht an. Kaum ein Wort war gefallen, seit sie nach der langen, anstrengenden Nacht in London angekommen waren und mit der Gräfin über die Nutzung einer ihrer Wohnungen verhandelt hatten. Die Wohnung befand sich weit unten in den Tiefen Londons, in genau der Umgebung, die Ali unter anderen Umständen Angst eingejagt und Raven verärgert hätte. Doch niemand beschwerte sich.

Raven war allerdings nicht bei ihnen geblieben. White hatte ihr von der Zerstörung des Labors erzählt, doch sie hatte, bleich und müde vor Anstrengung, nicht viel dazu gesagt. Sie wollte nur wissen, ob Kalden entkommen war. Niemand kannte die Antwort, und als Kez ihr vorschlug ins Netz zu gehen, schüttelte Raven nur den Kopf. Gleich nach ihrer Ankunft in London hatte sie erklärt, dass sie bei der Gräfin Unterschlupf suchen wolle, und niemand hatte die Energie gehabt dagegen etwas einzuwenden.

Die anderen saßen in den drei Zimmern der Wohnung fest. Jeeva und Finn waren noch einmal wegen ihrer Bezahlung gekommen und um White zu sagen, dass ihre Gang keine Vergeltung für Meleks Tod fordere. Luciel war geblieben. Er spielte an der elektronischen Ausrüstung herum, die Raven zurückgelassen hatte, als sie im festungsähnlichen Gebäude der Gräfin verschwunden war. Er sprach nicht viel und litt unter Schuldgefühlen, denn er musste immer an die Kinder denken, die bei der Zerstörung des Labors umgekommen waren. White schwieg ebenfalls. Er verbrachte viele Stunden damit, sich um Revenge zu kümmern, versuchte in dem zerstörten Körper eine Ähnlichkeit mit dem Mädchen zu entdecken, das er gekannt hatte.

Ali wusste bereits, dass die Anstrengung vergeblich war. Doch White versuchte sein Gewissen zu beruhigen, indem er für das Kind sorgte, das zu retten ihm gelungen war. Kez war noch bei ihnen, aber er verschwand oft stundenlang und wanderte durch die Straßen der städtischen Katakomben.

Die Gruppe war auseinander gebrochen und Ali schob es auf Ravens Abwesenheit. White und seine Schwester hatten einander ergänzt, seine stille, menschliche Art bildete ein Gegengewicht zu ihrer lauten Ruhelosigkeit. Sie hatten sich ergänzt und dadurch das perfekte Führungsteam gebildet. Durch seine Vorsicht und ihren Mut hatten sie es geschafft, das Labor zu stürmen, doch nachdem sie das erreicht hatten, war das verbindende Element verloren gegangen. Ali vermutete, dass Raven sie sowieso verlassen hätte, egal, was geschehen wäre.

Die Gegenwart Revenges beunruhigte Raven auf eine Weise, die es ihr schwer machte zu bleiben. Anders als White hatte sie ihre Schwester kein einziges Mal bei ihrem alten Namen gerufen und erkannte damit still-schweigend die Veränderung an, die sie durchgemacht hatte. Doch die Anwesenheit von Revenge war nicht der einzige Grund für das Auseinanderbrechen der Gruppe. Das war unweigerlich mit dem Gefühl des Fehlschlags passiert, das sich bei allen breit gemacht hatte, sobald die Berichterstattung in den Medien begonnen hatte.

Das Auftauchen der Laboruntersuchungsergebnisse auf jedem Vid-Kanal gleichzeitig hatte sowohl die Be-richterstatter wie auch die Öffentlichkeit erstaunt und sofort waren Reporter zu der Stelle gefahren, wo sich die CPS-Einrichtung befinden sollte. Ihre Berichte wa-ren innerhalb kürzester Zeit auf jedem größeren Nach-richtenkanal zu sehen gewesen und zeigten die Ruine, wo einst das Labor gewesen war. Doch bevor die Re-porter die Ruine genauer inspizieren konnten, war die Security angekommen, und zwar mit einer Regierungs-verfügung, die die Reporter zwang den Schauplatz zu verlassen. Die Nachrichtensender hatten während des ganzen nächsten Tages Spekulationen über die Situati-on angestellt und ihre Hartnäckigkeit war damit be-lohnt worden, dass eine offizielle Untersuchung ange-kündigt wurde. Die Regierung hatte sich stur geweigert die Sache zu kommentieren und trotz unvermeidlicher Kommentare aus verschiedenen Quellen wurde deut-lich, dass die Regierung den Medien gegenüber Still-schweigen bewahrte.

Die Gruppe hatte dies alles am Bildschirm verfolgt und zunehmend machte sich Frustration breit. Raven hatte das Bewusstsein nach zwölf Stunden wiedererlangt und alle Angebote medizinischer Versorgung abgelehnt, um die Berichte auf dem Bildschirm verfolgen zu können. Doch sie war die Erste, die die relative Sicherheit der Wohnung verließ und ankündigte zur Gräfin zu wollen. Sie bat Kez sie bis dorthin zu begleiten. Finn und Jeeva waren kurz darauf verschwunden. Ihr Teil der Operation war vorbei. Jeeva hatte ihnen Glück gewünscht, doch Finn war ohne ein Wort gegangen. Er wollte so schnell wie möglich den Kontakt zu ihnen abbrechen.

White hatte angesichts Revenges anhaltender Unzurechnungsfähigkeit das Interesse an der Berichterstattung verloren. Luciel tat sein Bestes, um White zu erklären, was mit ihr geschehen war, und ihm bei der Betreuung des Mädchens zu helfen. Doch Revenge hatte sich in ihre eigene Welt zurückgezogen. Ihre Phasen geistiger Klarheit waren selten und kamen unvermittelt während heftiger Tobsuchtsanfälle, sodass niemand sicher sein konnte, wann für sie die Wirklichkeit begann. Ali hatte ebenfalls Alpträume, und nachdem sie drei Nächte hintereinander vom Geräusch irrsinniger Schreie aufgewacht war, zeigten ihre Träume auch schon Ansätze von Verrücktheit. Flammen leckten nach ihr, während die Schreie weitergingen, im Schlafen und im Wachen. Sie wäre nur zu gerne fortgegangen, doch anders als Raven und Kez oder selbst die Ganger wusste sie nicht, wohin sie sollte. Sie und Luciel waren in ihrem Zufluchtsort Gefangene, denn ihre Familien würden sich weigern ihnen zu helfen. Für ihre Eltern waren sie tot und Ali dachte, dass das wahrscheinlich auch in nicht allzu langer Zeit der Fall sein würde.

White konnte selbst durch die geschlossene Tür den gedämpften Klang des Nachrichtensenders hören. Er wünschte, Ali würde das Ding abdrehen, doch sie hatte anscheinend vor dem Bildschirm Wurzeln geschlagen und wandte den Blick nur ungern ab. Zumindest zog er ihre Vorliebe für die Berichterstattung ihrer anderen Angewohnheit vor, dass sie nämlich in der Wohnung umherwanderte und alles traurig betrachtete, als sei sie in einem Grab eingeschlossen. White hatte Verständnis für ihre Situation, fühlte sich jedoch nicht in der Lage etwas für sie zu tun. Es war schwer genug, die Tatsache zu akzeptieren, dass die lange Suche nach seiner Schwester vorbei war, ohne jedoch zu einem befriedigenden Ende geführt zu haben. Revenge war für ihn eine völlig Fremde und er konnte in den Tiefen ihrer gejagt dreinblickenden Augen nur wenig oder gar nichts von der kleinen Schwester wieder finden, die er verloren hatte.

Im Augenblick schlief sie gerade, einen natürlichen Schlaf, wenn auch gestört von Träumen, die sie plagten, und White nahm die Gelegenheit wahr nach Ali zu sehen.

»Was gibt es?«, fragte er, als er das Zimmer betrat und auf den Bildschirm wies.

»Es soll heute Abend eine offizielle Verlautbarung des Premierministers geben, gefolgt von einer Erklärung

des Leiters des Security Service. Die meisten Nachrichtensender stellen Spekulationen darüber an, was die
beiden sagen werden, manche wiederholen die Übertragung vom Labor, um zu sehen, ob sie irgendeinen
Beweis für eine Fälschung entdecken können.«

»Wurde das vermutet?«, fragte White.

»Es gab Behauptungen, dass die Daten der Experimente und die Bilder der Testobjekte von einigen
Mutanten selbst hergestellt seien, um die öffentliche
Sympathie zu gewinnen. Andererseits wurde eine solche Möglichkeit wiederum angezweifelt, da die Regierung ja behauptet, kein Hex hätte jemals der Wachsam-
keit des CPS entgehen können.« Alis Stimme war bitter
und White konnte es ihr nicht verdenken. Es war noch
nicht lange her, seit sie selbst als Hex entdeckt worden
war, und anders als Raven hatte sie keine Zeit gehabt
sich an die ablehnenden Reaktionen zu gewöhnen, mit
denen den Mutanten begegnet wurde.

Wenn Raven da gewesen wäre, hätte sie es vielleicht
für Ali leichter machen können. White war sich der
gegenseitigen Antipathie bewusst, die zwischen den
beiden bestand, dennoch hätte Raven Ali sicher helfen
können sich an ihre neue Identität als ein Mitglied der
kriminellen Unterklasse zu gewöhnen. Vielleicht konnte man ihr sogar beibringen ihre Hex-Fähigkeiten zu
nutzen. White konnte sich Ali zwar nur schwer als
Hacker vorstellen, doch sie hatte wohl kaum sehr viele
andere Möglichkeiten. Aber wie auch immer, Raven
war verschwunden und er wusste nicht, ob sie vorhatte
zurückzukehren.

Kez überquerte die Brücke mit großer Vorsicht. So weit unten in der Stadt waren die meisten Brücken baufällig. Die Fundamente der Stadt waren zwar sicher, doch die Regierung hatte nicht sehr viel Geld auf den Unterhalt der Stadtteile verwandt, die hauptsächlich von Kriminellen bevölkert wurden. Die Gegend, in der sich die Wohnung befand, lag noch weiter unten als jene, in der Kez seine Kindheit verbracht hatte. Er sah kaum Ganger, denn die hielten sich eher in den Vorstädten auf, wo bessere Einkünfte zu erwarten waren. Stattdessen waren die wenigen Menschen, die er über verlassene Plätze und baufällige Brücken gehen sah, die von der Gesellschaft Unerwünschten, jene, die sämtliche Hoffnungen aufgegeben hatten.

Lustlos wanderte er weiter und fragte sich, ob er hierher gehörte. Er wusste nicht, was White vorhatte, ob er zurück nach Denver ging oder sich den Gangern hier anschloss. Vielleicht würde er sich darauf verlassen, dass Raven ihm ausreichend Geld besorgte, um im Untergrund zu leben und sich um Revenge kümmern zu können. Wenn das der Fall war, hätte Kez kaum eine andere Wahl als auf die Straße zurückzukehren. Er hatte die Erinnerung an sein vorheriges Leben verdrängt, doch jetzt spürte er, wie sie zurückkam und ihn einholte. Alles hing von Raven ab. Dessen war er sich sicher. Ohne sie war ihre Gruppe nichts. Ihre Kenntnisse, ihr rastloser Einsatz hatten sie zur Triebfeder der Gruppe gemacht.

Ohne es zu merken, war er in eine vertraute Gegend gekommen. Das Gebäude, das drei Stockwerke hoch neben ihm aufragte, war jenes, in dem die Gräfin ihre Operationsbasis hatte. Dorthin war Raven gegangen. Kez studierte es lange Zeit und überlegte, ob er es wagen sollte. Mit dem Gedanken, dass er nichts zu verlieren hatte, begann er die Treppe hinaufzusteigen, die zu dem Wolkenkratzer führte.

Die Wachen im Foyer blickten auf, als Kez eintrat, und versperrten die Tür, die hinauf zur Gräfin führte. Bedächtig ging er auf sie zu.

»Ich will Raven sehen«, erklärte er.

Die Wachen sahen einander an, dann runzelte die Frau nachdenklich die Stirn.

»Die als Hacker arbeitet?«, fragte sie.

»Ja, das ist sie«, bestätigte Kez. »Sie soll hier sein.«

»Warte«, sagte die Frau kühl, drehte sich um und sprach in das Vidcom, zu schnell und zu leise, als dass Kez ihre Worte hätte verstehen können. Schließlich trat sie von der Unit zurück und winkte ihn nach vorn. »Nenn deinen Namen und dein Anliegen.«

Kez wusste nicht, ob Raven am anderen Ende des Vidcom war oder nicht. Aber er nahm an, dass die Nachricht an sie weitergeleitet würde, und sprach, als ob sie da sei.

»Ich bin's, Kez«, sagte er. »Ich muss mit Raven reden, es ist wichtig.«

»Ist es persönlich?«, fragte eine ihm nicht vertraute Stimme und Kez nickte. »Warte unten«, erwiderte die Stimme und das Vidcom schaltete sich aus.

»Du hast es gehört«, sagte der andere Wächter zu ihm.

»Du kannst dort drüben warten.« Er schickte Kez von der Tür weg und beide Wachen nahmen wieder ihren Posten ein.

Die Minuten zogen sich in die Länge, während Kez wartete. Es gab kein Zeichen von Raven und die Wachen ignorierten ihn. Er fragte sich, ob er einen Fehler gemacht hatte, als er hierher gekommen war, aber der Wunsch Raven zu sehen war zu stark gewesen, als dass er hätte widerstehen können. Eine der Wachen trat zur Seite und diese Bewegung zog Kez' Blick auf die Türöffnung, gerade als eine Gestalt aus dem Schatten trat. Raven war einfach in Schwarz gekleidet, ihr Haar hatte sie zurückgebunden, sodass ihr blasses Gesicht und die dunklen Schatten unter ihren Augen zu sehen waren. Sie hatte ihren Seesack über eine Schulter geworfen und trug ihren langen Mantel und Kez erlaubte sich zum ersten Mal, seit das Labor niedergebrannt war, Hoffnung zu schöpfen.

»Hallo, Kez«, sagte sie, als sie sich ihm näherte. »Was gibt's?«

»Nicht viel«, gab er zu. »Es ist nur, dass alles . . .« Er zögerte.

». . . auseinander fällt«, führte Raven für ihn den Satz zu Ende. Für einen Augenblick änderte sich ihr Gesichtsausdruck, doch noch bevor Kez ihn analysieren konnte, hatte ihr Gesicht wieder seinen alten Ausdruck angenommen. »Was hast du erwartet?«, fragte sie schulterzuckend. »Dachtest du, alle wären gut drauf, nur weil wir Rachel gefunden haben? So einfach ist das nicht, Kez. White hat keinen Krieg gewonnen, nicht einmal eine Schlacht, was immer er auch denken mag.« Sie schüttelte den Kopf. »In der wirklichen Welt gibt es kein Happyend. Es ist schwer genug weiterzuleben.« Kez sagte nichts und nach einem Augenblick zog Raven den Riemen ihres Seesacks zurecht und setzte sich in Bewegung. »Komm, lass uns gehen.«

»Zurück zur Wohnung?«, fragte Kez und lief neben ihr her.

»Fürs Erste«, antwortete Raven.

Raven hatte gerade die Nachrichten verfolgt und sich die Spekulationen angehört, was die offizielle Erklärung des Premierministers betraf. Dieses Statement war wahrscheinlich bereits geschrieben und lag in irgendeiner Regierungsdatenbank, sicher vor jedem Zugriff, außer dem der Fähigsten aller Hacker. Doch Raven hatte sich seit der Nacht des Überfalls nicht mehr in das Netz begeben. Sie hatte ihre Zeit damit verbracht, die Daten durchzugehen, die sie aus dem Laborcomputer geholt hatte.

Die Daten auf diesen Disketten waren eine Sammlung der Resultate von sadistischen Experimenten, die über Jahrzehnte hinweg an tausenden von Kindern vorgenommen worden waren. Doch diese Tatsache hatte Raven ignoriert, während sie die Unterlagen studierte. Sie wollte wissen, was es bedeutete ein Hex zu sein, was die Wissenschaftler denn entdeckt hatten. Doch sie hatte eher erfahren, was sie nicht wussten. Raven war immer klar gewesen, dass sie außergewöhnlich war. Sie

hatte gewusst, dass sie ein Hex war, lange bevor irgendeine Regierungsstelle es hätte erraten können, und sie
hatte gelernt ihre Talente zu gebrauchen, bevor sie
wirklich verstand, was sie genau beinhalteten. Als sie
sich durch die Unterlagen des CPS las, erkannte sie,
dass die rücksichtslose Politik, jeden Mutanten sofort
nach seiner Entdeckung zu exterminieren, unter wissenschaftlichen Gesichtspunkten ein großer Fehler gewesen war. Die Testobjekte hatten keine Ahnung, wozu
sie fähig waren, und entsprechend auch die Wissenschaftler nicht. Manche der Untersuchungen hatten zu
nützlichen Resultaten geführt, doch die meisten bestanden aus Projekten, die wie ein Schuss ins Blaue waren
und völlig am Wesentlichen vorbeigingen. Dr. Kaldens
Team war niemals auf jemanden getroffen, dessen Fähigkeiten auch nur annähernd Ravens gleichkamen.
Das Virus, das Kalden in seinem Computersystem hatte
installieren lassen, um einen Hacker mit Hex-Fähigkeiten zu fangen, hatte Raven das verraten. Wenn sie in
ihrem Alter die beste Verteidigung des Labors umgehen konnte, musste ein erfahreneres Hex fähig sein viel
mehr zu tun. Raven fragte sich, ob überhaupt erfahre-
nere Hexe existierten, stellte diese Überlegung dann
jedoch erst mal zurück. Die Hauptsache war, dass sie
existierte, und wenn sie ihre Fähigkeiten noch ausbaute,
würden sie alles übersteigen, was die CPS-Forscher sich
jemals vorstellen konnten.

Raven grinste vor sich hin. Die Erfahrung im Labor
war ernüchternd gewesen. Sie hatte niemals zuvor diese körperliche Überlastung durch die Verbindung mit

dem Netz erfahren. Doch als sie sich erst einmal von dieser Anstrengung erholt hatte, hatte die Erkenntnis, dass sie selbst genauso eine Bedrohung für das CPS war wie jene für sie, ihr Selbstbestätigung gegeben. Sie merkte, wie ihr Selbstvertrauen sich aufbaute, als sie sich der Wohnung näherten, wo die anderen auf sie warteten, und ihr Grinsen wich nicht, als Kez die Tür öffnete.

Ali blickte gelangweilt auf und ihre Augen wurden groß vor Erstaunen, als sie sah, wer zur Tür hereinkam.

»Raven!«, rief White aus und die Zuneigung und Erleichterung in seiner Stimme waren deutlich zu hören. »Wie geht es dir?«

»Bestens.« Raven grinste ihn an. »Ich sehe, ihr habt es euch bequem gemacht«, fügte sie hinzu und sah sich mit spöttischem Blick in dem kahlen Raum um. »Mal was anderes als das Belgravia, nicht wahr?« Letzteres war an Ali gerichtet, die blinzelte und nicht wusste, ob das nun eine Bösartigkeit sein sollte oder Kameradschaftlichkeit. »Habt ihr die ganze Zeit vorm Bildschirm gesessen?«, fragte Raven, ließ ihren Seesack fallen, zog ihren Mantel aus und setzte sich gegen die Wand gelehnt hin.

»So ziemlich«, gab Ali vorsichtig zu. »White hat sich um . . .« Sie zögerte und Raven beendete den Satz für sie: ». . . Revenge gekümmert.« Sie drehte sich um und blickte White an. »Irgendeine Besserung?«

»Nein«, erklärte er geradeheraus.

»Das hatte ich auch nicht erwartet«, antwortete Raven.

»Ich wette, es ist dir auch egal«, stellte Luciel fest, der in einer anderen Ecke des Zimmers saß. Seine Stimme klang genauso kühl wie Ravens. »Du hast ja nicht einmal gesehen, wie das Labor explodierte.«

»Ich habe die Nachrichten gesehen«, erinnerte Raven ihn. »Und ich werde mich nicht mit Gewissensbissen plagen. Sag mir irgendetwas, was wir noch hätten tun können«, forderte sie ihn heraus. »Nur irgendetwas.«

Luciel sah sie lange an, antwortete jedoch nicht. Raven erwiderte seinen Blick und ging dann auf Revenges Zimmer zu. White war der Einzige, der ihr folgte, und er schloss die Tür hinter ihnen. Revenge schlief, ihr zerbrechlich wirkender Körper lag auf dem Bett wie eine kaputte Puppe. Raven betrachtete sie wortlos eine Weile, bis White das Schweigen brach.

»Wird sie sich erholen?«

»Du kennst die Antwort darauf genauso gut wie ich«, erwiderte Raven. Sie drehte sich von Revenge weg und fuhr fort: »War sie es wert? War es so wichtig für dich, Rachel zu finden?«

»Sie war es für dich nicht?«, antwortete White, halb als Frage, halb als Feststellung.

»Wie Luciel sagte, hunderte sind umgekommen. Macht das Schicksal eines weiteren Hex irgendeinen Unterschied?«

»Wenn dir hunderte etwas ausmachen, muss dir auch eins etwas ausmachen«, sagte White leise. »Wie viel macht dir etwas aus, Raven?«

Bevor Raven ihm antworten konnte, hörten sie Ali rufen. Raven ging zu den anderen und nach einigen

Sekunden folgte White ihr nach nebenan, wo die Berichterstattung zur Erklärung des Premierministers begann.

»Heute Abend wird Premierminister George Chesterton vor dem Hohen Haus sprechen und eine öffentliche
Erklärung abgeben bezüglich der Anschuldigungen,
die gegen das Centre for Paranormal Studies vorge-
bracht wurden, eine Körperschaft des Vereinigten Kö-
nigreichs, die verantwortlich ist für die Eliminierung
der an dem Hex-Gen Erkrankten.«

»Erkrankten?«, rief Ali aus und Luciel bedeutete ihr
zu schweigen.

»Gewöhn dich daran«, sagte Raven trocken und
wandte den Blick nicht vom Bildschirm.

». . . jetzt schalten wir live ins Britische Parlament, wo
Mr. Chesterton seine offizielle Erklärung abgibt.«

Das Bild zeigte nun das runde Parlamentsgebäude, in
dem ein großer Mann mit leicht ergrauten Haaren mit
einem Ausdruck ernster Autorität in die Runde der
Parlamentarier blickte.

»Sehr Ehrenwerte Mitglieder des Parlaments. Ich
spreche heute Abend hier zu Ihnen, um die Spekulationen betreffend der Integrität dieser Regierung zu beenden und um die terroristischen Aktivitäten scharf zu
verurteilen, von denen die britische Bevölkerung letzte
Woche heimgesucht wurde. Das Eindringen in eine
Exterminierungseinrichtung des CPS, die Fälschung
von Unterlagen aus dieser Einrichtung, die Veröffentli-
chung dieser Unterlagen und schließliche Zerstörung
der betreffenden Einrichtung sind ein Akt von er-
schreckendem Terrorismus, vollbracht von einer Grup-

pe von Kriminellen, von Sympathisanten illegaler Mutanten. Seien Sie versichert, dass diese Kriminellen gefasst werden. In der Zwischenzeit möchte ich nachdrücklich betonen, dass ich volles Vertrauen in Governor Charles Alverstead habe, den gegenwärtigen Leiter des CPS, und in seine Beamten, einschließlich Dr. Kaldens, der gestern ins Krankenhaus gebracht wurde, da er auf Grund seiner heftigen Gegenwehr bei dem Überfall durch Terroristen verletzt wurde. Sein Mut und seine Tapferkeit sind beispielhaft für uns alle.«

Der Premierminister setzte sich unter allgemeinem Beifall und die Nachrichtenreporter unterbrachen, um zu verkünden, dass eine kurze Bekanntmachung des Security Service folgen würde.

Alle im Zimmer sahen mit fasziniertem Entsetzen auf den Bildschirm, als der Beifall im Parlament anhielt. Kez war der Erste, der etwas sagte.

»Sie stecken alle mit drin!«, rief er aus. »Es ist eine Verschwörung.«

»Ob die Öffentlichkeit darauf hereinfallen wird?«, fragte White und drehte sich zu Raven, doch es war Ali, die ihm antwortete.

»Da bin ich mir ziemlich sicher«, sagte sie. »Die Leute wollen es glauben. Jeder weiß, dass Hexe Kriminelle sind, und die Bilder von den Experimenten waren schwer zu verdauen.« Sie schluckte. »Manche Leute mögen ihre Zweifel haben, doch es werden nicht genug sein, um die öffentliche Meinung umzustimmen.«

»Sie hat Recht«, stimmte Raven zu. »So wie ich die menschliche Natur kenne, werden sie es glauben.«

»Das alles ist eine einzige Lüge«, flüsterte Luciel, doch keiner sagte mehr etwas. Gerade erschien der Leiter des Security Service in voller Uniform auf dem Bildschirm. Er begann ohne Umschweife mit seiner Bekanntmachung.

»Der Security Service hat die Personenbeschreibung einiger am Überfall auf die Einrichtung des CPS Beteiligten. Diese Beschreibungen und Phantombilder folgen im Anschluss an diese Verlautbarung. Bürger, die von diesen Leuten kontaktiert werden, werden gebeten sofort den Security Service zu informieren. Es handelt sich erwiesenermaßen um Terroristen und Mörder und es ist anzunehmen, dass alle bewaffnet und gefährlich sind.«

Alis Augen wurden vor Erstaunen groß, als sich der Bildschirm mit Angaben und Bildern füllte.

»Tatverdächtiger Nummer eins: ›White‹, männlich, jung, mit auffällig weißem Haar und grauen Augen, durchschnittliche Größe. Tatverdächtiger Nummer zwei: junger Mann mit gefärbtem blauem Haar und grünen Augen, wahrscheinlich irischer Abstammung. Tatverdächtiger Nummer drei: mitteleuropäischer Junge mit blondem Haar und braunen Augen. Tatverdächtige Nummer vier: ›Raven‹, junge Frau, bekannt als gefährliches Hex.«

Der Beitrag endete mit einem weiteren Aufruf, dass jeder mit Informationen über die Terroristen sich melden solle. Danach erschien das Bild des Reporters auf dem Bildschirm, während eine Reihe von eilig über Vidcom zusammengeschalteten Politikwissenschaftlern die Situation zu diskutieren begann. Die Diskussion wurde von dem Reporter eröffnet, der fragte, warum die Sympathisanten der Mutanten sich jetzt auf einmal mit terroristischen Taten engagierten, wo die Exterminierungsgesetze doch schon seit fast dreihundert Jahren in Kraft seien.

Der Bildschirm wurde schwarz, denn Raven beugte sich vor, um das Gerät abzustellen, und sie betrachteten einander in der plötzlichen Stille.

»Warum haben sie mich oder Luciel oder Revenge nicht erwähnt?«, fragte Ali schließlich.

»Weil ihr offiziell tot seid«, erklärte Raven. »Laut Unterlagen des CPS seid ihr exterminiert, also können sie kaum zugeben, dass ihr am Leben seid, ohne die Berichte über Experimente zu bestätigen.«

»Ihr seid immer noch in Gefahr«, stellte White fest. »Sie mögen es nicht zugeben, aber ich bin sicher, die Security weiß genau, wer ihr seid.«

»Es gab keine Beschreibung von Raven«, stellte Luciel fest.

»Niemand der mich sah, hat überlebt«, sagte Raven grimmig. »Jeeva hat sie alle umgelegt.« Dann starrte sie grimmig auf den Bildschirm. »Aber ich habe meine Identität noch nie zuvor so preisgegeben. Das CPS wusste nicht einmal, dass ich existiere. Jetzt kennen sie meinen Namen und wissen, welche Bedrohung ich darstelle.«

»Hast du vor unterzutauchen?«, fragte White, der wusste, dass eine solche Reaktion für Raven nicht charakteristisch wäre.

»Du?«, fragte sie zurück.

White überlegte und war sich bewusst, dass alle Blicke auf ihn gerichtet waren. Er dachte an die Exterminierungsgesetze, an die Dinge, die er in Kaldens Labor gesehen hatte, an Revenges zerstörten Körper und an Ravens ständigen Kampf am Leben zu bleiben. Und er dachte an die offizielle Vertuschung und die Lügen, die geglaubt werden würden, solange die Regierung nicht gezwungen wurde einzugestehen, dass das, was sie seit Erschaffung des ersten Hex-Gens getan hatte und immer noch tat, unmoralisch war. Die Hoffnungslosigkeit der letzten Tage war ausgelöscht, als er seine Entscheidung traf.

»Nein«, erklärte er. »Ich werde mich nicht verkriechen.«

»Was dann?«, fragte Raven mit einem eigenartigen Ausdruck in ihren Augen.

»Ich werde kämpfen«, erklärte White. »Die Regierung denkt, wir seien eine Bedrohung, also werden wir eben zur Bedrohung.«

»Werden Terroristen?«, fragte Ali.

»Nein.« White schüttelte den Kopf. »Wir lassen uns nicht so bezeichnen. Tausende sind bereits auf Grund der Lügen der Regierung gestorben. Was immer du tust, du darfst diesen Leuten nicht glauben.« Er machte eine Pause, um jeden von ihnen nacheinander anzusehen. Luciel, Ali, Kez, Raven und auch die geschlossene Tür des Zimmers, in dem Revenge schlafend lag, bezog er mit ein. »Denkt an das, was wir bereits erreicht haben«, sagte er zu ihnen. »Ich meine, wir sollten zusammenbleiben.«

Sie sahen ihn an, Alis Augen glänzten hoffnungsvoll und Kez und Luciel lächelten, zum ersten Mal seit der Befreiungsaktion. Es war eine Verantwortung, die White nicht vorgehabt hatte zu übernehmen. Seit er in London angekommen war, hatte ihn jeder Schritt unausweichlich zu dem Schluss geführt, dass er diesen Kampf aufnehmen musste. Aber er wusste genau wie die anderen, dass die Entscheidung nicht nur bei ihm lag. Sie würden ihm, wenn nötig, auch allein folgen, doch als er sich drehte, um Raven anzusehen, merkte er, dass die Blicke der anderen seinem folgten.

Raven hielt den Kopf gesenkt. Alle warteten auf ihre Antwort, wussten, dass Raven zwar niemals in Betracht ziehen würde sich zu verkriechen, doch in einen Kampf einzuwilligen war etwas ganz anderes. Dann hob Raven den Kopf und grinste mutwillig. Mit einer lässigen Geste schüttelte sie ihr Haar aus seinem Band und stand auf.

»Ich bin dabei«, sagte sie. »Das dürfte spannend werden.«

Der Flitter stieg langsam durch die verschiedenen Ebenen Londons nach oben, gelenkt von einem Mädchen mit schwarzen Haaren, dessen Hände leicht auf dem Kontrollboard lagen. Niemand beachtete ihn, als er an den Brücken vorbeiflog, ein Skimmer der Security blieb geparkt stehen, während der Flitter über ihn hinwegflog, sich genau an die Geschwindigkeitsbegrenzung haltend. Als das Fahrzeug drei weitere Ebenen nach oben gestiegen war, drehte sich Raven zu ihrem Beifahrer und hob fragend die Augenbrauen. Kez erwiderte den Blick schelmisch, er war sich Whites Gegenwart unmittelbar hinter ihnen bewusst.

»Soll ich?«, fragte Raven herausfordernd.

»Na los doch«, antwortete Kez und der Flitter stieg mit großer Geschwindigkeit steil nach oben. Ravens Gelächter wurde von der Musik übertönt, die aus den Lautsprechern des Flitters dröhnte, als sie aus London hinausflogen, dem Himmel entgegen.

Eindrucksvolle Fantasy

Barbara Büchner

DIE SKLAVEN DES TRAUM- FRESSERS

Während einer Kirchenbesichtigung finden sich Tanja, Dennis und Robert plötzlich in einer seltsamen Stadt wieder, die ihrer eigenen genau gleicht. Doch in dieser unheimlichen Anderswelt ist alles verwahrlost und wie ausgestorben: Die Herrscher nähren sich von den Träumen der Menschen und rauben ihnen den Lebenswillen. Tanja, Dennis und Robert wurden entführt, weil sie noch träumen können – nur wenn sie den Traumfresser besiegen, dürfen sie in ihre Welt zurückkehren...

344 Seiten.
Arena-Taschenbuch – Band 2068.
Ab 14

Arena

Ein phantastischer Roman

Andreas D. Hesse

SCHATTEN
ÜBER
FRATERNA

Es liegen Schatten über dem Inneren Reich.
Im Auftrag der Ewigen Herrscherin zieht
Martin, der Herzog von Fraterna, in einen Kapf
um Leben und Tod. Seite an Seite mit Eysha,
der Ersten Kriegerin, und der jungen Magierin
Leanna stellt er sich den gefürchteten Horden der
Finsternis. Gefahrvolle Kämpfe mit Draghnars,
Orlocks und Sandechsen warten auf ihn, bis er
endlich zur Festung des Dunklen Herrschers
gelangt.
Sein Vorhaben: Die Rückeroberung Lifsteins,
ohne den das Innere Reich zugrunde geht. Sein
unbezwingbarer Gegner: Der Schwarze Löwe…

488 Seiten.
Arena-Taschenbuch – Band 2137.
Ab 14

Arena

SPANNENDE SCIENCEFICTION!

Gloria Skurzynski
Gefangen im Cyberstorm

Als Darcy sich mit ihrem Hund Chip in einer geheimnisvollen Kabine versteckt, um Chip vor Hundefängern
zu retten, ahnt sie nicht, dass sie sich auf eine gefähr-
liche Reise in die Vergangenheit einer anderen Person
begeben hat. Denn die Kabine ist eine Virtual-Reality-
Maschine, mit der die alte Mrs. Galloway noch einmal
ihre Erinnerungen durchleben will. Und jetzt lässt sich
der Computer nicht mehr abstellen! Darcy ist plötzlich
in höchster Gefahr, von dem gewaltigen Sturm mit-
gerissen zu werden, in dem einst Mr. Galloways
Sohn umgekommen ist.
Nur Darcys Freund Erik, ein Computerfreak, könnte sie
noch aus diesem Gefängnis der Virtual Reality befreien.

144 Seiten. Arena Taschenbuch – Band 1998. Ab 11.

Arena

Rainer M. Schröder

Die wundersame Weltreise des Jonathan Blum

»Hinter dem Horizont die Freiheit! Mit dem berühmten Auswandererschiff *Liberty* nach Amerika!«
Jonathan Blum kann die Enge seines Elternhauses nicht mehr ertragen. Nach Progromen in Polen mit seiner jüdischen Familie nach Rostock geflohen, sucht der 16-Jährige jetzt für sich allein die Freiheit – und schifft sich auf dem Auswandererschiff *Liberty* nach Amerika ein. Doch zu jenem Zeitpunkt – man schreibt das Jahr 1858 – ahnt Jonathan nicht, dass seine Suche nach der Freiheit viele Jahre dauern und ihn in einer unglaublichen Reise voller Abenteuer und Gefahren um die ganz Welt führen wird: mit den legendären Siedlertrecks durch Amerika, in ein Goldsuchercamp, auf unfreiwilligen Seefahrten bis zu einer abgelegenen Insel in der Südsee... Doch nach langen Irrfahrten findet der junge Mann schließlich die ersehnte Freiheit – und sich selbst.

Arena-Taschenbuch Band 1934.
432 Seiten. Ab 13

Arena